MANFRED BAUMANN
Jedermannfluch

MANFRED BAUMANN
Jedermannfluch
Meranas achter Fall

Immer informiert

Spannung pur – mit unserem Newsletter informieren wir Sie
regelmäßig über Wissenswertes aus unserer Bücherwelt.

Gefällt mir!

Facebook: @Gmeiner.Verlag
Instagram: @gmeinerverlag
Twitter: @GmeinerVerlag

Besuchen Sie uns im Internet:
www.gmeiner-verlag.de

© 2020 – Gmeiner-Verlag GmbH
Im Ehnried 5, 88605 Meßkirch
Telefon 0 75 75 / 20 95 - 0
info@gmeiner-verlag.de
Alle Rechte vorbehalten
1. Auflage 2020

Lektorat: Claudia Senghaas, Kirchardt
Herstellung: Mirjam Hecht
Umschlaggestaltung: U.O.R.G. Lutz Eberle, Stuttgart
unter Verwendung eines Fotos von: © Bogdan Sonjachnyj / shutterstock.com
Druck: GGP Media GmbH, Pößneck
Printed in Germany
ISBN 978-3-8392-2722-0

Personen und Handlung sind frei erfunden. Ähnlichkeiten mit lebenden oder toten Personen sind rein zufällig und nicht beabsichtigt.

VORSPIEL

1. SZENE, GEGENWART

Jetzt habet allsamt Achtung, Leut!
Und hört, was wir vorstellen heut!

»Jeeedeermaaaann!« Der geröchelte Schrei zappelte über die Köpfe der Zuschauer hinweg, schwirrte nach vorn, erreichte den aufgestellten Theaterwagen. Heiterkeit machte sich breit in der dicht gedrängten Besucherschar. Einige wandten sofort den Blick nach hinten. Von wo kam denn dieser wunderlich röchelnde Schrei? Es hörte sich an, als litte der Rufer unter eklatanter Heiserkeit. Köpfe wurden gereckt, Kleinkinder an Schultern gefasst und in die Höhe gestemmt. Da! Einige der hochgelupften Kinder streckten die Arme aus. Sie hatten den schrulligen Rufer entdeckt. Mitten unter den Zuschauern. Er stand neben einem Baum. Der Kerl mit der struppeligen Frisur formte erneut die Hände zu einem Trichter vor dem Mund.

»Jeeedeermaaaaaaaaann!« Jetzt erschallte der Ruf in einer völlig anderen Tonlage. Nicht mehr heiser, sondern ulkig gesäuselt. Die Stimme erinnerte irgendwie an eine jammernde Sirene.

»Was soll das?« Ein zorniger Schrei war zu hören. Er kam von vorne. Alle, die nach hinten äugten, rissen schnell die Köpfe nach vorne, schauten belustigt zum großen Theaterwagen, der vor dem stattlichen Gebäude stand. Mit lautem Knall flog die Kulissentür auf. Heraus stapfte eine Frau. Sie war sichtlich erbost. Offenbar war sie gerade beim Ankleiden gestört worden. Mit der Rechten hielt sie eine elegante Jacke umklammert. Die Linke nestelte an ihrem Bauch. Sie versuchte fieberhaft, den unteren Rand ihrer viel zu weiten silberfarbenen Bluse in die schlecht sitzende Bügelfaltenhose zu stopfen. Gleichzeitig schickten ihre weit aufgerissenen Augen zornige Blicke in Richtung Zuschauer. Unversehens ließ sie das chaotische Blusenstopfen sein. Die frei gewordene Hand fuchtelte wild durch die Luft.

»Habt ihr mich nicht verstanden? Ich fragte, was das soll. Wer schreit hier?«

»Äh ... ich.« Aus der jammernden Sirene war ein klägliches Piepsen geworden. Wieder rissen viele der Besucher rasch die Köpfe nach hinten, nahmen den wuschelköpfigen Typen erneut ins Visier. Er stand immer noch neben dem Baum. Er hielt mit gespielter Schüchternheit die Hand in die Höhe.

»Ich war das. Jeeedeermaaann.« Erneut röchelte er. Die Frau auf der Bühne drohte ihm mit ausgestrecktem Zeigefinger.

»Bist du des Wahnsinns? Falsches Stück, falscher Text! Völlig falsche Stadt!« Sie hielt plötzlich in ihrer fuchtelnden Bewegung inne, schaute nach links, dann nach rechts. Sie musterte übertrieben prüfend die Umgebung.

»Na ja, so ganz völlig falsch wohl auch nicht.« Mit einem Mal war ihr Tonfall gefällig.

Den Zuschauern, die sie eben angeschnauzt hatte, wandte sie sich jetzt mit einem strahlenden Lächeln zu.

»Also die Stadt, finde ich, die passt schon so halbwegs. Was meint ihr?« Zustimmung wurde laut, freudige Ja-Rufe. Einige begannen zu jubeln, andere klatschten.

»Also gut, nehmen wir die Stadt, in der wir sind. Aber ...« Schon änderte sich ihre behagliche Miene. Die linke Faust zischte durch die Luft, drohte in Richtung des Mannes.

»Aber dein komplett schwachsinniger Text ist hier völlig fehl am Platz!« Betont langsam hob sie die rechte Hand in die Höhe, präsentierte mit elegantem Schwung ihre modisch stilvolle Jacke. Sie schlüpfte in das Kleidungsstück. Jede Bewegung sollte die Eleganz ihrer Erscheinung unterstreichen.

»Also ...« Auffordernd reckte sie das Kinn in Richtung des Mannes. Zugleich wies sie mit der Linken in weit ausladender Bewegung zur Front der Theaterkulisse.

»Mein Haus hat ein gut' Ansehen.

Alles ist stattlich. Wohin ich auch schau.

Bin vornehm und reich!« Sie breitete die Arme aus, deutete eine Verbeugung an.

»Denn ich bin ...«

Ihre Augen schossen auf den Wuschelköpfigen zu. Der zuckte zusammen. Dann legte er betont lässig die Hände an beide Seiten des Mundes. Gleich darauf fegte sein Ruf über den Platz. Nun war es ein deutlich hörbarer Schrei. Laut. Mächtig.

»Jeeedeerfrauuuu!«

Das Lachen der Zuschauer schäumte auf wie eine große Welle. Einige in den ersten Reihen stimmten in das Geschehen mit ein und begannen ebenfalls zu rufen.

»Jederfrau! Jederfrau!«

Die Darstellerin auf der Bühne quittierte das Geschehen mit einer makellos weltgewandten Verbeugung.

»Na also, es geht doch!« Dann wandte sie sich schnell um, denn in der immer noch weit geöffneten Kulissentür war eine weitere Person erschienen. Erneut eine Frau. Sie erwies sich als Leiterin des Sekretariats auf Chefinnenetage und zugleich als Hausmanagerin, wie sich im Dialog bald herausstellte.

Gut 200 Besucher und Besucherinnen hatten sich an diesem sonnigen Spätnachmittag auf dem prächtigen Gelände vor dem schlossartigen stattlichen Gebäude des Gwandhauses in Salzburg-Morzg eingefunden. Sie alle wollten das Spektakel der Theatertruppe erleben. Darunter auch viele Kinder. Im hinteren Drittel des Zuschauerbereichs war eine junge Frau auszumachen. Sie war erst knapp vor Beginn der Darbietung gekommen. Ihre Präsenz war auf gewisse Weise attraktiv. Einige der Umstehenden warfen immer wieder einen schnellen Blick in ihre Richtung. So als wollten sie abchecken, woher ihnen die reizvolle Erscheinung bekannt sein könnte. Selbstverständlich nahm Isolde Laudess das neugierige Verhalten der Umstehenden wahr. Ab und zu quittierte sie einen der Blicke mit einem Lächeln. Gleichzeitig versuchte sie, sich auf die Theaterszenen zu konzentrieren. Die quirlige Ariana in der Hauptrolle der Jederfrau machte sich gar nicht so schlecht, wie sie immer wieder feststellen musste. Weitaus besser jedenfalls als Isolde Laudess es erwartet hatte. Gut, in manchen Momenten war Arianas Spiel eher wenig überzeugend, kam viel zu übertrieben zur Geltung. Das gekünstelte Lachen erinnerte Isolde bisweilen eher an eine aufgebrachte Ziege als an die Erscheinung einer schwerreichen Powerfrau der besseren Gesellschaft. Aber vor allem die Dialoge mit der arroganten Gestalt der Tödin bekam Ariana hinreichend witzig hin. Das merkte man auch an den Reaktionen der Zuseher. Es wurde viel gelacht, immer wieder auch herzlich applaudiert. Natürlich hätte sie selbst die Szenen weitaus spektakulärer über die Bühne gebracht. Nicht nur in der Begegnung mit der Tödin, sie hätte den gesamten Auftritt von Anfang an eindrucksvoller hinbekommen. Das stand für Isolde unzweifelhaft fest. Aber sie war dennoch immer wieder vom Spiel der etwas pummeligen, aber durchaus erfrischenden Ariana angetan. Zweimal ertappte Isolde sich sogar bei einem zustimmenden Lachen. Ursprünglich hatte sie den Besuch des Straßentheaters schon viel früher ins Auge gefasst. Aber das wäre sich mit ihren eigenen Terminen bisher nicht ausgegangen. Zum Glück hatte das Spektakel rund um den Theaterkarren heute schon um 16 Uhr begonnen. So passte es ideal in Isoldes Zeitplan.

»Ei Jederfrau, ist so fröhlich dein Mut?«

»Spar dir das hochgestochene Gequatsche, Tödin.« Ariana schwenkte auf der Bühne des Theaterkarrens eine Champagnerflasche. »Lass uns darauf saufen, dass der Aufsichtsrat keinen blassen Schimmer davon hat, was wir geschäftlich so treiben.«

Sie gab die übersprudelnde Flasche ihrer Mitspielerin weiter. Die Tödin nahm einen kräftigen Schluck, dann rief sie:

»Aufsichtsrat, winke, winke.
So viel Kohle, pinke, pinke!
Drum ist klar, ich vertrau
jeden Tag auf Jeeeedeeerfrau!«

Wieder grölte ein Teil der Besucher ausgelassen mit. Die Stimmung war ausgezeichnet, wie Isolde feststellen musste. Und das hielt an.

Der Schlussapplaus gebärdete sich enthusiastisch. Isolde beteiligte sich zwar nicht am ausgelassenen Jubel, aber sie klatschte immerhin mit. Ein wenig zumindest.

»Isolde!« Der Ruf ertönte hinter ihrem Rücken. Sie hatte gewartet, bis etwa ein Drittel der Besucher den Platz geräumt hatte. Nun war sie bereits in Richtung Morzger Straße unterwegs.

»Isolde!«

Langsam wandte sie sich um. Der junge Mann trug noch sein Auftrittskostüm, mit dem er sich zu Beginn des Spektakels den Zuschauern präsentiert hatte.

»Hi, Cyrano.«

Er hatte das Eröffnungslied auf der Laute gar nicht so schlecht hinbekommen, wie Isolde festgestellt hatte. Der Hereilende pflanzte sich breitbeinig vor ihr auf. Alles an ihm wirkte abweisend. »Wie kannst ausgerechnet du es wagen, hierher zu kommen? Schaust dir unsere Vorstellung an, als sei nichts gewesen.«

Sie musterte ihn mit kaltem Blick. Dann krähte sie kurz auf, drehte sich um und stolzierte davon.

»Eine wie du hat hier nichts verloren.« Auch wenn ihm klar war, dass sie ihn nicht mehr hören konnte, zischte er ihr verächtlich hinterher. »Lass dich ja nie wieder in der Nähe unseres Theaterwagens blicken!«

Die Uhr an ihrem Handgelenk zeigte 17.22 Uhr. Langsam lenkte Isolde ihre Schritte zurück in Richtung Stadt. Von da an hatte sie noch genau acht Stunden und 19 Minuten zu leben. Aber das wusste sie nicht.

2. SZENE, VIER MONATE DAVOR

*Daß ich mir wahrlich machen mag
so heut wie morgen fröhliche Tag.*

Das Kribbeln in seinem Körper wurde stärker. Auch seine Hände begannen zu schwitzen. Er hielt die Augen starr auf den Bildschirm gerichtet. Das Notebook hatte er vor wenigen Minuten auf seinem vollgeräumten Schreibtisch platziert. Die herunterzählenden Ziffern schimmerten grell, pulsierten vor einem schreiend roten Hintergrund. Er hatte sich vor zwei Tagen erstmals auf dieser Seite eingeloggt. Schon damals war der Countdown gelaufen. Dazwischen hatte er sicher an die zehn Mal kontrolliert, ob sein Zugang zu dieser geheimen Seite nach wie vor passte. Ignaz hatte ihm zwar mehrmals versichert, dass er ihm die richtige Kombination gegeben hatte und dass die Codes keinesfalls geändert würden. Dennoch war er auf Nummer sicher gegangen, hatte es mehrmals überprüft. Seine Kehle brannte. Er schluckte. Der Hals fühlte sich trocken an.

03.29, 03.28, 03.27 ... Er sprang vom Stuhl auf. Der Blick zum Bildschirm machte klar, dass ihm noch genug Zeit blieb, um sich eine Cola aus der Küche zu holen. Er setzte sich in Bewegung. Er hatte genau elf Sekunden gebraucht, wie er feststellte, als er mit Flasche und Glas zurückkehrte. 03.15, 03.14, 03.13. Es war ihm immer noch nicht klar, wie sie das Spektakel umsetzen würden.

Ignaz hatte auch keine genauen Daten zum investierten Aufwand gewusst. »Aber ich rechne schon damit, dass rund 10.000 User aus verschiedenen Ländern Zugang zur Race-Seite erhalten«, hatte er mehrmals betont. Yannick hatte die Zahlen überschlagen. Wenn die Vermutung seines Kumpels stimmte, kam bei der geforderten Teilnahmegebühr von 25 Euro rund eine Viertelmillion Euro zusammen. Daraufhin hatte er, ohne zu zögern, den Spieleinsatz beglichen und seinen Tipp abgegeben. Sechs Fahrer waren insgesamt im Rennen. Auf den Sieger der Rennstrecke warteten 60.000 Euro. Gut, es gab natürlich einige Kosten für den betriebenen Aufwand. Aber die würden vermutlich nicht allzu hoch, wie Yannick einschätzte. Immerhin blieb genug über, dass man als Mitspieler übers Internet ordentlich abräumen konnte. Sieben mal 10.000 Euro würde man am Schluss unten jenen verlosen, die auf den richtigen Sieger getippt hatten. Yannick hatte natürlich auf Ignaz gesetzt. Was anderes kam gar nicht in Frage. 01.36, 01.34, 01.33. War die Anzeige plötzlich größer? Waren die pulsierenden Ziffern in den vergangenen Sekunden angewachsen? Er stürzte rasch den Rest der Cola hinunter. Fast wäre ihm dabei das Glas entglitten, so sehr schwitzte er inzwischen. Nervös schrammte er sich mit den nassen Handflächen über die Oberschenkel. Der Stoff der Jeans fühlte sich rau an. Er hatte die Hose schon mehr als drei Jahre. Er zog sie fast jeden Tag an. Wann hatte er sie zuletzt gewaschen? Vor drei Monaten? Wenn er tatsächlich bei diesem verrückten Wettspiel gewinnen sollte, könnte er sich Hunderte neue Jeans kaufen. Oder ein paar der ausgefallenen schrägen Designeranzüge, die er kürzlich gesehen hatte. 00.11,

00.10, 00.09, 00.08 … Er begann zu keuchen. Erneut fegte er mit den Händen über den rauen Stoff der schmutzigen Jeans. Seine Augen starrten auf den Bildschirm. 00.03, 00.02, 00.01. ZERO. Statt der Null als Ziffer flackerten feiste grellgrüne Buchstaben auf. ZERO. Die Schrift zerstob, schien zu explodieren. Schon folgte das nächste Wort. WELCOME. Auch diese flirrende Schrift löste sich spektakulär auf. Gleich darauf war ein Realbild zu erkennen. Yannick sah eine schwach erleuchtete Fläche. Es mochte sich dabei um eine Art großer Parkplatz handeln oder etwas Ähnliches. Ein Insert wurde sichtbar. VIENNA. »Wow!«, entfuhr es ihm. »Das ist ja irre.« Die starteten den ersten Teil des Rennens tatsächlich in Wien. Wo die drei Rennabschnitte tatsächlich stattfinden würden, hatte Ignaz selbst nicht gewusst. Die Fahrer erhielten die Startkoordinaten erst ganz knapp vor Beginn. Yannick beugte sich nach vorn, versuchte es mithilfe der Maus. Vielleicht konnte er dadurch die Intensität des Screens erhöhen. Denn bis jetzt war wenig auf dem gezeigten Bild auszumachen. Gut, er hatte ohnehin nicht erwartet, dass er hier eine TV-Übertragung in der optischen Qualität eines Formel-Eins-Rennens bekommen würde. Er war schon erstaunt, dass die Betreiber tatsächlich für den Start eine Kamera aufgestellt hatten. Sie mussten gewiss äußerst vorsichtig sein, durften nur in aller Heimlichkeit agieren. Noch mehr galt das für die Fahrer. Immerhin handelte es sich um illegale Straßenrennen.

Yannick war klar, dass man den Usern, die via Internet am Wettspiel beteiligt waren, in jedem Fall den Start bieten wollte. Und er erwartete sich auch ein Realbild für die Zieldurchfahrt. Dabei hoffte er stark, dass Ignaz dann einen der ersten vier Plätze belegte. Denn zwei der sechs Piloten würden am ersten Tag ausscheiden. Zwei weitere dann beim zweiten Abschnitt. Und schließlich würden die verbliebenen zwei Fahrer sich im dritten Teil um den lukrativen Gesamtsieg matchen. Und Yannick hoffte sehr, dass Ignaz dann der Sieger wäre und die 60.000 kassierte, die er sich so sehr wünschte. Er hatte Yannick auch erklärt, warum er das Geld unbedingt brauchte. Diesen Grund fand Yannick lächerlich. Einfach absurd. Völlig unnütz verschwendete Kohle. Aber Ignaz hatte nicht einmal zugehört, als er versucht hatte, auf ihn einzureden. Er hatte nur in die Tasche gegriffen und ihm den Zettel mit den Zugangscodes für die Teilnahme im Internet in die Hand gedrückt.

10.000 Euro? Das konnte man bei diesem Spiel gewinnen? Ignaz war sofort begeistert gewesen. Doch schon am nächsten Tag waren in ihm die ersten Zweifel aufgestiegen. Sollte er wirklich die geheime Seite aufrufen und sich am Spiel beteiligen? Immerhin handelte es sich bei diesem Rennen mitten im öffentlichen Straßenverkehr um ein völlig illegales Unternehmen. Auch jetzt regten sich leichte Zweifel. Doch er schob sie schnell beiseite. Es war kurz vor zwei Uhr morgens. Das Rennen würde gleich beginnen. Wie viele Verkehrsteilnehmer waren um diese Uhrzeit noch unterwegs? So gut wie keine. Also alles halb so wild. Schlagartig wurde plötzlich die Darstellung am Bildschirm vor ihm heller. Irgendwo auf diesem Gelände befand sich wohl ein großer Scheinwerfer, der nun das Areal ausleuchtete. Das sah tatsächlich nach einem großen Parkplatz aus. Von irgendeinem Supermarkt vermutlich, schätzte Yannick. Und jetzt waren auch die Autos zu erkennen. Alle sechs standen nebeneinander. Das Fahrzeug ganz rechts außen war Yannick vertraut. Das war der dunkelblaue Bolide von Ignaz. Mit rund 200 PS unter der Haube. Vielleicht waren es inzwischen auch schon 230. Denn Ignaz, der verrückte Hobby-Automechaniker, bastelte ja ständig daran herum. Mehr als 250 waren es sicher nicht. Denn die waren bei diesem Rennen nicht erlaubt. Jetzt kam Action in die dargestellte Szene. An den Boliden flammten die Scheinwerfer auf. Schweres Dröhnen war zu vernehmen. Und dann ging es los. Alle Autos starteten gleichzeitig, rasten mit Höllentempo über das Gelände. In der Ferne waren ganz schwach die Umrisse eines lang gezogenen Gebäudes zu erkennen. Plötzlich setzte sich die Kamera in Bewegung, folgte den Autos. Sie ist wohl an einer Drohne montiert, kam es Yannick in den Sinn. Er bekam mit, wie die Fahrzeuge das Ende des Areals erreichten und im spektakulären Kurvenschnitt nach links abbogen. Offenbar gelangte man an dieser Stelle auf die öffentliche Straße. Wenn Yannick es richtig mitbekommen hatte, dann war der dunkelblaue Bolide als Zweiter über die Abgrenzung des Platzes geschossen. Gut so, Ignaz, drück aufs Gas. Zeig's ihnen!

3. SZENE, GEGENWART

*Wohlauf, antreten
in fröhlichem Tanz.
Schalmeien, Drommeten,
wir sein hier gebeten
zu Fackeln und Glanz
und kommen mit Tanz.*

Vor allem achtete sie auf die Bewegung ihrer Füße. Nur keine allzu großen Schritte vollführen, während sie von ihrem Partner im Kreis herumgewirbelt wurde. Bei der letzten Vorstellung war ihr Zacharias tatsächlich auf den linken Fuß gehüpft. Der Darsteller des Dünnen Vetters hatte sich nach der Vorstellung sofort bei ihr entschuldigt. Aber den leichten Bluterguss an der mittleren Zehe spürte sie immer noch. Zacharias schickte ihr ein verschmitztes Lächeln zu. Immer wieder warf er einen schnellen Blick nach unten. Nein, heute würde der Dünne Vetter seiner Partnerin beim Einzugstanz ganz sicher nicht auf die Zehen steigen. Isolde quittierte sein Lächeln. Aus den Augenwinkeln registrierte sie links von ihr weit oben die eindrucksvolle Erscheinung, die sie jedes Mal aufs Neue fesselte. Sie konnte gar nicht anders. Bei jeder Vorstellung warf sie immer wieder einen schnellen Blick hinauf: Festung Hohensalzburg. Die Fassade leuchtete in voller Pracht, auch wenn sie von ihrem Platz aus nur ein kleines Stück davon sehen konnte. Natürlich kannte sie die Burg, waren ihr die alten Mauern, die Türme und Zinnen auf dem Festungsberg wohl vertraut. Sie war hier geboren, lebte seit 26 Jahren in dieser Stadt. Aber es war schon etwas sehr Besonderes, sich mitten in ihrer Heimatstadt auf einem der eindrucksvollsten Plätze wiederzufinden. Auf dem Domplatz vor der majestätisch prächtigen Kulisse des Doms auf der »Jedermann«-Bühne zu stehen, ringsum die Energie der Stadt zu spüren und zugleich inmitten von wunderbaren Kollegen vor einem begeisterten Publikum zu agieren. Und dabei auch noch die Faszination der Festung hoch über ihnen wahrzunehmen. Zacharias fasste sie an den Hüften, hob sie kurz hoch, begleitete sie dann rasch zu ihrem Platz an der lang gezogenen Tafel, während die Musiker die Schlussakkorde durch die Weite des Domplatzes erklingen ließen. Isolde griff nach dem Weinpokal, hob ihn ein wenig in die Höhe, trank aber nicht. Denn gleich war sie an der Reihe.

Seid allesamt willkommen sehr,
Erweist mir heut die letzte Ehr.

War Xaver heute schneller dran in seiner Sprechweise? Wollte er aufs Tempo drücken? Sie hatte keine Zeit, den Gedanken zu Ende zu bringen. Sie musste zusammen mit den anderen aus der Tischgesellschaft eine erschrockene Miene aufsetzen. Und dann kam ihr Satz.

Das ist ein sonderlicher Gruß.

Langsam stellte sie, wie von der Regie vorgesehen, den Weinpokal zurück auf den vollbeladenen Tisch.

Potz Maus, mein Vetter Jedermann,
Wie grüßt Ihr uns, was ficht Euch an?

Simon als Dicker Vetter agierte so wie immer. Ausgestopfte Wampe nach vorn und ein leichtes Krähen in der Stimme. Jetzt kam Senta. Isolde schaute schnell zu ihrer Schwester. Auch das war ganz im Sinne der Inszenierung. Auch alle anderen, immer noch einen Ausdruck leichter Verstörtheit im Blick, beobachteten die Buhlschaft.

Was ist dir, was schafft dir Verdruß?

War Senta auch bei den vorigen Malen so nahe an Xaver herangetreten? Isolde konnte sich nicht erinnern. Senta legte dem »Jedermann«-Darsteller sogar die Hand an die Wange. Nein, das hatte sie auch bei den Proben nicht gemacht. Senta Laudess, die gefeierte Mimin auf allen großen deutschsprachigen Bühnen, musste wieder einmal eine darstellerische Extratour reiten. Gut, das würde Isolde jetzt auch machen. Sie griff nach dem Weinpokal und setzte ihn an den Mund. Es war ihr egal, ob das zur Szene passte. Sie tat es einfach. Was sollte schon passieren? Sie war ohnehin nicht lange auf der Bühne. In wenigen Minuten hatte sie noch einen zweiten Satz zu sagen. »Gehört ein Absud in den Wein von Nieswurz, Veilchen oder Hanf.« Das war es dann gewesen mit ihrem sprachlichen Beitrag zum groß angelegten »Jedermann«-Spiel. Aber sie genoss es, auf dieser Bühne mit dabei zu sein. An der großen Festtafel zu sitzen, Teil dieses wunderbaren Ensembles zu sein, zugleich Teil der mit Leben erfüllten Stadt. Bei jeder Vorstellung fühlte sie sich glücklich, eingebettet in diese einmalige Atmosphäre. Bald würden sie wieder zu singen anheben, alle miteinander. Darauf freute Isolde sich auch. Und sie genoss es auch jedes Mal aufs Neue, wenn plötzlich die Glocken zu läuten begannen. Im Spiel war es vorgesehen, dass nur Jedermann das rätselhaft anmutende Geläute hören konnte.

Was ist das für ein Glockenläuten?
Mich dünkt, es kann nichts Guts bedeuten.

Die anderen aus der Tischgesellschaft reagierten dann entsprechend verwirrt, taten lautstark ihre Verwunderung kund. Leider hatte Isolde für diese eindrucksvolle Szene von Seiten der Regie keinen der vorgegebenen Sätze bekommen. Sie durfte nicht einmal »Was Glocken, was wird von Glocken geredt?« sagen. Diesen ohnehin nicht weltbewegenden Satz hatte man nicht ihr anvertraut, sondern ihn Bianca gegeben. Nach dem Glockengeläut würde dann der erste der unheimlichen »Jedermann«-Rufe zu hören sein. Weitere würden unvermittelt darauf folgen. Die Rufe kamen direkt aus der Umgebung. Ein zusätzlich beeindruckendes Indiz dafür, dass die Stadt ringsum Teil dieses dramatischen Spiels war. Auch auf die bisweilen unheimlich anzuhörenden Rufe freute Isolde sich. Und schließlich würde Samuel Yannos in seinem ebenso schlichten wie furchterregenden Kostüm langsam auftauchen, als käme er direkt aus dem Eingang des alten Doms hinter ihnen. Allen würde es schlagartig klar sein, den Rollenfiguren auf der Bühne genauso wie den Zuschauern auf der Besuchertribüne. Sie alle würden es wissen, dass ER jetzt da war. Jetzt offenbarte sich der Tod mitten unter ihnen. Ihre Schwester Senta würde auch dieses Mal keinen lang gezogenen hysterischen Schrei ausstoßen. Vorgesehen wäre es schon. Aber Senta wollte das nicht. Dass sie sich hier völlig anders gebärdete, hatte sie sich bei den teils hitzigen Proben vom Regisseur erstritten. Sie würde mit einem kurzen Lachen abtreten. Und das langsam. Fast alle aus der Tischgesellschaft würden ihr folgen. Die würden schon kreischen. Isolde würde auch im großen Pulk davonstürmen. Alle weg. Nur Jedermann würde zurückbleiben, zusammen mit dem Tod.

4. SZENE, VIER MONATE DAVOR

Wie unsere Tag und Werk auf Erden
vergänglich sind und hinfällig gar.

Wow! Er hatte es kaum zu hoffen gewagt. Nichts hatte auch nur irgendwie darauf hingedeutet. Es hätte auch Graz sein können oder Innsbruck. Oder gar eine Stadt jenseits der Landesgrenze. München, Prag oder auch Udine. Doch jetzt war es unzweifelhaft klar. Er entnahm es dem deutlich sichtbaren Insert. Sie starteten die dritte Etappe tatsächlich in Salzburg! In Salzburg! Hier in seiner Stadt! Und Ignaz war noch dabei, er war im Rennen, im Finale! Das war überhaupt das allerbeste. Der verdammte Kerl hatte sich gestern auch in Linz durchgesetzt, war sogar als Erster über die Zielmarkierung gerast. Yannick beugte sich ein wenig nach vorn. Das Realbild, das ihm der Bildschirm zeigte, war noch sehr dunkel. Die schemenhafte Umgebung war kaum auszumachen. Natürlich würde in ein paar Sekunden wieder ein großer Scheinwerfer aufleuchten, und das Areal samt den Autos aus der Dunkelheit schälen. Das war davor auch so gewesen an den ersten beiden Stationen. Doch er wollte jetzt schon wissen, wo in Salzburg das Finalrennen gleich beginnen würde. Er strengte sich an, bis seine Augen zu brennen begannen. Aber er hatte keine Chance. Das am Bildschirm Gezeigte war einfach zu dunkel, zu undurchsichtig. Zum Glück dauerte es nicht lange. Dann flammte endlich der riesige Spot auf, schickte sein Leuchten über das Areal. Zugleich wurden die Frontlichter der beiden Fahrzeuge hell. Das Aufheulen der Motoren war zu hören. Und schon ging es los! Wo war das? Im Süden der Stadt, in der Nähe der Alpenstraße? Er vermutete es zumindest. Gleich würde er es wissen. Gleich würden die beiden Boliden aus dem Realbild verschwinden. Dann würden die beiden Markierungen auftauchen, ein blauer Punkte für Ignaz, ein gelber für dessen Konkurrenten. Die Punkte würden sich entlang der Linien bewegen, die einen simpel skizzierten Ausschnitt des Stadtplanes andeuteten, und zugleich würden die wichtigsten Straßenbezeichnungen aufleuchten. So war es in Wien gewesen, und auch gestern in Linz. Da! Der erste Name flackerte bereits auf. *Alpenstraße*. Er drosch sich jauchzend mit der flachen Hand auf den Oberschenkel. Er hatte es geahnt. Die beiden Boliden rasten tatsächlich in höllischem Tempo nach Norden, direkt in Richtung Stadtzentrum. Der gelbe Punkt lag in Führung. Das war deutlich zu erkennen. Umgerechnet waren das sicher mehr als zehn Meter Vorsprung. Komm Ignaz, lass dich in deiner eigenen Stadt nicht abhängen. Schneller, zeig's dem verdammten Kerl! Das schaffst du schon! Sie waren sicher in Höhe Egger-Lienz-Gasse gestartet, oder auch erst in der Nähe des Wüstenrot-Gebäudes. Auf jeden Fall mussten sie so nicht direkt an der Bundespolizeidirektion vorbeirasen. Wäre ja noch schöner, wenn man gleich eine Polizeistreife mit Blaulicht hinter sich hätte, die auch noch per Funk Absperrungen auf der eingeschlagenen Route veranlasste. Der blaue Punkt holte auf, verringerte die Distanz. Plötzlich bog der gelbe Punkt scharf nach rechts. *Karolinenbrücke* leuchtete als Schriftzug auf. Alles klar. Jetzt ging es über die Salzach. Dann würden die beiden Boliden sich wohl links halten und über die Imbergstraße weiterrasen. Genau so geschah es. Yannicks Hände begannen wieder zu schwitzen. Komm, Ignaz, steig aufs Gas! Was würde an der Staatsbrücke passieren? Würden die beiden nach links biegen und tatsächlich auf die Altstadt zudonnern? Das wäre ein Hammer! Aber vielleicht würden sie doch geradeaus weiterpreschen in Richtung Landestheater. Mein Gott, war das spannend! Fast nicht zum Aushalten. Dieses Mal hatte er sich keine Cola bereitgestellt, sondern gleich einen ordentlichen Bacardi. Er schraubte die Flasche auf, nahm einen kräftigen Schluck. Der gelbe Punkt war gleich an der Staatsbrücke. Und jetzt? Nein! Er bog nicht nach links, sondern setzte den Weg geradeaus fort. Yannick hatte es vermutet. Das war sicher die weitaus bessere Route für dieses spektakuläre Rennen als rüber in die Altstadt. Hier erwarteten sie mehr Geraden, weniger Kurven. *Schwarzstraße*. Jetzt würden sie sicher schon beim Landestheater sein. Leider gab es keine entsprechenden Ortsangaben von markanten Punkten neben der Route. Komm, Ignaz! Ab dem Mozarteum kannst du ihn packen! Zeig dem Scheißkerl, was ein echter Lokalmatador draufhat! Und tatsächlich, der blaue Punkt kam näher. Er scherte aus, überholte den gelben Punkt, setzte sich voran. Und erlosch! Yannick schnellte von seinem Stuhl hoch. Was war jetzt passiert? Auch wenn er wusste, dass es sicher nichts brachte, hämmerte er dennoch mit der Handfläche kräftig auf die obere Umrandung des Bildschirmes. Als gälte es, eine Art Wackelkontakt zu beheben.

RACE INTERRUPTED! Der Schriftzug erschien plötzlich bildfüllend. Flammte sogar mehrmals auf.

Was sollte das? Rennen unterbrochen? Igor hatte doch eben überholt, war in Führung gegangen. Was war mit dem blauen Punkt geschehen?

5. SZENE, GEGENWART

Was? Keine Frist willst du mir geben?

»Geht ihr schon bitte vor. Ich habe nach dem Abschminken noch etwas dringend zu erledigen. Ich komme dann später nach.« Sie verschwand hinter der Garderobentür. »Solistengarderobe. Frau Laudess«, war auf dem Schild am Eingang zu lesen. Isolde schnaubte kurz durch. Das war wieder typisch für ihre Schwester. Sich zuerst langmächtig beknien lassen, dann halbherzig zustimmen und dann in letzter Sekunde mit irgendeiner faulen Ausrede vermutlich doch kneifen. Ihr sollte es recht sein. Sie hatte ohnehin keinen Wert darauf gelegt, dass ihre Frau Schwester zu dieser improvisierten Feier mitkam. Aber Folker hatte es immer wieder versucht, hartnäckig bittend, bisweilen auch zuckermäulig schmeichelnd. Und schließlich hatte Senta sich offenbar erweichen lassen und zugesagt. Ja, sie würde an Folkers kleiner improvisierter Geburtstagsfeier teilnehmen. Gleich nach Ende des Auftritts. Die anderen großen Stars aus dem »Jedermann«-Ensemble waren noch drüben auf dem Domplatz. Doch für die Buhlschaft war die Vorstellung bald nach dem Erscheinen des Todes vorbei. Und für die Mitglieder der Tischgesellschaft auch. Also konnte sich Senta ihnen anschließen, wenn sie gleich zum »K+K« Restaurant aufbrachen. Falls sie überhaupt mitkam. Isolde war es verdammt egal. Auch sie würde nicht lange bleiben. Aber sie hatte es Folker und Bianca versprochen. Zwei weitere Kollegen aus dem Darstellerensemble der Tischgesellschaft würden ebenfalls dabei sein. Stars wie ihre Schwester verfügten natürlich über eine eigene Garderobe. Für die Darsteller der kleinen Rollen, also der Tischgesellschaft, genügten zwei größere Gruppenräume.

Isolde brauchte keine zehn Minuten. Dann war sie abgeschminkt und umgezogen.

Sie wartete auf die anderen. Gleich darauf zogen sie zu fünft los, verließen das Festspielhaus.

»Hey, heute ist gar nicht mehr so viel los in der Stadt!«, bemerkte Isolde und hängte sich bei Bianca und Folker ein. »Dabei ist es erst 22.30 Uhr vorbei.« Sie bogen in die Philharmoniker-Gasse ein. Keine zwei Minuten später waren sie schon am Mozartplatz. Der Waagplatz mit dem angestrebten Restaurant lag gleich dahinter.

»Nein, nicht schon wieder«, entfuhr es Isolde. Sie hielten gerade auf den steinumfassten Eingang im Erdgeschoss zu, als eine der beiden großen Holztüren aufschwang und zwei Leute herauskamen. Auch die beiden Personen hielten in der Bewegung inne, waren sichtlich überrascht.

»Was soll das, Isolde?« Die Stimme des jungen Mannes war scharf, er klang ähnlich gereizt wie schon am Nachmittag. »Reicht es nicht, dass du ungebeten bei unserer Vorstellung auftauchst? Spionierst du uns jetzt auch noch im Wirtshaus nach?«

Die junge Frau, es war Ariana, wie Isolde bemerkte, fasste ihren Begleiter am Arm. »Komm, Cyrano, lass es gut sein. Das bringt doch nichts!« Der andere wollte etwas einwenden, aber die junge Frau zog ihn einfach mit sich fort. Sie verschwanden in Richtung Judengasse. Isolde bemerkte die leicht irritierten Blicke ihrer Kollegen. »Hast du Zoff mit denen?«, wollte Bianca wissen.

»Ach, das sind, wenn man es so nennen will, Kollegen.« Sie machte mit der Hand eine abschätzige Bewegung. »Die gehören zum Salzburger Straßentheater. Wie man bemerkt hat, sind sie derzeit nicht gut auf mich zu sprechen. Darüber erzähle ich euch vielleicht ein anderes Mal mehr. Aber nicht heute. Jetzt wollen wir auf Folkers Geburtstag anstoßen.«

Sie ging voraus, die anderen folgten rasch nach, betraten ebenfalls das Restaurant. Der Kellner brachte sie zum reservierten Tisch. Er befragte sie sogleich nach den Getränkewünschen. An der Wand hing eine elegant gestylte Uhr. Sie zeigte 22.43 Uhr. Isolde hatte noch genau zwei Stunden und 51 Minuten zu leben. Aber das wusste sie nicht. Sie bestellte einen Aperitif mit Cranberry und einem kleinen Schuss Wodka.

6. SZENE, GEGENWART

Hab immer doch in bösen Stunden
mir irgend einen Trost ausgfunden.

Der Kopf des langen Zündholzes flammte kurz auf, doch gleich darauf war er wieder verlöscht. Sie zog erneut die Schachtel auf, wählte ein anderes Streichholz. Dieses Mal klappte es. Ihre Hand zitterte zwar. Fast hatte es den Anschein, als vollführe die dreieckige Narbe auf ihrem Handrücken einen kleinen Tanz. Aber sie konzentrierte sich und schaffte es, den Docht der hellen Kerze auf der kleinen Anrichte zu entzünden. So wie jeden Abend. Die langsam pendelnde Flamme warf schmale Lichtstreifen auf das Bild, das neben der Kerze aufgestellt war. Es zeigte Gesicht und Oberkörper eines jungen Mannes. Er hatte dunkle Augen und ein schmales Lächeln. Einige Monate hatte eine schwarze Schleife die rechte obere Ecke geziert. Doch sie hatte das Band vor wenigen Tagen abgenommen und es gegen ein weißes getauscht. Sie rückte sich den gestreiften Ohrenfauteuil zurecht und nahm Platz. Dann hob sie das Glas mit dem Heidelbeerlikör. Sie hielt es zuprostend in Richtung Anrichte, wartete, bis das Licht der tänzelnden Flamme die lächelnden Augen auf dem Bild erreichten und aufhellten. Dann trank sie. In wohltuend langsamen Schlucken. Sie stellte das Glas wieder ab, lehnte den Kopf nach hinten. Ihre Augen ruhten auf dem Gesicht des jungen

Mannes. So würde sie sitzen bleiben und still trauern. Bis in die Morgenstunden. So wie jede Nacht.

7. SZENE, GEGENWART

Wo bist du Tod, mein starker Bot? Tritt vor mich hin.

Der Schlag traf sie von der Seite. Damit hatte sie nicht gerechnet. Sie taumelte, spürte das niedrige Geländer. Jetzt hatte sie noch genau siebeneinhalb Sekunden zu leben. Doch das wusste sie nicht. Das Handy fest in der verkrampften Rechten, versuchte sie, mit der Linken nach der kniehohen Querverstrebung zu fassen. Es gelang ihr nicht. Noch sechs Sekunden. Sie verlor das Gleichgewicht, kippte zurück. Ihr Rücken schrammte gegen etwas Hartes. Noch vier Sekunden. Sie donnerte hinunter, krachte auf den steinfesten Untergrund.
    Drei. Zwei. Eins.
    Dann war es vorbei.

ERSTER TAG

1

Er hob den Kopf, fuhr sich wohl schon zum 20. Mal mit der Linken in das zerwühlte Haar. Der Digitalwecker auf dem kleinen Beistelltablett zeigt auf kurz vor fünf. Sollte er sich noch länger im Bett von der einen Seite zur anderen wälzen, sich gedankenlos durchs Haar fegen, gelegentlich dabei das starke Gähnen unterdrücken, wie er es schon seit zwei Stunden praktizierte? Merana hielt kurz inne. Dann richtete er sich ein wenig auf. Nein. Er bestärkte seinen Entschluss, indem er mit dem Oberkörper Schwung aufnahm und sich dann mit einem jähen Ruck aus dem Bett schnellen ließ. Die Tür des Kleiderschranks stand halb offen. Er langte nach T-Shirt und kurzer Sporthose. In der Küche schnappte er sich ein Glas Wasser. Im Vorraum schlüpfte er in die Laufschuhe, dann verließ er das Haus. Die Luft fühlte sich frisch an. Er wandte den Kopf nach Osten. Der breite goldfarbene Streifen am Himmel leuchtete schon intensiv. In einer guten Viertelstunde würde die Sonne die ersten Strahlen über den Horizont schicken, schätzte er. Auch heute würde ganz Salzburg sich über einen weiteren herrlichen Sommertag freuen dürfen. So wie schon seit gut einer Woche. Langsam nahm er Tempo auf, hielt sich nach rechts. Er würde heute eine der längeren Routen wählen, wollte noch vor der Aigner Kirche in einen Feldweg einbiegen. Normalerweise startete er seinen Morgenlauf zwischen sechs und halb sieben. Heute war er eben schon eine Stunde früher dran. Die noch weit entfernten Baumreihen waren dicht belaubt. Aber Merana kannte zwei Stellen, durch die man den Blick frei hatte auf die Konturen der Stadt, vor allem auf die herrliche Silhouette der Festung. Vor mehr als zwei Jahrzehnten hatte er seine enge Pinzgauer Heimat verlassen, um in Salzburg ein Studium anzufangen. Es hatte nicht lange gedauert, dann hatte er die Stadt bereits zu seinem Lebensmittelpunkt erkoren. Die Luft fühlte sich angenehm frisch an. Er begann, schneller zu traben. Wie oft hatte er dieses Panorama schon erblickt? Es war ihm nie alltäglich geworden. Er war jedes Mal aufs Neue fasziniert. Genauso wie beim Anblick des mächtigen Untersberges, der sich ihm auf der linken Seite bot. Wie ein großer Wächter sah er aus, der sanft sein breites felsiges Haupt zum Schutz der Stadt anhob. Plötzlich gewahrte Merana einen mittelgroßen Hund neben sich. Der gehörte wohl zu einem der Bauernhöfe oder einem der Privathäuser der näheren Umgebung. Eine ähnliche Rasse wie die von Wendy, stellte er fest. Nur das Fell war heller. Er dachte oft an die tapfere Hündin seiner Nachbarsleute. Wenn Wendy nicht gewesen wäre, würde Merana vielleicht gar nicht mehr über Feldwege laufen können. Wendy hatte ihm damals vermutlich das Leben gerettet. Sie hatte die Gefahr gewittert und war mutig auf den Rand des kleinen Wäldchens zugestürmt, das sich hinter seinem Haus erstreckte. Er hatte damals auf die dahinhetzende Hündin mit einer schnellen Bewegung reagiert. Dadurch hatte ihn die Kugel um Haaresbreite verfehlt. Und auch seine Nachbarin, die Wendys Namen rufend hinter dem Hund herlief, hatte nichts abbekommen. Leider hatte eine weitere Kugel dann die tapfere Wendy getroffen. Zum Glück war es nur ein Streifschuss gewesen. Auch diese Kugel war für den Kommissar gedacht gewesen. Die heimtückische Schützin wollte Merana davon abhalten, seine Ermittlernase noch tiefer in den damals aktuellen Fall zu stecken. Natürlich hatte der Kommissar weiter ermittelt und schlussendlich auch die Wahrheit ans Licht gebracht. Auch dank Wendy war ihm dies möglich gewesen, die ihm durch ihr Eingreifen vermutlich das Leben gerettet hatte. Der schnüffelnde Hund neben ihm hatte offenbar genug von seiner Gesellschaft. Er bog kläffend ab, hielt auf die Häusergruppe zu, die von der Kirche und den Gebäuden des alten Schlosses gebildet wurden. Wenn es sein Dienst erlaubte, würde er bald wieder Wendy abholen und sie mit nach Hellbrunn nehmen. Sie liebte es, zusammen mit Merana durch das Gelände der weit angelegten Parks zu traben. Er liebte es auch. Selbstverständlich hielt er Wendy dabei an der Leine.

Wenn er das eingeschlagene Tempo beibehielt, würde er in einer knappen Dreiviertelstunde zurück sein. Er würde duschen und sich dann umziehen. Er würde sich ein ausgiebiges Frühstück gönnen, ehe er zum Dienst aufbrach. Sein erster Termin war für halb acht angesetzt. Polizeipräsident Hofrat Günther Kerner wollte sich noch kurz mit ihm besprechen. Es ging um das wichtige Treffen, das die Vertreter des Innenministeriums für zehn Uhr angesetzt hatten. Es gab neue Erkenntnisse zum brisanten Thema, das den gesamten Apparat der Sicherheitskräfte schon seit knapp drei Wochen intensiv beschäftigte. Angekündigt waren mögliche Terroranschläge im Umfeld der Salzburger Festspiele. Beim heutigen Treffen des Innenministeriums und bei allen sich daraus ergebenden Maßnahmen hatte der Leiter der Salzburger Kriminalpolizei sich intensiv einzubinden. Das wollte das Innenministerium, und vor allem bestand sein Chef darauf. Also würde Merana dem Folge leisten. Vielleicht waren es die Gedanken über die möglichen Szenarien der in den Raum gestellten Terrorgefahr. Vielleicht war es auch einfach das Behagen an der prachtvollen Landschaft ringsum, die sich beim Aufgang der Sonne noch intensiver präsentierte. Wie auch immer. Er begann rascher zu laufen. Seine Füße eilten in weitaus schnellerem Tempo über den eingeschlagenen Weg als beabsichtigt. Somit stand er schon zehn Minuten vor sechs unter der Dusche. Er hatte sich eben den ersten Espresso genehmigt, überlegte kurz, ob er sich nur einfache Spiegeleier oder doch ein pikantes Rührei mit Ziegenkäse und Speck zubereiten sollte, als sein Handy anschlug. Es war Abteilungsinspektor Otmar Braunberger, einer seiner engsten Mitarbeiter. Merana hörte fünf Minuten zu, dann legte er das Handy zur Seite. Es gab einen mysteriösen Todesfall, wie er eben erfahren hatte, möglicherweise handelte es sich dabei sogar um einen Mord. Thomas Brunner und seine Spezialisten aus der Tatortgruppe waren bereits unterwegs. Und der Chef der Salzburger Kriminalpolizei hatte höchstpersönlich die Ermittlungsleitung zu übernehmen. Das war ein klarer Auftrag des Herrn Polizeipräsidenten, wie Otmar Braunberger ihm versichert hatte. Um das Meeting mit den Spezialisten des Innenministeriums hatte sich ab sofort Meranas Stellvertreterin zu kümmern, Chefinspektorin

Carola Salman. Der Kommissar streckte die Hand aus, drückte die Off-Taste am E-Herd. Also kein aufwändiges Rührei. Auch keine Spiegeleier. Er griff nach der leeren Tasse. Ein zweiter Espresso ging sich in jedem Fall noch aus. Dann würde er sich sofort auf den Weg machen, direkt in die Salzburger Innenstadt. Und er würde sich einen Haferflockenriegel in die Tasche stecken.

2

Den ersten Streifenwagen der Kollegen machte er schon am Kajetanerplatz aus, direkt vor den Pollern und der Schranke, die die Zufahrt zur Kaigasse absperrten. Er parkte sein Auto daneben. Ein uniformierter Kollege hob grüßend die Hand an die Kappe. »Guten Morgen, Herr Kommissar.«

»Guten Morgen.«

Er kannte den jungen Beamten. Er war österreichischer Nationalmeister im Taekwondo. Das war eine koreanische Kampfsportart, wie Merana bekannt war. Auch seine Kollegin Carola Salman war sehr versiert darin. Auch sie trug den Schwarzen Gürtel, so wie der junge Beamte. Die Stimme des Kollegen hatte einen respektvollen Ton, klang fast ehrfürchtig. Vielleicht ist das so, wenn man seinen Posten in unmittelbarer Nähe einer Kirche zu beziehen hat, dachte er. Und es war zudem ein prachtvolles Gotteshaus, das den Rand des großen Platzes säumte. Der dreigeschossige Flügelbau mit den eindrucksvollen Säulen und Pilastern erinnerte daran, dass die Kirche einst Teil einer Klosteranlange im späten 17. Jahrhundert war.

Die hohe Tambourkuppel über dem Zentralbau schimmerte schon glänzend im Licht der Morgensonne, wie Merana bemerkte. Ja, es versprach ein schöner Tag zu werden. Zumindest, was das Wetter anbelangte. Ansonsten konnte der Kommissar noch nicht abschätzen, ob dieser Tag noch irgendeinen schönen Moment für ihn bereithielt. Immerhin befand er sich auf dem Weg zu einem Ort, an der die Leiche einer jungen Frau lag. Ob Unfallstelle oder Tatort würde sich wohl noch erweisen. Er eilte in die Gasse, sah die Fahrzeuge der Tatortgruppe, dahinter zwei weitere Streifenwägen. Der Aufgang zur Nonnbergstiege war ebenfalls mit gelben Absperrungen versehen. Auch hier waren zwei uniformierte Kollegen postiert. Zwei weitere kümmerten sich um die Passanten, die, aus der Innenstadt kommend, die Gasse entlang wollten. Einige harrten aus, wollten sich nicht weiterschicken lassen. Schaulustige, Neugierdsnasen, Merana kannte das zur Genüge aus vielen ähnlichen Situationen. Er blickte kurz nach oben. Vor einer Stunde hatte er die

Festung noch aus der Entfernung gesehen, war in Begleitung eines zutraulichen Hundestrawanzers quer durch die gefällige Landschaft von Aigen getrabt. Er hatte den Anblick der mächtigen Burg genossen, wie immer. Er hätte nicht gedacht, dass er kaum zwei Stunden später sich direkt am Fuß des Festungsberges einfinden würde. Nicht, um den prächtigen Blick auf die Burg aus direkter Nähe auszukosten, sondern um einen mysteriösen Todesfall zu untersuchen. Wann bin ich diese steinernen Stufen eigentlich das letzte Mal nach oben gestiegen? Das muss vor rund einem Monat gewesen sein, überlegte er, als er die Großmutter aus dem Pinzgau bei sich hatte. Die alte Frau, immer noch rüstig, hatte es sich nicht nehmen lassen, den Weg zum Frauenkloster und weiter bis zur Festung über diesen zauberhaften Aufgang zu nehmen.

»Nochmals einen guten Morgen, Martin.«

»Hallo, Otmar.« Der Abteilungsinspektor erwartete ihn auf einer der ersten Stufen. Er reichte ihm die Hand.

»Was für ein prächtiger Sommermorgen. Es wäre weitaus angenehmer, an den Wolfgangsee zu fahren. Aber was machen wir? Wir begeben uns zu einem Platz, an dem eine Leiche liegt. Kannst du mir schon mehr über die Tote sagen als vorhin am Telefon?«

»Zumindest haben wir die offizielle Bestätigung. Bei der Toten handelt es tatsächlich um Isolde Laudess.«

Also doch. *Laudess*. Er hatte schon befürchtet, dass es stimmte. Dabei handelte es sich nicht einfach um irgendeinen Namen. *Laudess*. Dahinter verbarg sich viel. Der Name kündete von Erfolg und Ruhm. Von großer Publikumsbegeisterung genauso wie von nahezu hymnischem Kritikerzuspruch. Und das nicht nur in Salzburg während der Festspielzeit, sondern das ganze Jahr über im gesamten deutschsprachigen Raum. Allerdings war die geballte Aufmerksamkeit dabei nicht auf den Vornamen Isolde gerichtet. Die frenetische Begeisterung galt Senta Laudess, der derzeitigen Buhlschaft bei den Salzburger Festspielen. Senta Laudess, gefeierter Star auf den Bühnen bedeutender Theaterhäuser. Dazu kam eine Reihe glänzender Auftritte in Film- und Fernsehproduktionen. Nicht wenige davon mit großen Preisen ausgezeichnet. Genau darauf hatte auch der Chef Bezug genommen. Merana hatte noch während der Herfahrt mit ihm telefoniert.

»Immerhin geht es hier um die Schwester der großen Senta Laudess, der von allen gefeierten Buhlschaft im heurigen Festspiel ›Jedermann‹. Da will ich überhaupt keine Diskussion, Martin. Ich wünsche, dass sich der Chef unserer Kriminalpolizei höchstpersönlich genau dieses Falles annimmt. Um die oberschlauen Kollegen aus dem Innenministerium soll sich gefälligst Carola kümmern. Das schafft sie locker. Wer weiß, ob es tatsächlich neue Verdachtsmomente gibt, wie sie behaupten. Oder ob die Herren Terrorspezialisten wieder einmal das Gras wachsen hören, wo noch nicht einmal die Spitze eines Halms aus dem Boden hervorlugt. Du wirst dich gefälligst um die rasche Auflösung dieses Verbrechens bemühen, Herr Kommissar. Eine junge Frau liegt tot am Aufgang zum Nonnbergkloster. Und dabei handelt es sich nicht um irgendein dahergelaufenes Salzburger Mädel, sondern um die Schwester der Salzburger Buhlschaft. Du bist ja gewissermaßen Stammgast im Festspielbezirk, kennst dich in jedem Winkel des Festspiel-

hauses aus, bist mit allen dort per Du. Genau so einen Mann brauchen wir jetzt, um den Fall im Höchsttempo aufzuklären. Immerhin blickt die halbe Welt nach Salzburg wegen der berühmten Festspiele, in diesem Sommer noch mehr als sonst.«
Wie immer hatte sein Chef maßlos übertrieben. Dass die kulturinteressierte Welt ihre Aufmerksamkeit heuer noch stärker als sonst auf Salzburg richtete, stimmte schon. Immerhin feierten die Festspiele ein großes Jubiläum. Aber dass er, Martin Merana, »gewissermaßen Stammgast« im Festspielbezirk wäre, traf einfach nicht zu. Gut, der Zufall hatte ihn in den letzten Jahren immer wieder mal in diese Szenerie geführt. Er hatte den Mord an einer bedeutenden Sängerin aufgeklärt, an der gefeierten Darstellerin der Königin der Nacht in Mozarts »Zauberflöte«. Und davor war es ausgerechnet das »Jedermann«-Spektakel gewesen, das Merana erstmals in beruflichen Kontakt mit den Salzburger Festspielen brachte. Auf der »Jedermann«-Bühne war der bekannte Schauspieler Hans Dieter Hackner gelegen. Mit einem nachgemachten Renaissancedolch in der Brust. Und Merana musste sich damals die Frage stellen, wer um alles in der Welt ausgerechnet Hackner, dem gefeierten Darsteller des Todes, den Tod geschickt hatte. Er hatte die Frage schließlich beantworten können. Aber das war es schon im Großen und Ganzen gewesen, was ihn bei seiner Ermittlungsarbeit ins Reich der Festspiele geführt hatte. Keine Rede davon, dass er sich »in jedem Winkel« des ohnehin äußerst unübersichtlichen riesigen Festspielhauses auch nur halbwegs auskannte. Und die Anzahl der Menschen, mit denen er im Laufe seiner

Arbeit auf das Du-Wort gekommen war, ließ sich locker an den Fingern einer Hand abzählen. Auf keinen Fall zählte da jemand aus dem Kreis der verantwortlichen Persönlichkeiten dazu. Er war mit einem der Beleuchtungsmeister per Du und noch mit ein paar gewiss sehr fachkundigen, aber eher unauffälligen Leuten, die vor allem im Hintergrund agierten.

»Ich gehe voran, Martin«, ließ Otmar Braunberger sich vernehmen und nahm die nächsten Stufen. Merana folgte seinem Abteilungsinspektor. Der Stufenaufgang bildete eine eigene schmale Gasse, flankiert von Fassaden hoher alter Häuser, die links und rechts emporragten. Dem Gemäuer war immer wieder deutlich anzumerken, dass der ansteigende Klosteraufgang schon sehr alt war. Nach etwa 30 Metern rückte ein Teil der zur Kaigasse gelegenen Häuserfront etwas von der immer noch steil ansteigenden Treppe ab. Dadurch ergab sich ein schmaler Freiraum, etwa zwölf Meter lang und an der breitesten Stelle etwa vier Meter tief. Der Untergrund war aus Steinen geformt, teilweise von Moos überwuchert. An der aufragenden Seitenmauer, die zur steil ansteigenden Treppe auf der rechten Seite gehörte, hatte sich allerlei Gesträuch und Blattwerk angesiedelt. Sie wichen zwei Kollegen der Tatortgruppe aus, die damit beschäftigt waren, Teile der Umgebung mittels Kameras festzuhalten. Andere sammelten Proben ein. Am hinteren Teil des Freiraums, knapp bevor die Häuserfront wieder im rechten Winkel zur Treppe stieß, erkannte Merana die Gerichtsmedizinerin. Der Körper der Frau, neben dem sie kniete, war bizarr verrenkt. Das konnte der Kommissar auch aus der Entfernung feststellen. Braunberger hielt inne, ließ dem

Kommissar den Vortritt. Auch Merana blieb stehen, als schiene er abzuwarten. Fast zwei Minuten verharrte er in dieser Position. Erst dann macht Merana den nächsten Schritt, blieb wiederum stehen, wartete, ehe er einen weiteren Schritt und dann behutsam den nächsten setzte.

»Guten Morgen, Martin.« Die Gerichtsmedizinerin hatte noch nicht einmal den Kopf gehoben. Offenbar wusste sie auch so, dass er sich behutsam näherte.

»Hallo, Eleonore.«

Er blieb stehen, ließ sich neben ihr nieder, stützte die Arme auf die Knie. Er vermeinte, zweierlei wahrzunehmen. Die entschlossen anmutende Ausstrahlung der Ärztin, die jeden Handgriff mit professioneller Routine setzte. Und zugleich glaubte er, eine Art Aura zu verspüren, die den Platz umgab, auf dem die Tote lag. Offenbar war die junge Frau mit dem Hinterkopf aufgeschlagen, stellte er fest. Die dunkle Lache auf dem Untergrund war nicht sehr groß. Das Blut war längst eingetrocknet. Die Augenlider der Leiche waren offen. Die gebrochenen Augen starrten glasig in den Himmel. Er richtete seinen Blick zur Ärztin. »Kannst du mir schon Näheres sagen, Eleonore?«

Die Medizinerin wandte sich ihm zu, dann wies sie mit dem Kopf zur ansteigenden Steintreppe. Die Stützmauer war an dieser Stelle etwa fünf Meter hoch.

»Es steht wohl fest, dass sie von da oben herunterfiel. Das lässt sich einerseits aus den Verletzungen nachvollziehen. Außerdem haben Thomas Brunners Leute entsprechende Spuren am Gesträuch entdeckt, dass am oberen Teil der Mauer wuchert. Wann die bedauernswerte junge Frau hier herunterstürzte, kann ich natürlich nicht exakt sagen. Dazu weiß ich wohl mehr, wenn ich sie auf meinem Untersuchungstisch in der Gerichtsmedizin habe.«

»Ich weiß, Eleonore ...«
Sie ließ ihn nicht weiterreden, schnaubte kurz.
»Und ich weiß, geschätzter Herr Ermittlungsleiter, dass du wie immer jetzt schon eine Einschätzung von mir hören willst.« Ihre Stimme hörte sich ein wenig fauchend an.

Dem Kommissar war bewusst, wie sehr er die Medizinerin bisweilen zu dieser Vorgehensweise nahezu drängte. Aber Frau Dr. Eleonore Plankowitz hatte mit den von ihr so bezeichneten Einschätzungen in den meisten Fällen äußerst präzise gelegen, wie die späteren forensischen und labortechnischen Untersuchungen bestätigt hatten.

»Also gut, Martin, dann will ich mich dir zuliebe auch dieses Mal darauf einlassen. Ich schätze, der Tod der jungen Frau ist zwischen 23 Uhr und drei Uhr morgens eingetreten.« Sie wies auf die Tote. »So wie es sich auf den ersten Blick zeigt, hat sie sich beim Aufprall nicht nur einen Teil der hinteren Schädeldecke zertrümmert. Sie hat sich auch das Genick gebrochen. Sie dürfte also sofort tot gewesen sein. Die anderen an der Leiche sichtbaren Verletzungen, vor allem die Abschürfungen, hat sie sich beim Herunterfallen zugezogen. Sie passen auch alle zur äußeren Struktur an dieser Mauer. Bis auf die eine Verletzung, die ist etwas eigenartig.« Eleonore Plankowitz deutete auf die linke Gesichtsseite der Toten. Auf Höhe der Schläfe war eine längliche, etwa drei Zentimeter breite Blessur zu erkennen. Merana beugte sich nach vorn. Er bemühte sich, die Tote nicht zu berühren, auch wenn er Schutzhandschuhe übergestreift hatte.

Er betrachtete aufmerksam die Stelle. »Was sind das für eigenartige dunkle Partikel in der Wunde?« Er richtete sich wieder auf.

»Das wüsste ich auch gerne«, antwortete die Medizinerin. »Ich halte das für Splitter. So wie die Wunde aussieht, könnte sie an dieser Stelle von etwas getroffen worden sein.«

»Du meinst Fremdeinwirkung?«

Die Ärztin zuckte mit den Schultern. »Kann sein, kann nicht sein. Ich finde, es reicht für das unprofessionelle Prozedere an Einschätzung an dieser Stelle. Nur noch so viel. Wie mir Thomas vorhin bestätigte ...«

»... haben er und seine unermüdlich schuftenden Kollegen bisher nichts gefunden.«

Wie auf Stichwort war der Leiter der Tatortgruppe neben ihnen aufgetaucht und hatte mit einem satten Grinsen den Satz der Gerichtsärztin vollendet. Er reichte Merana die Hand.

»Hallo, Martin.« Er deutete nach oben. »Natürlich haben wir noch nicht jeden Quadratzentimeter des Geländes bis ins Kleinste durchsucht. Wie Eleonore ganz richtig bemerkte, gibt es bisher nichts, was wir als Quelle für diese eigenwillig geformten dunklen Gebilde ausmachen konnten. Aber wir sind auch noch lange nicht fertig. Wir suchen natürlich weiter. Und wenn da oben auch nur ein einziger Splitter existiert, der zu denen in der Kopfwunde passt, dann finden wir ihn!«

Daran hegte der Kommissar auch nicht die Spur eines Zweifels. »Wer hat die Tote entdeckt?«

Die Frage war an den Abteilungsinspektor gerichtet. Der zückte sein Notizbuch, blätterte darin. Der überwiegende Teil der Ermittler hielt mittlerweile längst jegliches Detail kriminalpolizeilicher Untersuchung auf Tablets fest oder auf ähnlichen multifunktionalen Digitalgeräten. Und das weltweit. Aber Abteilungsinspektor Otmar Braunberger benützte nach wie vor lieber Notizblöcke mit geringelter Halterung.

»Gefunden hat die Tote eine Frau Lotte Ramalla, 74 Jahre, pensionierte Kanzleiangestellte. Sie wohnt da drüben.«

Er deutete auf einen der gegenüberliegenden Hauseingänge.

»Sie wollte um halb sechs ihren Hund äußerln führen, so wie jedem Morgen.«

Halb sechs, dachte Merana. Da hatten eben die ersten Strahlen die obersten Felszacken des Untersberges berührt. Er hatte es beim Laufen gemerkt und sich gefreut.

»Die Dame war ein wenig verwirrt, als die alarmierten uniformierten Kollegen hier eintrafen, wie man mir berichtete. Ich werde später versuchen, nochmals in Ruhe mit ihr zu reden.«

»Gibt es sonst Zeugen?«

Der Abteilungsinspektor schüttelte den Kopf. »Bisher nicht, Martin. Ich habe schon einige Kollegen losgeschickt, um Leute aus der Nachbarschaft zu befragen. Nicht nur hier entlang des Stiegenaufgangs, auch drunten in der Gasse. Aber bisher hat noch keiner etwas gemeldet, das uns bei diesem Fall weiterhelfen könnte.«

Vielleicht traf das Wort »Fall« auch gar nicht zu, ging es Merana durch den Kopf, zumindest nicht aus kriminalpolizeilicher Sicht. Die junge Frau konnte auch aus völlig anderen Gründen über die Geländerbegrenzung des Stiegenaufgangs gestürzt sein. Ohne dass jemand dabei nachgeholfen hatte und somit ein Verbrechen vorlag. Bis jetzt wussten sie noch gar nichts dazu. Ja, ihr allseits geschätzter Chef hatte beim Namen *Laudess* sofort alle Alarmglocken läuten gehört. Daraufhin hatte er umgehend die stärkste Polizeibesatzung aufmarschieren lassen, wissend, dass sich sofort Medien und Öffentlichkeit auf diesen Vorfall stürzen würden, wenn durchdrang, dass es sich bei der Toten tatsächlich um die Schwester von Senta Laudess handelte.

»Danke, Otmar.« Der Abteilungsinspektor steckte das unförmige, leicht abgegriffene Notizbuch wieder ein. Dann wurde seine Aufmerksamkeit von etwas anderem abgelenkt. »Ich glaube, da bist du gefragt, Martin.« Braunberger wies hinunter zum Anfang des Treppenaufstiegs. Einer der Streifenpolizisten an der Absperrung hielt eine groß gewachsene Frau auf, die an ihm vorbei nach oben wollte. Der Kommissar erkannte sie. Das war Jana Daimond. Sie war die Chefin der Öffentlichkeitsabteilung der Salzburger Festspiele. Jana Daimond war Merana schon im vergangenen Sommer vorgestellt worden. Er verließ den Platz, an dem die Tote lag, trat hinaus auf den steinernen Aufgang und stieg nach unten.

»Danke, Herr Kollege, ich übernehme das.«

Er gab dem uniformierten Kollegen ein Zeichen. Die groß gewachsene Frau im dunkelblauen Hosenanzug drehte sich zu ihm. Die Müdigkeit war ihr deutlich anzusehen. Die ansonsten gestraffte Gesichtshaut wirkte rings um die Augen leicht faltig. Für gediegene Kosmetik war wohl keine Zeit geblieben an diesem unerwartet ereignisreichen Morgen, kam es ihm in den Sinn. »Guten Tag,

Herr Kommissar.« Er blieb direkt vor ihr stehen. Sie blickte ihm ins Gesicht, prüfend, als versuche sie darin zu lesen. Sie hatte wohl gefunden, was sie suchte. Ihre Stimme wurde ganz leise. »Es ist also wahr? Isolde Laudess ist etwas Furchtbares zugestoßen?« Er nahm sie am Arm, führte sie ein wenig zur Seite, hinein in die Gasse. Einem Fotografen war es offenbar gelungen, durch die Absperrung zu gelangen. Er stand in der Nähe, zielte mit der Kamera in ihre Richtung. Merana gab einem der Kollegen ein Zeichen, wies mit der Hand auf den Fotografen. Der Uniformierte setzte sich augenblicklich in Bewegung, um den Mann zu verscheuchen.

»Ja, Frau Daimond. Darf ich fragen, wie Sie von dem Vorfall erfahren haben?«

Sie schaute ihn leicht verwirrt an. »Der Herr Polizeipräsident höchstpersönlich hat mich angerufen.«

Natürlich, Merana hätte es sich denken können. Vermutlich hatte der Herr Hofrat inzwischen auch mit allen Chefredakteuren der wichtigsten Medien und wohl auch mit dem Landeshauptmann telefoniert. Mit jedem, der ihm auf seinem unermüdlichen Karriereweg irgendwann einmal vielleicht nützlich sein könnte.

»Können Sie mir erklären, Herr Kommissar, wie es für Isolde zu diesem Unglück kam? Ich vermute, es gibt Anzeichen für ein Verbrechen, wenn so viel Polizei vor Ort ist.«

Er versuchte, seiner Stimme einen beruhigenden Klang zu verleihen. »Dazu darf ich Ihnen derzeit leider noch nichts sagen, Frau Daimond.«

Sie nickte. »Die Ärmste. Vermutlich war sie auf dem Weg zu ihrer Wohnung. Isolde hatte ja gestern noch bei unserer ›Jedermann‹-Aufführung auf der Bühne gestanden.«

Ja, das hatte Merana schon vermutet. Gestern war Vorstellung, wie ihm bekannt war. Dass die junge Frau zum Ensemble gehörte, das wusste er, seit er vor zwei Wochen eine Fernsehreportage darüber gesehen hatte. Die Gestalter hatten mehrfach darauf hingewiesen, welch wunderbare Fügung es sei, in diesem Jahr beide Schwestern nebeneinander auf der »Jedermann«-Bühne zu erleben. Senta, die allseits berühmte Darstellerin großer Charakterfiguren, als Buhlschaft, und die jüngere Isolde in einer kleinen Rolle als Mitglied der Tischgesellschaft.

»Kann ich sie sehen?«

Merana schüttelte den Kopf. »Ich bedaure sehr, aber das geht leider nicht.«

»Ich verstehe. Sie müssen sich wohl an Ihre Vorschriften halten.« Plötzlich wurde ihr Blick noch leerer. Sie seufzte tief. »Dann mache ich mich wohl besser gleich auf den Weg zu Frau Laudess. Besser, sie erfährt die schreckliche Nachricht von mir als von einem der Medienleute.«

Sie sagte ihm zu, dass er sie in zwei Stunden in ihrem Büro antreffen könnte, falls er sie noch brauchte. »Danke, Frau Daimond. Wie gesagt, ich kann Ihnen noch keine Details zum bedauerlichen Vorfall erörtern. Aber es könnte für meine Mitarbeiter und mich bald sehr wichtig sein, möglichst schnell ein klares Bild über die letzten Stunden von Isolde Laudess zu erstellen. Was passierte, nachdem sie ihren Auftritt bei der gestrigen ›Jedermann‹-Vorstellung beendete. Was hat sie unternommen? Wen hat sie getroffen? Dazu wollen wir möglichst viele Beteiligte an der ›Jedermann‹-Produktion befragen. Danke, wenn Sie uns dabei behilflich sind. Ich persönlich werde mich um ein baldiges Gespräch mit der Schwester bemühen. Auch da wäre ich Ihnen verbunden, wenn Sie das für mich arrangieren.«

Sie versprach es. Dann reichte sie ihm die Hand und ging. Der Polizist an der Absperrung drängte die inzwischen dort versammelten Leute zurück. Merana sah ihr nach, wartete, bis die hoch aufgeschossene Gestalt in der Gasse verschwand.

»War das nicht die Leiterin der Öffentlichkeitsarbeit der Festspiele?«

Braunberger hatte sich neben ihn gestellt.

»Ja, ich werde Jana Daimond vermutlich bald in ihrem Büro aufsuchen. Sie wird mir alle Daten zu den Ensembleleuten und den übrigen Beteiligten des gestrigen ›Jedermann‹-Abends aushändigen. Dann hätten wir zumindest schon einmal diese Unterlagen, falls es sich beim Tod der jungen Frau doch um ein Verbrechen handelt.« Der Abteilungsinspektor wies mit der Hand die Treppe hinauf.

»Lass uns miteinander die Stelle anschauen, an der Isolde Laudess aller Wahrscheinlichkeit nach hinunterstürzte. Thomas Brunner ist schon oben, er wartet auf uns.« Sie stiegen hinauf. Während die hoch aufragenden Häuser an der linken Seite zur Kaigasse gehörten, waren die Gebäude rechterhand eng an den felsigen Hintergrund geschmiegt. Es gab mehrere Hauseingänge. »Nonnbergstiege 10c«, las Merana an einer Stelle. Acht Namensschilder waren auszumachen und ebenso viele Klingelknöpfe. Thomas Brunner wartete an jenem Platz des Aufstiegs, an dem die zurückgewichene linke

Häuserfront wieder im rechten Winkel an die Treppe stieß. Merana sah sich prüfend um. Auf der rechten Seite erstreckte sich ein kleiner ansteigender Garten mit einer kurzen, sehr niedrigen Begrenzungsmauer. Obwohl nur wenig Sonnenlicht in die schmale Stiegengasse fiel, gediehen hier offenbar dennoch einige Blumen und niedriges Gewächs. »Na, wer sagt's denn«, rief der Abteilungsinspektor. »Hier gibt es sogar Gartenzwerge.« Er korrigierte sich im nächsten Moment. »Nein, das sind wohl doch keine Gartenzwerge. Schaut eher aus wie eine Ansammlung von Märchenfiguren.« Hinter dem schmalen, niedrigen Mäuerchen, das den steil ansteigenden Garten zur Stiege hin abgrenzte, waren etliche Figuren auszumachen. Sie dürften wohl rund 40 Zentimeter groß sein, schätzte Merana. Und sahen tatsächlich aus, als kämen sie aus irgendeinem Märchenbuch. Bei der schon leicht ramponierten bläulichen Katzenskulptur dürfte es sich wohl um den Gestiefelten Kater handeln, vermutete er. Weiters sah er zwei dickliche Zwerge, einen Prinz, der sich auf sein Schwert stützte, und einen Esel, dem ein Ohr fehlte. Zwischen beiden war eine Frauenskulptur zu erkennen. Das mochte vielleicht Schneewittchen sein. Rechts neben dem angeknacksten Esel lungerte ein flammenspeiender Lindwurm. Wahrlich ein putziger Anblick, der sich ihnen hier bot. Aber was Merana weit mehr faszinierte, war das Bild, das sich ihm in der Entfernung weit oberhalb des Gartens bot. Ein Stück helle Mauer leuchtete im Sonnenlicht.

Ein Teil der Festung war auszumachen. Er entsann sich. Er hatte auch mit der Großmutter an eben dieser Stelle während ihres Aufstiegs verweilt. Sie hatte ihn auf den bemerkenswerten Ausblick aufmerksam gemacht, auf die Festungsmauer und auf einen der Türme. Das Gärtchen hatte es vermutlich auch vor einem Monat an dieser Stelle schon gegeben. Es war ihm gewiss entfallen. An irgendwelche Märchenskulpturen konnte er sich überhaupt nicht erinnern.

»Also Martin, Eleonore hat es dir ja schon angedeutet. Unsere bisherige Untersuchung des Geländes führt zu dem Schluss, dass die junge Frau an genau dieser Stelle in die Tiefe stürzte.«

Merana wandte sich vom Anblick des Gärtchens und der Festung ab. Thomas Brunner wies auf die entsprechende Stelle an der Treppenabgrenzung. Merana trat an das niedrige Geländer, blickte hinunter.

»Sie war wohl auf dem Heimweg«, fügte der Abteilungsinspektor hinzu. »Sie wohnte nicht weit von hier entfernt in der alten Nonntaler Hauptstraße.«

»Welche Hausnummer?«

Meranas Frage bot dem Abteilungsinspektor wieder Gelegenheit, das legendäre Notizbuch zu zücken. Er blätterte darin.

»13B.«

Merana stutzte. »13B? Wenn ich das recht im Kopf habe, dann muss das am Anfang der Nonntaler Hauptstraße liegen.«

Braunberger nickte. »Du hast recht. Meines Wissens liegt das nicht weit entfernt vom Rösthaus und Café ›220 Grad‹.«

Merana fixierte seinen Kollegen, schüttelte irritiert den Kopf. »Also Otmar, das verblüfft mich jetzt.« Er wies mit der Hand hinab bis zum Anfang der steinernen Stiege.

»Warum ist sie nicht unten geblieben? Da wären es für sie nur noch wenige Meter in der Kaigasse gewesen. Dann hätte sie schnell den Kajetanerplatz überquert, hätte sich nach der Schanzlgasse gleich rechts gehalten und wäre im Handumdrehen zu Hause gewesen. Dieser Weg wäre bedeutend kürzer. Gar kein Vergleich zu der eher mühsamen Strecke über die Nonnbergstiege, immer am Berg entlang, vorbei am Kloster. Es dauert schon ein wenig, bis man weit hinter der Erhardkirche wieder hinunterkommt. Warum hat sie diesen Weg gewählt? War sie vielleicht doch nicht auf dem Weg zu ihrer Wohnung?«

Er schaute auf seine beiden Kollegen.

»Gute Frage, Herr Kommissar«, entgegnete Braunberger und steckte das Notizbuch zurück. »Vielleicht sollten wir den Esel fragen. Aber ich weiß nicht, ob der uns überhaupt versteht. Immerhin hat er nur ein Ohr.« Sein Lachen erinnerte ein wenig an das kehlige Gemecker eines Ziegenbocks, während er der beschädigten Grautierstatue einen Klaps versetzte.

3

Auch drei Stunden später war das meiste noch weitgehend unklar. Nur auf eine der aufgetauchten Fragen sollte der Kommissar eine einigermaßen einleuchtende Antwort erhalten. Warum Isolde Laudess nicht den wesentlich kürzeren Weg über den Kaigassenausgang, sondern die viel weitere Strecke über die Nonnbergstiege gewählt hatte.

Der Kommissar hatte Jana Daimond wie vereinbart in deren Büro aufgesucht. Er hatte ihr mehrmals bestätigt, die sensiblen Angaben vor allem zu den großen Stars der Festspielproduktion absolut vertraulich zu behandeln. Er würde nur Auszüge davon an seine vertrautesten Mitarbeiter weiterreichen, damit sie mit den Befragungen beginnen könnten. Die Öffentlichkeitschefin hatte auch arrangiert, dass er mit Senta Laudess reden könnte. Sie würde ihn um zwölf Uhr in ihrem Appartement erwarten.

»Frau Laudess wohnt nicht im Hotel?«

»Nein, einigen unserer Künstler ist es angenehmer, während ihres Salzburg-Aufenthaltes eine für sie bereitgestellte Wohnung zu beziehen als im Hotel zu bleiben. Wir versuchen natürlich, diesen Wünschen entgegenzukommen, so gut es geht.«

Bevor er erneut ins Kaiviertel aufbrach, wo die angegebene Wohnung lag, wollte er noch schnell Halt am Alten Markt machen. Er hatte es nicht anders erwartet. Das prächtige Wetter war zu verlockend. Das Café Tomaselli samt Terrasse und gegenüberliegendem Garten war bis auf den letzten Platz gefüllt. Nicht besser sah es beim Café Fürst aus. Auch hier waren alle Tische auf dem Platz vor dem Lokal belegt. Doch dann bemerkte er, dass eine Gruppe von drei Leuten eben die Rechnung bezahlte und sich erhob. Er trat schnell heran und ergatterte den Platz. Er bestellte sich einen großen Schwarzen und einen Apfelstrudel. Er war seit fünf Uhr auf und hatte bis jetzt nur einen Haferflockenriegel zu sich genommen. Die Kellnerin war rasch zurück, stellte ihm das Gewünschte hin. Er nahm die Gabel, kostete ein Stück von der Mehlspeise. Köstlich. Er hatte es nicht anders erwartet. Er nahm das nächste Stück, schloss kurz die Augen, um jeden Bissen noch intensiver zu genießen. So viel Zeit musste sein, beschloss er. Erst sich den verdienten Genuss gönnen, dann weiter mit der Arbeit. Nichtsdestotrotz blieb doch noch ein Stück des Strudels auf dem Teller, als er bereits nach dem Handy griff. Er wollte die kurze Zeitspanne nützen, um sich ein wenigstens gerafftes Bild über die beiden Schwestern Laudess zu verschaffen. Er aktivierte sein Handy. Über Senta, den großen Bühnenstar, gab es wie erwartet eine Fülle an Eintragungen im Internet. Über Isolde war wenig zu finden, zumindest nichts Aufschlussreiches. Beide waren in Salzburg geboren, aber das hatte er schon gewusst. Senta hatte im Alter von 17 Jahren ihre Heimatstadt verlassen. Sie war nach Berlin gezogen, hatte eine Ausbildung an der berühmten Schauspielschule »Der Kreis« absolviert. Schon im zweiten Studienjahr bekam sie eine Gastrolle am Deutschen Theater. Das war der Start für eine auch international beachtliche Karriere. Welchen Weg die um sechs Jahre jüngere Isolde gegangen war, ließ sich für Merana in der Kürze mittels Internetrecherche am Handy nicht ermitteln. Doch er hoffte, von Senta Laudess bald mehr darüber zu erfahren. Er verspeiste das letzte Stück Strudel, trank den Kaffee aus, legte einen Geldschein auf den Tisch und erhob sich. Wie er von Jana Daimond erfahren hatte, lag die Wohnung in der Krottachgasse, einer Seitengasse zur Kaigasse, aus der man gleich nach dem Mozartkino abbog. Er machte sich rasch auf den Weg, erreichte das ihm von Daimond genannte Haus. Merana kannte sich in der Gegend ganz gut aus. Schräg gegenüber gab es ein italienisches Café. Gelegentlich trank er dort einen Cappuccino oder genehmigte sich einen Teller mit Antipasti und dazu ein Glas Wein. Er betrat das große Gebäude, das dem Lokal gegenüber lag. Er hatte im Laufe der letzten Jahre schon hin und wieder bei seinen Ermittlungen mit dem einen oder anderen großen Star aus der Welt der Künste zu tun gehabt. Dennoch spürte er einen Anflug von leichter Nervosität, als er die Marmorstiege langsam nach oben nahm. Im fünften Geschoss machte er Halt und läutete. Und obwohl er wusste, was ihn erwartet, konnte er sich eines gewissen Staunens nicht erwehren. Es war tatsächlich die gefeierte Buhlschaft aus dem »Jedermann« der Salzburger Festspiele, die ihm die Tür öffnete.

»Guten Tag. Ich nehme an, Sie sind Kommissar Merana. Bitte kommen Sie herein.«

Er überlegte, ob er ihr zur Bestätigung seinen Dienstausweis zeigen sollte, ließ ihn dann aber stecken. Das »Appartement«, wie Jana Daimond es in beiläufigem

Tonfall bezeichnet hatte, erwies sich als große, luxuriös ausgestattete Wohnung. Beeindruckend war auch der Blick aus dem Salon auf die gegenüberliegende Seite der Stadt. Am anderen Salzachufer war ein Großteil des Kapuzinerbergs mit der lang gezogenen Befestigungsmauer und dem alten Franziskanerkloster am linken Ende auszumachen.

»Darf ich Ihnen etwas zu trinken anbieten?«
»Sehr freundlich, ein Glas Wasser bitte.«
Sie deutete zum auffällig gestylten Glastisch, der in der Nähe des großen Fensters stand. Dann brachte sie eine vollgefüllte hellblaue Karaffe und zwei edel aussehende Kristallgläser. Er setzte sich auf einen der mit hellem Leder überzogenen Sessel. Sie nahm ebenfalls Platz, füllte die Gläser. Sie wirkt älter als auf der Bühne, fand er. In jedem Fall älter als auf den Bildern, die er von ihr kannte. Aber vielleicht täuschte sein Eindruck. Immerhin hatte sie eben erst vom tragischen Tod ihrer Schwester erfahren. Auch das rötlich gefärbte Haar erschien ihm kürzer, als er es von den Fotos in Erinnerung hatte. Nur die erkennbare Kupfertönung war ihm vertraut, so wie er sie von Abbildungen kannte. Er bemerkte den matten Glanz, der in ihren dunklen Augen lag. Auch der sanfte Schwung der Augenbrauen erschien ihm makellos. Sie lächelte. »Soll ich an meinem Gesicht etwas ändern, Herr Kommissar?«

Er spürte, wie ihm die Röte in die Wangen schoss. »Nein, absolut nicht. Falls ich Sie angestarrt habe und Sie das aufdringlich empfunden haben, möchte ich mich entschuldigen. Das lag keineswegs in meiner Absicht.«

Erneut lächelte sie. Aber sie sagte nichts, nahm nur einen Schluck Wasser. Der Glanz in ihren Augen verschwand. Ihre Gesichtszüge nahmen jenen Ausdruck an, den er auch von vielen Bildern, auch aus bestimmten Film- und Theaterszenen kannte. Ihr Mienenspiel spiegelte jene Vitalität und Überzeugungskraft wider, mit der sie auf jeder Bühne brillierte. Er räusperte sich. Dann begann er das Gespräch, indem er ihr zuerst sein Beileid für den erlittenen Verlust aussprach. Sie bedankte sich. Sie wollte wissen, ob man Isolde tatsächlich auf der Nonnbergstiege gefunden hatte, wie ihr Jana Daimond mitgeteilt hatte.

»Ja.«

»Mein Gott.«

Er wollte nicht näher darauf eingehen, dass es nicht direkt auf den Stufen der Treppe war, wo man den Leichnam fand, sondern in einem der Freiräume zwischen Stiege und Hausmauer.

Sie verschränkte die Finger, stützte ihr Kinn darauf. Der Ausdruck der Vitalität war wieder längst verschwunden. Das Schimmern in den Augen zeugte von Trauer.

»Ich hätte sie doch begleiten sollen«, flüsterte sie. »Ich hätte mich besser nicht schon vorher von ihr verabschiedet, um in meine Gasse abzubiegen. Vielleicht würde Isolde dann noch leben.« Sie senkte das Gesicht. Ihr Körper fing leicht zu beben an.

»Sie waren mit Ihrer Schwester gestern nach der Aufführung noch beisammen?«, fragte er und hoffte, dass sein Tonfall neutral klang und nicht überrascht.

»Wie spät war es, als Sie sich in der Kaigasse von Ihrer Schwester verabschiedeten?«

»Das muss so gegen halb zwei gewesen sein. Wir wollten beide heim.«

Er dachte nach, stellte sich die Szene vor. »Sind Ihnen zu dieser Zeit andere Passanten untergekommen?«
Sie schüttelte langsam den Kopf. »Nein, soviel ich mich erinnern kann, waren wir ganz allein. Nur anfangs auf Höhe der Chiemseegasse begegneten uns zwei Leute, aber die waren stadteinwärts unterwegs. Es war gestern ohnehin so gut wie nichts los. Die nächtliche Stadt wirkte nahezu ausgestorben. Manchmal ist das offenbar so in Salzburg, sogar mitten im Sommer. Das habe ich auch Isolde gegenüber erwähnt, als wir das ›K+K‹ verließen und über den Waagplatz schlenderten.«

»Sie waren gemeinsam im ›K+K‹?«

»Ja.« Es habe gestern eine kleine, eher improvisierte Feier gegeben, erklärte sie. Sie waren wie immer nach Ende ihres Auftrittes in die Garderoben im Großen Festspielhaus gebracht worden. Die anderen waren dann schon vorausgegangen. Sie hatte noch etwas zu erledigen und war etwa eine halbe Stunde später nachgekommen. Einer der jungen Kollegen aus der Darstellergruppe der Tischgesellschaft hatte gestern Geburtstag und deshalb zu einem Umtrunk mit kleiner Jause geladen. Außer dem Geburtstagskind, ihr und Isolde seien zwei weitere Personen dabei gewesen. Die beiden männlichen Kollegen seien nur kurz geblieben, bald aufgebrochen, nachdem sie selbst im Restaurant erschienen war. Sie nannte ihm die Namen der Beteiligten.

»Nur Bianca und Folker sind etwas länger geblieben. Sie saßen noch am Tisch, als Isolde und ich aufbrachen.«

Merana hatte sich die Namen notiert. Gleich nach der Unterredung würde er eine Nachricht an seinen Abteilungsinspektor schicken. Otmar möge sich der Teilnehmer der improvisierten Geburtstagsfeier annehmen, sie zum Verlauf des gestrigen Abends befragen.

»Sie haben sich an der Abzweigung zur Krottachgasse getrennt, sagten Sie. Die Wohnung Ihrer Schwester liegt in der alten Nonntaler Hauptstraße, wie ich erfahren habe.«

»Ja, das stimmt, Herr Kommissar. Es ist die Wohnung, die unserer Mutter gehörte. Auch ich bin dort aufgewachsen. Wir zogen ein, als ich acht Jahre alt war.«

»Die Wohnung liegt, der Hausnummer zufolge, gleich am Beginn der Straße. Wenn Ihre Schwester heimwollte, wie auch Sie vorhin erwähnten, warum wählte sie dafür einen viel weiteren Weg. Über die Route Kaigasse, Kajetanerplatz, Schanzlgasse wäre sie doch viel schneller zu Hause gewesen.«

Ihr Mienenspiel änderte sich. Das traurige Schimmern ihrer Augen wurde überdeckt von einem mädchenhaften Lächeln.

»Das ist ganz einfach zu erklären, Herr Kommissar. Kennen Sie den Weg über die Nonnbergstiege?«

»Ja.«

»Mögen Sie ihn?«

»Ja, sogar sehr. Ich liebe die Nähe zum alten Kloster, auch die zur alten Festung. Und die Ausblicke auf die Stadt, die man dort bekommt, sind einfach überwältigend.«

Ihr Lächeln wurde stärker.

»Isolde hätte es nicht besser beschreiben können. Sie liebte es, den Heimweg aus der Stadt über die alte Nonnbergstiege zu nehmen. Das war schon immer so.

Selbst, als sie noch ein Kind war. Ihnen ist sicher die

markante Stelle direkt gegenüber der Klosterkirche bekannt.«

»Selbstverständlich. Dort bin ich gewiss schon sehr oft gestanden und habe den Blick Richtung Süden genossen.«

»Isolde auch, wahrscheinlich Hunderte Mal. Ich kann mich noch erinnern, als sie, da war sie vielleicht sieben, die alte Platane erklimmen wollte, um noch eine bessere Aussicht zu erhalten.«

Sie schloss die Augen. Vielleicht ließ sie im Inneren die eben geschilderte Begebenheit nochmals ablaufen, zur Erinnerung an ihre Schwester, die damals wohl ein glückliches Kind mit sieben Jahren war und die jetzt als lebloser Körper in einer der Kühlboxen der Salzburger Gerichtsmedizin lag.

Er wartete. Er ließ ihr Zeit, behutsam aus ihren von glücklichen Momenten überstrahlten Erinnerungen wieder in die harte Realität zurückzukommen.

Immerhin hatte sich nunmehr eine der Fragen geklärt, die ihm und gewiss wohl auch seinem Kollegen Otmar durch den Kopf schwirrten. Isolde Laudess hatte den Weg über die Nonnbergstiege gewählt, weil sie das immer so machte. Egal, zu welcher Tageszeit. Er nahm wahr, dass sie langsam wieder ihre Augen öffnete.

»Entschuldigen Sie, Herr Kommissar, jetzt kann ich mich wieder ganz Ihren Fragen widmen.«

Er wollte ihr trotzdem noch etwas Zeit geben. Er deutete mit der Hand zum Fenster, durch das man den traumhaften Ausblick auf den Kapuzinerberg hatte.

»Die Salzburger Festspiele haben Ihnen wirklich eine wunderbare Wohnung zur Verfügung gestellt, Frau Laudess. Dass Sie heuer in Salzburg zugegen sind, freut nicht nur die Festspiele, sondern auch viele Salzburger und Salzburgerinnen, wie ich weiß. Immerhin waren Sie schon sehr lange nicht mehr in Ihrer Geburtsstadt, wenn ich richtig informiert bin. War es für Sie von Anfang an klar, dass Sie ein Appartement beziehen würden? Hätten Sie auch bei Ihrer Schwester wohnen können? Oder wäre das nicht möglich gewesen?«

Es kam ihm vor, als würden plötzlich ihre Augen überschattet. Nur ganz kurz.

Dann war ihr Antlitz schon wieder in jene freundliche Miene gekleidet, mit der sie ihn auch begrüßt hatte. Sie löste die verschränkten Finger, griff nach ihrem Glas. Sie trank es zur Hälfte aus. Dann blickte sie ihn direkt an.

»Ich will gar nicht lange um den heißen Brei herumreden, Herr Kommissar. Außerdem werden Sie im Zuge Ihrer Recherchen gewiss auf den einen oder anderen Hinweis stoßen. Eine abfällige Bemerkung im Internet ist gewiss leicht zu finden, eine Andeutung von irgendjemandem aus der Kollegenschaft schnell geliefert. Und es ist ja nicht so, dass Ähnliches nicht auch in anderen Familien vorkommt. Ich spreche es also lieber selber ganz klar aus. Isolde und ich verstehen uns …« Sie zuckte kurz zusammen. Er wartete, ob der Hauch des Schattens sich wieder zeigen würde. Doch sie sprach schon weiter, im gleichen Tonfall. Nur in den Augen vermeinte er wieder die Trauer zu erkennen. »Entschuldigen Sie, bitte, es muss wohl heißen, ›verstanden uns‹. Aber es fällt mir schwer, die unvorstellbar brutal hereingebrochene Wahrheit zu akzeptieren, dass Isolde nicht mehr am Leben ist. Und dass wir genau genommen nur Halbschwestern waren, macht es um keinen Deut leichter.« Wieder griff sie nach dem Glas, nahm einen tiefen Schluck.

»Also dann. Isolde und ich, wir verstanden uns nicht allzu gut. Das war schon in unserer Kindheit so. Mein Vater starb, als ich drei war. Als ich fünf war, heiratete meine Mutter wieder. Etwa ein Jahr später kam Isolde zur Welt. Mein Stiefvater war gewiss ein netter Mann. Endlich hatte meine Mutter sich einen Traum erfüllt und einen begeisterten Wagnerfan geheiratet. Er stammte noch dazu aus Bayreuth. Meine Mutter hatte oft davon geschwärmt, Salzburg zu verlassen und ins Wagner-Mekka Bayreuth zu übersiedeln. Doch daraus wurde nichts. Mein Stiefvater verließ uns bald, ließ sich scheiden und nahm ein lukratives Jobangebot in Australien an. Dass bei dieser Entscheidung auch eine attraktive Frau eine Rolle spielte, hat meine Mutter im Grunde nie überwunden. So blieb der glühende Wagnerfan wieder alleine, mit Isolde und mir. Kein Bayreuth. Dafür weiterhin Salzburg, die Pilgerstätte der Mozartfangemeinde.«

Merana horchte auf. Er dachte an die Namen der beiden Schwestern. Eine Ahnung beschlich ihn. »Wagnerfan? Hat Ihre Mutter Sie beide deswegen so benannt?« Nun kehrte das Lächeln zurück in ihre dunklen Augen. Sie nickte. »Ja, das ist der einzige Grund dafür. Aber es hätte weit schlimmer kommen können. Brünnhilde oder Wellgunde hat sie uns immerhin erspart.« Das Lächeln erlosch. Merana war kein ausgesprochener Wagnerkenner, bei Weitem nicht. Aber ein wenig kannte er sich schon in dessen Opernwelt aus. Der Name Senta stammte aus der romantischen Geschichte rings um den »Fliegenden Holländer«. Senta verliebt sich in den geisterhaften

Seefahrer und erlöst ihn von dessen Fluch durch ihren eigenen Tod, wie er wusste. Und Isolde ist die irische Königstochter aus einer anderen Wagneroper, die sich unsterblich in den Helden Tristan verliebt.

»Lebt Ihre Mutter noch?«

Ihr Kopfschütteln war deutlich zu bemerken. Die rötlich schimmernden Locken zuckten.

»Leider nein, sie ist vor vier Jahren gestorben. Auch mein Stiefvater lebt nicht mehr. Er starb vor zwei Jahren in Melbourne, wie ich von Isolde erfahren habe.«

»Die Gründe, warum Sie und Ihre Schwester sich schon seit Ihrer Kindheit nicht sehr nahe standen, tun im Augenblick nichts zur Sache. Aber wie war es in der Gegenwart? Tauchten irgendwelche Probleme auf, wenn Sie miteinander auf der Bühne standen? Gab es Spannungen?«

Die freundliche Miene im Augenspiel kehrte zurück. Sie beugte sich leicht nach vorn.

»Aber nein, Herr Merana, so schlimm dürfen Sie sich das auch nicht vorstellen. Wir hatten immer wieder Kontakt in den letzten Jahren. Wir gingen einander ja auch nicht aus dem Weg. Sonst wäre ich wohl gestern auch nicht zur Feier ins ›K+K‹ mitgekommen. Unser Umgang war vielleicht etwas reservierter als unter Verwandten üblich. Da zeigten sich halt zwei Halbschwestern, die einander zwar nicht viel zu sagen hatten, aber die schon wussten, wie man sich professionell und zivilisiert verhält.« Plötzlich richtete sie sich auf, ihr Oberkörper straffte sich.

»Halbschwester!« Sie klopfte sich gegen die Stirn. »Mein Gott, unsere Mutter ist gestorben, somit bin ich

ja die einzig lebende Verwandte. Ich muss mich augenblicklich um die Bestattung und all den Kram kümmern, der damit verbunden ist.« Sie sah ihn direkt an. »Wann geben Sie den Leichnam meiner Schwester frei?«
Er zuckte leicht mit den Schultern. »Das wird die Staatsanwaltschaft in Absprache mit der Gerichtsmedizin entscheiden.« Die freundliche Miene erlosch. Ein rätselhafter Ausdruck schlich sich in ihre Augen. Ihr lauernder Blick erinnerte ihn an das Porträt einer ihrer Bühnenfiguren, das er vor Kurzem gesehen hatte. Da war sie in die Rolle der antiken Medea geschlüpft.

»Ich weiß zwar immer noch nicht, was meiner Schwester genau zugestoßen ist. Aber es dürfte sich nicht bloß um einen bedauerlichen Unfall handeln. Sonst würde nicht die Kriminalpolizei involviert sein. Können Sie mir wenigstens dazu mehr sagen, Herr Kommissar?« Die letzten Worte hatte sie lauter gesprochen, dabei jede Silbe extra betont. Als stünde sie immer noch als Medea auf der Bühne. Er schüttelte bedauernd den Kopf. »Ich hoffe, dass ich Ihnen bald mehr Einblick verschaffen kann, Frau Laudess. Im Augenblick geht das leider noch nicht. Werden Sie Salzburg verlassen? Wenn ja, bitte ich Sie, mir bekannt zu geben, wo ich Sie erreichen kann.«

Nun warf ihm Medea einen nahezu verächtlichen Blick zu. »Ich bleibe natürlich hier. Erstens habe ich mich um das Begräbnis zu kümmern. Und zweitens habe ich morgen zwei Termine. Vormittags mit den Festspielfreunden und abends die nächste ›Jedermann‹-Vorstellung.«

»Sie wollen sich tatsächlich morgen zum Domplatz begeben und auftreten?« Ihre Ankündigung verblüffte

ihn. »Werden Sie das schaffen, Frau Laudess? Vielleicht sollten Sie besser überlegen ...«
»Hier gibt es nichts zu überlegen, Herr Kommissar.« Sie schnitt ihm mit einer Handbewegung das Wort ab. »Ich bin Schauspielerin. Das ist mein Beruf. Meine Gefühlslage, welcher Art auch immer, hat weit hinten anzustehen. Das Publikum interessiert nicht, welchen Launen oder sonstigen Schwankungen ich gerade ausgesetzt bin. Es will mich auf der Bühne sehen. Und zwar in meiner Rolle! Deshalb spiele ich!« Sie griff nach der Karaffe und schenkte sich erneut das Glas voll. Im Trinken beruhigte sie sich langsam. Das war ihr deutlich anzusehen. Medea zog sich zurück. Die Augen blickten wieder freundlicher. Jetzt noch ein ebenso verschmitztes wie gewinnendes Lächeln, und schon hätte er wieder die Buhlschaft mit all ihren Reizen vor sich, dachte Merana.

Sie will also tatsächlich morgen auftreten? Er lehnte sich zurück. Ein tragisches Ereignis fiel ihm ein, über das er viel gelesen und noch mehr nachgedacht hatte. Der österreichische Schauspieler und Publikumsliebling Maxi Böhm war ihm schon in seiner Kindheit vertraut gewesen. Er hatte oft zusammen mit Großmutter Radiosendungen des begnadeten Komödianten erlebt, später auch eine ganze Reihe von Fernsehsendungen. Maxi Böhm hatte Tragisches erlebt. Innerhalb eines einzigen Jahres hatte er zwei seiner erwachsenen Kinder verloren. Die Tochter stürzte in der Schweiz bei einer Bergwanderung ab. Im Jahr darauf musste die Familie auch noch Sohn Max begraben. Er hatte sich das Leben genommen. Für Maxi Böhm war es eine unhinterfragte Selbstverständlichkeit gewesen, trotz der schlimmen Trauerfälle weiterhin aufzutreten. Auch wenn er wegen der furchtbaren Verluste unter schweren Depressionen litt. Er hatte ständig Angst davor, dass sein Publikum aufgrund seiner Schicksalsschläge nicht mehr über ihn lachen könnte. *Deshalb spiele ich!* Denn das ist mein Beruf. Das bin ich!

Er hatte es eben gehört aus dem Mund einer begnadeten, großen Charakterdarstellerin. Mein Publikum will mich auf der Bühne sehen!

Bestand so viel Unterschied zwischen dem längst verstorbenen Maxi Böhm, der großen Schauspielerin, mit der er am Tisch saß, und ihm selbst? Auch er hatte einst, als man die Geliebte an seiner Seite tötete, ihm das Liebste genommen hatte, zu dem er sich hingezogen fühlte, sich nicht einfach in Trauer und Selbstmitleid verkrochen. Er hatte das getan, wozu es ihn tief in seinem Innersten trieb. Unwiderstehlich trieb! Er hatte genau das unternommen, bei dem er sich absolut sicher fühlte, wo er den Boden unter seinen Füßen spürte, das Einzige, das ihn tief in seinem Innersten ausmachte. Er hatte sich in das gestürzt, was er am besten konnte. Seine Polizeiarbeit. Er hatte angefangen zu ermitteln. Rastlos. Verzweifelt, aber unbeugsam. Und er hatte Erfolg gehabt.

Das bin ich!

Er spürte, wie ihm die Hitze in den Kopf kroch. Er griff nach dem Wasserglas, nahm einen tiefen Schluck. Es wurde allmählich Zeit zu gehen, das spürte er. Er erhob sich. Sie blickte ihn an. Dann stellte sie die Frage, die er schon bei seiner Ankunft erwartet hatte.

»Wann kann ich den Leichnam … Ich meine, wann kann ich meine Schwester sehen, Herr Kommissar?«

»Sobald Sie sich dazu in der Lage fühlen, Frau Laudess.« Er erklärte ihr behutsam, dass man sie ohnehin bald in die Gerichtsmedizin bringen würde. Es galt noch einen offiziellen Akt zu erledigen. Man würde sie als nächste Verwandte bitten, offiziell zu bestätigen, dass es sich bei der Toten tatsächlich um ihre Schwester handelte. »Und wenn Ihnen sonst noch etwas einfällt, das uns vielleicht weiterhilft, oder wenn eine Frage auftaucht, über die wir noch nicht gesprochen haben, dann können Sie mich gerne jederzeit anrufen.« Sie versprach ihm, das zu tun. Er verabschiedete sich und ging.

4

Otmar Braunberger schritt rasch an der Fassade des Landestheaters entlang, überquerte den Makartplatz und hielt auf das Café Classic zu. Er hatte mit Merana telefoniert. Der hatte ihm kurz von seiner Unterredung mit Senta Laudess berichtet und ihm auch die Namen der Schauspielerrunde aus der »Jedermann«-Tischgesellschaft genannt, die gestern Abend mit den Laudess-Schwestern im »K+K« gewesen waren. Er hatte sich sogleich daran gemacht, die Beteiligten zu kontaktieren. Doch bisher hatte er nur Bianca Perl erreicht. Und dabei hatte er Glück gehabt. Sie hätte gerade Probenpause, wie sie ihm am Telefon versicherte. Wenn er sich beeilte, könnte er sie im Café Classic erreichen.

Braunberger öffnete die Tür. Merana hatte ihm auch ein Foto der jungen Schauspielerin aus den Unterlagen der Öffentlichkeitsabteilung geschickt. Er blickte sich um, konnte sie jedoch nirgends sehen. Vielleicht sitzt sie im kleinen Innenhof, überlegte er. Schnell schritt er durch das Lokal, trat ins Freie. Tatsächlich, da saß sie, alleine, an einem der Tische. Er trat näher, stellte sich vor, präsentierte seinen Ausweis.

»Was für eine schreckliche Geschichte, Herr Abteilungsinspektor. Gestern waren wir noch alle miteinander gemeinsam auf der Bühne. Und danach feierten wir ein bisschen im ›K+K‹ Restaurant. Wir haben gelacht, geblödelt, hatten eine Menge Spaß, ließen Folker, das Geburtstagskind, hochleben! Und dann ...«

Sie vollendete den Satz nicht, wischte sich mit den Handrücken über die Augen.

»Frau Daimond hat mir von dem schrecklichen Unglück schon erzählt. Isolde tot!

Ich kann das noch gar nicht fassen. Mitten in der Altstadt, wie Frau Daimond mir sagte, beim Anstieg zu diesem alten Kloster. Was ist denn da genau passiert, Herr Abteilungsinspektor. Und warum interessiert das alles die Kriminalpolizei?«

Ihre Augen weiteten sich. Er bemerkte die wachsende Unsicherheit darin, vielleicht auch ein Ausdruck von Furcht.

»Leider sind die Umstände, die zum Tod von Isolde Laudess führten, noch nicht ganz geklärt. Aber bis dahin wollen wir uns wenigstens ein halbwegs klares Bild verschaffen. Danke, dass Sie sich Zeit dafür nehmen.«

Sie schüttelte ihr Handgelenk.

»Leider habe ich nicht sehr viel Zeit, in 20 Minuten geht die Probe weiter. Also sagen Sie mir bitte, wie ich Ihnen behilflich sein kann.«

»Danke, Frau Perl, ich werde versuchen, mich kurz zu fassen.« Er hatte bisher neben ihr gestanden, nun nahm er Platz. »Sie spielen nicht nur im ›Jedermann‹, wie ich mitbekomme. Sie haben auch im Salzburger Landestheater zu tun?«

In ihre immer noch Unsicherheit ausstrahlenden Augen kroch ein Lächeln. »Nur eine ganz bescheidene Rolle, Herr Abteilungsinspektor. Ich spiele mit in ›Merlin‹ von Tankred Dorst. Kennen Sie das Stück?«

»Bedaure, leider nicht.«

Sie griff nach ihrem Glas, nahm einen Schluck. Er bemerkte, wie sich langsam ihre Wangen röteten. Es fiel ihr gewiss leichter, über ihre Arbeit zu sprechen, als sich mit dem plötzlich hereingebrochenen Unglück auseinanderzusetzen, das eine ihrer Kolleginnen betraf.

»Ich kann Ihnen sagen, ›Merlin‹ in der Fassung von Tankred Dorst, das ist wahrlich eine wilde Sache. Ursprünglich war das Stück auf 15 Stunden angelegt, glaube ich. Wir dampfen es ein auf dreieinhalb. Und das reicht schon völlig, denke ich.

Die Proben haben vorgestern begonnen. Premiere ist erst um den 20. August. Das geht sich mit dem ›Jedermann‹ prima aus. Ich muss nur einmal bei der Tischgesellschaft kneifen. Aber das ist mit den Verantwortlichen abgesprochen und somit völlig okay.« Erneut griff sie zum Glas, trank es fast aus. Zurück blieb eine kleine Menge des orangegefärbten Getränks. Der Eifer in ihrer Miene verschwand. Der Ausdruck von Fassungslosigkeit kehrte zurück.«

»Also, Herr Abteilungsinspektor, fangen wir an. Ich nehme an, Sie wollen von mir mehr zum gestrigen Abend wissen, von unserer kleinen Feier. Bitte, fragen Sie.«

Er kam der Aufforderung nach, stellte ihr die erste Frage. Danach eine zweite.

Im Grunde bestätigte sie, was er schon aus den Hinweisen von Merana wusste, die dieser von Senta Landess erhalten hatte.

»Frau Perl ...«

Sie wiegte den Kopf, ließ einen Anflug von Lächeln in ihrem Gesicht auftauchen.

»Vielleicht einigen wir uns darauf, dass Sie mich bei meinem Vornamen nennen. Dann klingt es nicht so amtlich und hölzern!« Sie gluckste kurz.

»Darauf können wir uns gerne einigen. Also, Bianca, ist Ihnen gestern am Verhalten von Isolde Laudess irgendetwas Besonderes aufgefallen?«

Sie dachte gar nicht lange nach, schüttelte rasch den Kopf.

»Nein, eher nicht. Sie verhielt sich im Grunde genauso wie immer. Und wie gesagt, wir hatten auch eine Menge ... Moment!« Sie unterbrach ihre Ausführung und fuhr sich mit dem Finger an die Nase. »Ja, da ereignete sich doch ein sonderbarer Zwischenfall, als wir beim Lokal eintrafen. Wir wollten gerade hinein, mussten aber warten, weil Leute eben dabei waren, das Lokal zu verlassen. Eine junge Frau und ein Mann kamen heraus, etwa in unserem Alter. Und die beiden kannten offenbar Isolde. Der Typ blaffte sie jedenfalls an, kaum hatte er sie gesehen.«

»Was sagte er?«

Sie zog eine leichte Schnute, ehe sie antwortete. »Ich kann es nicht mehr wörtlich wiedergeben. Aber es ging offenbar darum, dass der Typ meinte, Isolde spioniere ihnen nach, weil sie hier im Restaurant erscheine. Und er fand das genauso empörend wie den Umstand, dass Isolde heute schon ihre Aufführung gestört habe, oder so ähnlich.«

»Aufführung?«

»Ja, die zwei waren offenbar vom Salzburger Straßentheater. Zumindest das hat uns Isolde dazu noch mitgeteilt. Sie wollte uns ein anders Mal mehr dazu sagen, versicherte sie. Aber dazu ist es dann leider nicht mehr gekommen.« Ganz unvermittelt schossen ihr die Tränen in die Augen. Sie schniefte, holte tief Atem, fuhr sich wieder mit den Handballen über die Augen.

»Und dazu wird es jetzt auch nicht mehr kommen. Nie mehr.« Sie hielt sich die Hände vors Gesicht, weinte leise. Braunberger wartete, ließ ihr Zeit, allmählich wieder Fassung zu gewinnen. Er reichte ihr ein Papiertaschentuch.

»Danke.«

Die Kellnerin stand neben ihm. »Bitte ein stilles Mineralwasser.« Die Frau nickte und verschwand.

»Wissen Sie, wer die beiden waren? Sind Namen gefal-

len?« Sie dachte nach, begann den Kopf hin und herzuwiegen. Doch gleich unterbrach sie ihr Schütteln.
»Doch, die junge Frau hat den stänkernden Typen mit Cyrano angeredet.«
»Cyrano?«, fragte der Polizist ein wenig erstaunt. »So wie Cyrano de Bergerac aus dem gleichnamigen Stück und der Verfilmung mit Gerard Depardieu.« Braunberger kannte die Komödie und er mochte den Film.
»Ja, zumindest hat es sich für mich so angehört. Ich bin mir ziemlich sicher, sie nannten ihn Cyrano.«

Sie trank ihren Saft aus. Dann beugte sie sich vor, glättete kurz eine Falte an der Bluse.
»Ehrlich gesagt, Herr Braunberger, war ich auch nicht sonderlich überrascht über den merkwürdigen Zwischenfall. Im Grunde mochte ich Isolde. Dass sie sich gelegentlich etwas hochnäsig ihren Kollegen gegenüber aufführte und sich benahm, als wäre sie die Diva und nicht ihre berühmte Schwester, damit konnte ich ganz gut umgehen. Ich habe auch zwei ältere Geschwister, und ich musste mich auch oft gehörig aufplustern, um mich wenigstens einigermaßen durchzusetzen. Ich kenne das. Und ich habe Isolde nicht zum ersten Mal in so einer Situation erlebt. Disputszenen dieser Art hatte sie wohl öfter.«
»Können Sie mir ein paar davon nennen?«
Sie lachte auf, es klang wie ein Quietschen.
»Was glauben Sie, was sich bei unseren Theaterproben hin und wieder abspielte. Wenn ich da erst anfange, komme ich heute nie mehr zurück zu meinem ›Merlin‹. Oder diese Episode auf dem Salzburger Grünmarkt. Die war meines Erachtens auch sehr merkwürdig.«

»Auf dem Grünmarkt?«

»Ja.« Sie blickte unruhig auf die Uhr, drehte sich nach der Kellnerin um. Doch die war nirgends zu sehen.

»Sie sind selbstverständlich mein Gast, Bianca. Ich übernehme das gerne. Was war auf dem Grünmarkt?«

Sie wandte sich wieder zu ihm. »Danke für die Einladung, Herr Braunberger. Also der Grünmarkt ...« Sie erhob sich, raffte das Tuch auf, das über dem Sessel hing. »Ich war dort, aber ganz zufällig. Da sah ich in der Ferne Isolde in einer Auseinandersetzung mit einer älteren Frau. Auseinandersetzung klingt vielleicht zu harmlos, es war ein regelrechter Streit. Die Dame wirkte sehr aufgeregt. Sie ist dann schnell davon in Richtung Alte Universität. Isolde eilte ihr hinterher, soviel ich mitbekam.« Sie stand auf. »Aber das hat vielleicht gar nichts zu bedeuten. Es ist mir nur jetzt eingefallen, weil Sie mich nach solchen Begebenheiten fragten.«

»Haben Sie mit Isolde je darüber geredet?«

»Nein, wie gesagt, ich hatte es schon selbst fast vergessen, wenn nicht Sie mich darauf gebracht hätten, aber ich muss jetzt wirklich eiligst zurück ins Theater.«

Sie winkte ihm zu. Nach zwei Schritten machte sie auf dem Absatz kehrt. »Noch etwas, Herr Braunberger. Ich hatte den Eindruck, die alte Dame schon einmal an anderer Stelle gesehen zu haben.«

»Wo?«

Sie wiegte Grimassen ziehend den Kopf hin und her, erinnerte Braunberger an die Hexe aus dem Märchen mit dem Knusperhäuschen.

»Das kann ich leider nicht mit Bestimmtheit sagen. Ich denke, ich habe sie schon einmal irgendwo im Festspielhaus gesehen, in welchem Zusammenhang das auch immer war.« Sie machte schnell kehrt und rief ihm hinauslaufend über die Schulter zurück: »Wenn es mir einfällt, melde ich mich.«

Zurück blieb ein nachdenklicher Abteilungsinspektor. Ein erboster Cyrano aus dem Salzburger Straßentheater, eine nicht minder erboste ältere Dame auf dem Grünmarkt. Vermutlich hatte beides nichts zu bedeuten. Vermutlich gab es keinen direkten Zusammenhang zum Sturz der jungen Frau über die Steinstiege. Aber sie würden jeder sich anbietenden Spur nachgehen. Also auch dieser. Wie immer.

5

Der Lärm war weit bis in die Pfeifergasse zu vernehmen. Merana hatte am Papagenobrunnen innegehalten. Er schaute immer gern auf die kleine Bronzestatue. Sie zeigte einen auffallend schlanken, aber nicht minder pfiffigen Vogelfänger. Noch etwas zog Meranas Aufmerksamkeit in Bann. Es flatterte ringsum. Nun durfte man das bei dieser Figur aus der »Zauberflöte« wohl erwarten. Doch das waren keine Vögel, die hier schwirrten. Vögel gab es schon, doch die existierten nur als schmale Figuren zu Füßen der lustigen Figur und waren aus Metall. Nein, was hier flatterte, waren Schmetterlinge, prächtige Sommerfalter, die den Vogelfänger umschwirrten. Doch auch sie schienen plötzlich vom Lärm aus der Ferne irritiert zu werden. Ihr Flügelschlag erschien Merana plötzlich um eine Spur hektischer. Er wandte den Blick zum Ausgang der Gasse. Das laute Gezeter kam offenbar aus Richtung Mozartplatz. Was geschah da? Er wandte sich vom Brunnen ab, hielt auf das Gassenende zu. Auch eine große Ansammlung an Leuten war ersichtlich. Das Geschrei wurde lauter. Merana trat hinaus auf den Platz, der zu gut einem Drittel mit Menschen angefüllt war. Einige davon wirkten äußerst aufgebracht.

»Ja, ich wiederhole es nochmals. Und ich sage es immer wieder. Sie sind völlig mit Absicht in unsere Gruppe gedonnert!« Eine erzürnte Frau war zu vernehmen. Sie klang schrill, aufgeregt. »Das fragen Sie mich?« Auch die polternde Stimme des Mannes hatte er schon in der Gasse wahrgenommen. »Das Problem bin nicht ich. Das seid ihr! Ich wohne in dieser Stadt. Und das seit 30 Jahren! Man kann sich keinen Meter mehr frei bewegen, weil alles vollgestopft ist mit all diesen dämlichen Touristen!« Rufe der Zustimmung wurden aus der Menge ringsum laut. Einige der Umstehenden, offenbar ebenfalls Bewohner, hielten allerdings laut dagegen.

»Dann steckt euch eure Touristen gefälligst in den Arsch!«, brüllte der Mann in Richtung der Protestierenden. »Alles besser, als dass sie zehntausendfach durch unsere schöne Stadt wuchern!«

Der Kommissar blieb stehen. Der streitbare Mann war etwa 15 Meter von ihm entfernt. Dicht an der Mozartstatue war eine Schar asiatischer Touristen zu erkennen. Sie machten einen eher kläglichen Eindruck. Zwei von ihnen kümmerten sich um ein junges Mädchen, das sich mit verzerrtem Gesicht den Oberarm hielt. Die anderen blickten fassungslos auf den schimpfenden Mann, der sich auf sein Fahrrad stützte. Dann wieder zur erzürnten Frau, offenbar ihre Fremdenführerin. Es war nicht das erste Mal, dass Merana Szenen wie diese erlebte. Es passierte immer öfter, dass aufgebrachte Einheimische mit Besuchergruppen aneinandergerieten, weil sie meinten, die zunehmend vielen Touristengruppen wären allmählich ein unzumutbares Gebrechen in der Stadt, gleich einer Seuche. Eine der Frauen in der Menge vor ihm drehte sich um, wandte sich aufgeregt an die Umstehenden. Dazu gehörte auch Merana. »Ich habe es ganz genau gesehen.« Dem Tonfall nach war auch sie eine Einheimische. Sie trug ein Dirndlkleid, wie Merana bemerkte. »Der Wahnsinnige ist mit seinem Fahrrad mitten in die Gruppe gekracht und hat dabei auch die Kleine getroffen. Die ist dabei sogar hingefallen.« Dann wandte sich die aufgebrachte Dirndlkleidträgerin wieder um und rief laut nach vorn:

»Jetzt lasst doch die netten Chinesen ein paar Fotos von unserem lieben Mozart machen. Der Platz ist doch für alle da.« Einige der Umstehenden stimmten ihr zu. Andere, die sich in der Nähe des Radfahrers postiert hatten, protestierten heftig und riefen der Frau ein paar unschöne Bemerkungen zu. Die Frau im Dirndlkleid konterte.

»Soll ich euch sagen, was viel besser wäre? Wir sollten dringend etwas unternehmen, damit unsere wunderbare Altstadt nicht vor Autos überquillt! Den zunehmenden Verkehr halte ich weit weniger aus als die vielen Touristen.«

Merana bemerkte, dass sich vom Residenzplatz her zwei Polizisten in raschem Schritt näherten. Gut so, dachte er. Die uniformierten Kollegen werden sich rasch der aufgebrachten Leute annehmen und für entsprechende Beruhigung sorgen. Da musste er selbst gar nicht mehr einschreiten. Er wollte sich schon an der Menschenmenge vorbeidrücken. Doch ihm fiel ein junger Mann auf. Er hatte sich neben dem großen Torbogen im Eingangsbereich zum Salzburg Museum platziert. In Händen hielt er eine kleine Kamera. Er richtete sie immer wieder in Richtung der Streitenden. Er hatte offenbar Momente der Auseinandersetzung festgehalten, schwenkte dabei auch immer wieder zur Gruppe der hilflosen Touristen. Der junge Mann kam ihm bekannt vor. Er hatte ihn schon einmal gesehen. Im Augenblick konnte er sich nicht erinnern, wo. Er hatte jetzt auch keine Zeit dafür. Er musste rasch weiter. Er war mit seinem Chef verabredet. Auch dieses Treffen hatten sie beim morgendlichen Telefonat vereinbart. Es blieb ihm keine Zeit mehr, wenigstens kurz am Residenzplatz zu verweilen, um sich am wunderbaren Anblick zu erfreuen. Er machte das oft. Er liebte es, die sich bei jeder Gelegenheit ihm bietende Schönheit der Stadt aufzusaugen.

Die barocke Pracht der Gebäude, die prächtigen Kirchen und alten Häuser, die einladend ausladenden Plätze. Und dann erst die Majestät der alten Festung auf ihrem Hügel. In diesen bewundernden Blicken zu schwelgen, wurde ihm niemals zu viel. Auch nach über 20 Jahren nicht. Er, davon war er überzeugt, fühlte sich auch in der Menschenmenge wohl. Er genoss die erfreuliche Begegnung mit Einheimischen, genauso wie er sich inmitten der quicklebendig bunten Schar der Touristen wohlfühlte. Und er genoss auch den Anblick von stilvoll gekleideten Gästen, die sich auf einen wunderbaren Abend bei den Festspielen freuten. Einheimische, Besucher, Gäste, da pulsierte es oft für ihn ringsum. Ja, zugegeben, manchmal war auch ihm der Trubel ein wenig zu viel. Er liebte es dennoch. Auch wenn er schon weit mehr als 20 Jahre in der Stadt lebte, fühlte er sich immer noch wie ein Gast. Er war einst von außen gekommen, nicht hier geboren. Vielleicht hatte er sich dadurch den erfrischenden Blick des Außenstehenden bewahrt, der sich immer wieder erneut von den Reizen dieser wunderbaren Stadt überraschen ließ. Leider blieb ihm jetzt keine Zeit dafür. Es war gleich 14 Uhr. Und Günther Kerner hatte ihm angekündigt, dass die Pause der Veranstaltung, die er besuchte, für 14 Uhr angesetzt war. Genau dann wollte der Polizeipräsident seinen Kommissariatsleiter sehen, um sich von ihm auf den aktuellen Stand der Ermittlungen bringen zu lassen. Also eilte Merana weiter. Er erreichte den Ritzerbogen, gelangte durch ihn zum Universitätsplatz, schwenkte nach links. Die Veranstaltungsreihe über die Geschichte der Salzburger Festspiele wurde in der Großen Aula der Universität abgehalten, wie er wusste. Es war nur eine von vielen groß angelegten Darbietungen anlässlich des heurigen Jubiläums. An den meisten würde der Polizeipräsident gar nicht teilnehmen können, dafür hatte er keineswegs die Zeit. Aber bei der heutigen wollte Günther Kerner unbedingt dabei sein. Immerhin hatte der Herr Landeshauptmann höchstpersönlich den Herrn Hofrat eingeladen. Schnell betrat Merana den Innenhof des alten Universitätskomplexes. Er nahm die breite Treppe, die ihn nach oben zur Aula führte. Offenbar war die Veranstaltung noch im Gange, wie er feststellte. Die Türen waren verschlossen. Der Vortrag im Saal war offenbar noch im Gange, wie gedämpft zu hören war. Die Pause verzögerte sich also. Die Belegschaft an den Eingängen war festlich gekleidet. Die Herren trugen schwarze Anzüge, die Damen dunkelblaue Kostüme und weiße Blusen. Man öffnete ihm, ließ ihn leise in den Saal treten. Er kannte natürlich die Große Aula, war schon oft hier gewesen bei den verschiedensten Veranstaltungen.

»Das Jahr 1938 und der im März erfolgte Anschluss Österreichs bedeutete auch für die Salzburger Festspiele massiv einschneidende Veränderungen.«

Er vernahm die Stimme der Vortragenden im Raum, noch bevor er die Frau sah.

Leise bewegte er sich, nahm Platz in der vorletzten Reihe. Der große Raum war gut gefüllt. Die Sitzreihen vor ihm führten leicht abwärts bis zur Bühne. Merana entdeckte nur wenige freie Plätze. Wie meistens, wenn er die Universitätsaula betrat, warf er zuerst einen schnellen Blick auf die Gemälde, die an den Wänden links und rechts die Erscheinung des barock wirkenden Raumes prägten. Die Darstellungen vermittelten Geheimnisse des Rosenkranzes, wie ihm bekannt war, also sakrale Szenen. Erbaut wurde die Aula von keinem Geringeren als Santino Solari, dem Baumeister des Salzburger Doms, der vermutlich auch als Architekt für Schloss Hellbrunn verantwortlich zeichnete. All diese herrlichen Bauwerke zeugten von Abschnitten in der Geschichte der Stadt, die eng mit glanzvoller Pracht und großer Freude verbunden waren. Ganz anders als die Zeitspanne, über die die Vortragende gerade referierte. Die Frau stand am durchsichtigen Rednerpult. Sie trug ein schlichtes Kleid. Es wirkte elegant, aber keineswegs festlich protzig. Auf der großen Leinwand hinter ihr war gerade jenes Symbol zu sehen, das mit der furchtbaren Epoche verbunden war, von der sie sprach. Merana sah ein riesiges Hakenkreuz.

Daneben eine der Szenen gesetzt, die zeigten, wie begeistert Adolf Hitler bei seinem Einmarsch in Österreich von den Bewohnern begrüßt worden war. Merana lugte schnell in den Programmfolder, den man ihm am Eingang in die Hand gedrückt hatte. *Univ. Prof. Dr. Evelyne Fratta*, las er. Die Wissenschaftlerin kam von der Universität in Frankfurt am Main und referierte über »Die Geschichte der Salzburger Festspiele, Teil eins. Von den Anfängen bis zum Zweiten Weltkrieg.«

Das Bild auf der Leinwand verschwand, wurde abgelöst von einer weiteren Darstellung in Schwarz-Weiß. Sie zeigte einen Dirigenten bei der Arbeit mit einem Orchester. Ein Teil der Geiger war auszumachen. Über ihnen thronte in gestrafft konzentrierter Haltung der weißhaarige Mann. Er hatte den Taktstock erhoben. Auch die Bewegung der anderen Hand wirkte kraftvoll, energisch, animierend. Merana glaubte zu wissen, um wen es sich bei dieser Darstellung handelte. Und die Anmerkungen der Historikerin bestätigten ihm auch sogleich seine Vermutung.

»Sie sehen hier den bedeutenden italienischen Dirigenten Arturo Toscanini bei einem Konzert mit den Wiener Philharmonikern aus dem Jahr 1935. Ein Jahr davor, 1934, war Toscanini bei den Salzburger Festspielen erstmals in Erscheinung getreten.

Sein Engagement darf man aus heutiger Sicht wohl auch als eine Art politisches Signal verstehen. Damit hoffte man, eine Gegenposition zur deutschen Außenpolitik zu setzen, die jenseits der Grenze immer aggressiver in Erscheinung trat. Und auch diesseits der Grenze deutlich spürbaren Einfluss hatte. Toscanini, so hoffte man, würde auch verstärkt internationales Publikum anziehen. Toscaninis künstlerische Persönlichkeit prägte dann auch in den Folgejahren die Geschichte der Festspiele, zusammen mit dem Dirigenten Bruno Walter. 1935 setzte der Meister aus Parma die erste große Verdi-Aufführung ins Programm, die Oper ›Falstaff‹. Eine Oper in italienischer Sprache, geschrieben von einem italienischen Komponisten, dirigiert von einem Italiener! Was für ein gezielt gesetzter Tabubruch in einer Zeit, die ganz stark von einer immer stärker um sich greifenden Deutschtümelei geprägt war. Ein Jahr darauf dirigierte Toscanini auch noch ›Die Meistersinger von Nürnberg‹. Auch dafür hatte er sich ganz bewusst entschieden, positionierte Salzburg quasi als eine Art Anti-Bayreuth. Wagner gehört dem musikalischen Universum und nicht den Nazis, die ihn ständig für ihre Zwecke vereinnahmen, war daraus abzulesen. Toscaninis bedeutsames Wirken in Salzburg reichte noch bis zum Festspielsommer 1937. Da dirigierte er unter anderem auch Mozarts ›Zauberflöte‹. Aber das ist Ihnen allen sicherlich bestens bekannt. Der Einmarsch der deutschen Truppen und der Anschluss im März 1938 veränderten dann alles. Toscanini weigerte sich, weiterhin in Salzburg aufzutreten. Andere Künstler erhielten Aufführungsverbote, viele gingen ins Exil. Und auch das Gründerstück der Salzburger Festspiele, der ›Jedermann‹, musste aus dem Spielplan gestrichen werden.«

Merana horchte auf. Was hatte die Dame eben gesagt? Kein »Jedermann« mehr im Jahr 1938? Das war ihm bisher noch nie bewusst geworden. Er wusste einiges über die Geschichte der Salzburger Festspiele. Doch das war ihm neu. Er konzentrierte sich weiter auf die Ausführungen der Referentin. Sie machte an vielen Beispielen deutlich, wie die Salzburger Festspiele ungeniert eingegliedert wurden in die allseits sichtbare Gesamtinszenierung der Nazis.

»Am 20. Juli 1944 gab es das missglückte Attentat auf Adolf Hitler. Als eine der Reaktionen darauf erfolgte das Verbot sämtlicher Festspiele im Deutschen Reich. Dieses Verbot betraf auch Salzburg. Und so dauerte es bis zum 12. August 1945, bis die Salzburger Festspiele bei einer Feierstunde im Stadtsaal wieder eröffnet wurden.

Dies geschah auch im Interesse der amerikanischen Besatzungsmacht. Hugo von Hofmannsthals ›Jedermann‹ kam wieder auf den Spielplan. Und die Aufführung von Mozarts Oper ›Die Entführung aus dem Serail‹ wurde via Rundfunk sogar in die USA übertragen.« Auf der Leinwand erschien das Logo der Salzburger Festspiele. Merana sah die bestens bekannte Grafik mit der schwarzen Theatermaske und der stilisierten Festung im Vordergrund.

Applaus setzte ein. Der Vortrag war zu Ende. Merana warf einen prüfenden Blick in die vordersten Reihen. Er sah den Landeshauptmann. Dieser saß ganz vorne in der Mitte. Schräg dahinter war auch die Kontur seines Chefs auszumachen. Der Herr Polizeipräsident hatte offenbar in der zweiten Reihe Platz nehmen müssen.

Neben dem Podium tauchte eine weitere Frau auf. Sie war bekleidet mit einem violetten Hosenanzug und hatte ein Mikrofon in der Hand. »Wir danken unserer sehr geschätzten Referentin und vor allem auch Ihnen, meine Damen und Herren, für die Aufmerksamkeit. Wir machen jetzt wie angekündigt eine Pause. Ich freue mich sehr, Sie alle in einer Stunde wieder begrüßen zu dürfen.«

Nochmals klang kurzer Applaus auf, dann erhoben sich die ersten von ihren Plätzen.

Der Polizeipräsident blickte nach hinten. Als sein unruhiger Blick Merana erspähte, gab er ihm ein Zeichen. Der Kommissar verließ die letzte Reihe und machte sich auf den Weg nach unten.

»Hallo, Merana, na das ist ja eine Überraschung«. Er hatte schon fast das untere Ende der Reihen erreicht, als er die Stimme hörte. Sie kam ihm sehr bekannt vor. Er drehte sich um. »Dass der Salzburger Kripochef sich die Zeit nimmt, um einen Vortrag über die Geschichte der Festspiele anzuhören, verwundert doch sehr.«

Er hob die Hand, deutete einen Kuss an, den er nach hinten warf.

»Hallo, Jutta, was für eine Freude, dich zu sehen.« Jutta Ploch saß in der siebten Reihe. Die Kulturjournalistin wies nach unten zum Podium. »Dein Chef wartet schon ganz ungeduldig auf dich. Also beeile dich. Wenn du nachher noch für einen kurzen Plausch Zeit hast, findest du mich unten im Café.«

»Danke, ich werde ganz sicher kommen.« Damit wandte er sich um, stakste auf Hofrat Kerner zu. »Hallo, Martin, da bist du ja endlich. Ich fürchtete schon, die machen hier nie eine Pause. Wie stehen die Ermittlungen, was hast du mir zu berichten?« Sie blieben im Raum, stellten sich ein wenig abseits.

»Nicht allzu viel, Günther. Ob es sich beim Tod der jungen Frau tatsächlich um ein Verbrechen handelt, konnte bisher noch nicht erwiesen werden. Vielleicht handelt es sich auch einfach nur um einen Unglücksfall. Ich hoffe, dass wir beim Team-Meeting um 17 Uhr mehr dazu wissen.«

»Warst du schon in Kontakt mit der Laudess?« Natürlich nannte sein Chef die Schauspielerin nicht bei Vor- und Zunamen. Bei großen Bühnenstars war es üblich, einfach den Nachnamen zu nehmen und den bestimmten Artikel davorzusetzen. Das hob die Exklusivität hervor. Es hieß nicht Senta Laudess, sondern einfach *die* Laudess. Genauso wie *die* Ferres, *die* Furtwängler, *der* Moretti, *die* Netrebko, *der* Pavarotti. Merana war mit diesem merkwürdigen Ritual bestens vertraut. Er berichtete dem Chef kurz von seiner Begegnung mit Senta Laudess und ließ nicht unerwähnt, dass er in bestem Kontakt mit der Chefin des Büros für Öffentlichkeitsarbeit der Festspiele stünde.

»Sehr gut, Martin. Wir sehen uns dann zur großen Besprechung im Präsidium.«

»Kannst du da dabei sein? Wenn der nächste Vortrag nach der Pause ähnlich lang dauert wie der vorige, geht sich das nie und nimmer aus.«

Kerner grinste. »Mach dir keine Sorgen um den Zeitplan deines Chefs, verehrter Herr Kommissar. Dein Präsident wird zur Stelle sein. Darauf kannst du dich verlassen.« Damit ließ er ihn stehen und stapfte in gemächlichem Tempo davon. Merana nahm einen der Ausgänge neben der Bühne und eilte ebenfalls nach unten. Im Erdgeschoss des alten Universitätsgebäudes war das von Jutta Ploch angesprochene Café untergebracht. Es trug den Namen UNI:VERSUM. Es war gewiss auch bei den Studenten beliebt, aber vielleicht mehr noch bei Touristen und vor allem bei Gästen, die eine der gefragten Kulturveranstaltungen der näheren Umgebung besuchten. Immerhin lag das Große Festspielhaus direkt gegenüber auf der anderen Seite der Hofstallgasse. Gleich daneben betrat man die Felsenreitschule und das Haus für Mozart.

»Hallo, Kommissar, hier bin ich.« Sie winkte ihm zu. Offenbar hatte die Kulturjournalistin rechtzeitig einen Tisch im Freien ergattert. Alle anderen waren belegt. Auch im Inneren war das Lokal voll, wie Merana bemerkt hatte. Er setzte sich zu ihr, bestellte ein Ginger Ale und einen doppelten Espresso. Er kannte Jutta Ploch schon lange. Sie war eine hervorragende Journalistin. Aber mindestens genauso schätzte er ihre menschlichen Qualitäten. Sie war loyal, messerscharf in ihren Analysen. Wenn es sein musste, war sie auch verschwiegen. Er schätzte ihren Humor, konnte auch über ihre bisweilen bissigen Bemerkungen herzhaft lachen. Und vor allem mochte er ihre Liebenswürdigkeit ihm gegenüber.

»Was wollte dein Chef so Dringendes von dir? Ich vermute, er wartet schon ungeduldig darauf, dass du ihm möglichst bald denjenigen auf einem Silbertablett servierst, der schuld daran ist, dass die kleine Laudess seit heute früh nicht mehr unter den Lebenden weilt.« Dass Jutta offenbar bestens über den vorliegenden Fall Bescheid wusste, überraschte ihn keineswegs. Sie war nicht nur eine Journalistin mit ausgezeichnetem Fachwissen. Sie war auch bestens vernetzt, verfügte über eine dichte Kette an hervorragenden Informanten.

»Ich freue mich, dass du schon weißt, was mich derzeit als Ermittler beschäftigt. Da erspare ich mir jegliche Einleitung und kann gleich dein großes Hintergrundwissen anzapfen, das mir wie immer weiterhilft.«

Sie lachte hell auf.

»Ich verstehe. Kulturjournalistin, mit Preisen ausgezeichnet, in der Szene bestens integriert und bewandert, hilft wieder einmal völlig ahnungslosem Polizeikommissar aus der Patsche.« Sie hielt ihr Glas mit dem Weißen Spritzer in die Höhe.

»Du weißt, was dich das kostet, Merana.« Er prostete ihr zu, lachte gleichfalls. Natürlich wusste er, was sie meinte. Es war ja nicht das erste Mal, dass sie das durchspielten. Jutta liebte dieses Ritual. Sie würde ihm mit ihrem Wissen und ihren Beziehungen zur Seite stehen, und er würde irgendwann einmal, nach Abschluss des Falles, sie in ein schickes Lokal einladen. Natürlich musste es eine gastliche Stätte sein, in der sich der

Küchenchef mindestens eine oder zwei Hauben verdient hatte. Noch besser waren drei oder gar vier.

»Also, Kommissar. Was willst du wissen?« Er erläuterte, was bisher zum Tod der jungen Schauspielerin bekannt war. Dann berichtete er noch kurz von seiner Begegnung mit Senta Laudess. »Und jetzt bist du dran, liebe Jutta.« Er lehnte sich zurück. »Sag mir alles, was du über die beiden Schwestern weißt.«

»Von Senta sehr viel, aber das meiste wird dir ohnehin bekannt sein. Von Isolde leider sehr wenig. Beginnen wir damit, dass beide heuer beim Salzburger ›Jedermann‹ doch tatsächlich miteinander auf der Bühne zu sehen sind beziehungsweise waren, muss man jetzt wohl sagen.«

»Kam das für dich überraschend, dass beide miteinander auftraten?«

Sie nippte an ihrem gespritzten Weißwein.

»Dass die in allen bedeutenden Theatern im deutschsprachigen Raum immens erfolgreiche Senta Laudess endlich auch von den Salzburger Festspielen in ihre Heimatstadt geholt wurde, das kam für mich nicht überraschend. Dass sie heuer als Buhlschaft an der Seite von Burgschauspieler Xaver Reistatt auf dem Domplatz spielen würde, ist ja schon seit dem Vorjahr öffentlich bekannt. Ich weiß es allerdings schon ein halbes Jahr länger. Aber dass ihre jüngere Schwester Isolde so ganz plötzlich von heute auf morgen in der Tischgesellschaft dabei ist, das kam schon sehr überraschend. Und nicht nur für mich. Da kannst du viele aus der Branche fragen.«

»Warum?«

»Isolde Laudess bei einem absoluten Aushängeschild der Festspiele?«

»Aber sie spielte doch nur eine kleine Rolle innerhalb der Tischgesellschaft. Ich weiß gar nicht, ob sie überhaupt einen Text zu sprechen hatte.«
Die Journalistin verzog das Gesicht zur Grimasse. Dann blies sie deutlich hörbar Luft aus der Nase.
»Doch, hatte sie, genau zwei Sätze. Das bedeutet, zwei Sätze zu viel. Und die waren schon bei der Generalprobe äußerst schlecht rübergekommen. Und ich glaube nicht, dass es sich im Lauf der weiteren Vorstellungen gebessert hat.« Erneut stieß sie geräuschvoll Luft aus. Es hörte sich fast an wie ein Schnaube.
»Merana, sie kann es einfach nicht.« Sie hielt kurz inne. »Pardon, ich vergaß. Es ist grammatikalisch die Vergangenheitsform zu benützen. Was mir natürlich, verstehe mich bitte richtig, total leid tut für das arme Ding. Also, sie konnte es nicht besser.«

Sie strich sich eine ihrer dunklen Haarsträhnen aus dem Gesicht.

»Du hast natürlich recht, Merana. Wer in der Tischgesellschaft sitzt, hat keine übertrieben große Rolle auszufüllen. Aber die Salzburger Festspiele wissen genau, wem sie dort die Chance bieten, sich an berühmter Stelle vor großem Publikum zu präsentieren. Das sind vor allem Schauspieler und Schauspielerinnen, die auf dem Sprung sind, sich einen Namen zu machen. Also sehr talentierte Leute. Die müssen nicht einmal alle jung sein, aber in jedem Fall sehr begabt. Und für manche hat das Mitwirken in der Tischgesellschaft des ›Jedermann‹-Ensembles sich schon als äußerst hilfreiches Sprungbrett erwiesen. Aber glaub mir. Die wahrlich nicht einmal mittelmäßig begabte 26-jährige Schauspielerin Isolde Laudess, die

noch dazu kaum über Bühnenausstrahlung verfügte und wenig Charisma besaß, wäre dort nie und nimmer hingekommen. Aber sie ist es dennoch. Weil sich ihre Schwester, pardon, Halbschwester, dafür einsetzte. Und zwar kompromisslos, wie ich aus guter Quelle weiß.«
Merana dachte kurz nach. So hatte er das noch gar nicht gesehen. Die Schwester hatte sich dafür eingesetzt?
»Bist du sicher, Jutta, dass es sich tatsächlich so abgespielt hat?«
Sie schnaubte wieder, gab ihm einen freundschaftlichen Stubser.
»Herr Kommissar, ich weiß, was in deiner Polizeiarbeit unter Beweisen verstanden wird. Dort gelten Fakten nur dann als Tatsachen, wenn sie mindestens Hundert Mal im Labor und noch öfter durch wissenschaftlich präzise fundierte Eingriffe belegt wurden. Aber ich arbeite nicht in der Gerichtsmedizin. Mein Betätigungsfeld ist die Welt der Medien. Und dort muss man sich ab und zu auch darauf verlassen, was einem als Gerücht, Einflüstern, kleines Liedlein, Tratsch, schwer nachvollziehbare Vermutung zugetragen wird.« Sie griff nach dem Weinglas, hielt es in die Höhe. »Aber du kannst dich darauf verlassen, Herr Kommissar. Wenn ich dir sage, dass Isolde Laudess dieses Engagement bei den Salzburger Festspielen einzig und allein deshalb bekam, weil sich ihre große Schwester, der berühmte Bühnenstar, mit aller gebotenen Vehemenz dafür einsetzte, dann stimmt das. Darauf kannst du dich verlassen.« Sie leerte ihr Glas, stellte es mit triumphierendem Blick zurück.
»Davon hat Senta Laudess bei unserem heutigen Gespräch auch nicht eine Silbe erwähnt.« Sie kicherte leicht.

»Na, die Gute wird schon ihre Gründe dafür gehabt haben. Vielleicht war es ihr auch einfach nur peinlich.« Er würde die Schauspielerin bei ihrer nächsten Begegnung darauf ansprechen. Ganz sicher.
»Hast du die heurige Inszenierung schon miterlebt, Merana?«
»Nein.«
Ihr Tonfall wurde wieder ernst. »Du solltest dir unbedingt eine Aufführung ansehen. Ich kann nur sagen, die Laudess ist einfach großartig. Wie wir beide wissen, ist die Rolle der Buhlschaft ja keine allzu große. Was die Öffentlichkeit bei jeder Neuinszenierung am meisten interessiert, ist die Frage, welches Kleid die neue ›Jedermann‹-Geliebte auf der Bühne zur Schau stellt. Und an diesem Kasperltheater sind, wie du weißt, auch wir Medien nicht ganz unschuldig. Das muss ich leider uns allen ankreiden. Aber es hat in der Geschichte der Festspiele eine ganze Reihe von großartigen Charakterdarstellerinnen gegeben, die in diese eher bescheidene Rolle schlüpften, und versuchten, die Figur durch ihre Darstellung entsprechend hervorzuheben. Senta Berger habe ich leider nie erlebt. Als sie zum letzten Mal in diese Rolle schlüpfte, an der Seite von Maximilian Schell, war ich gerade einmal zwei Jahre alt. Von ihr kenne ich nur Filmaufnahmen. Aber ich finde sie großartig. Vor allem zusammen mit Curd Jürgens, der vor Maximilian Schell den alternden Schwerenöter spielte. Und dann waren da stilprägende Darstellerinnen wie Maddalena Crippa, Dörte Lyssewski, Veronica Ferres, Birgit Minichmayr, Stefanie Reinsperger, um nur ein paar zu nennen. Ich persönlich war auch von Brigitte Hobmeier sehr ange-

tan. Kannst du dich noch erinnern, wie sie als Buhlschaft mit dem Fahrrad über die Bühne kurvte?«

Ja, er erinnerte sich.

»Ich kann dir nur raten, Commissario, schau dir die heurige Inszenierung an. Vor allem der Abgang der Laudess ist beeindruckend. Es bewegt einen, wie die Buhlschaft sich vom Geschehen auf der Bühne verabschiedet. Mehr will ich dir nicht verraten. Nur so viel. Es ist einfach großartig, welche Charakterfärbung da in der dargestellten Bühnenfigur aufblitzt. Ich weiß nicht, ob dir bekannt ist, dass die Laudess am Hamburger Schauspielhaus als Regisseurin tätig war. Sie hat dort Schillers ›Maria Stuart‹ inszeniert. Ich habe das Stück gesehen und kann nur sagen: exzellente Arbeit. Hier verblüffte eine große Regisseurin mit völlig unerwarteten Einfällen, sehr außergewöhnlich. Nächstes Jahr wird sie auch an der Burg in Wien inszenieren. Die hat einiges drauf. Und wie zu vernehmen ist, soll möglicherweise noch etwas Bedeutenderes auf sie zukommen, eine ganz große Kiste.«

»An welchem Theater?«

Sie wiegte den Kopf hin und her, das bis über die Schultern fallende dunkle Haar bewegte sich mit.

»Ich glaube, es geht nicht so sehr um Theater, eher um Film. Und das nicht einmal in Europa, sondern in den USA.«

»Wer sagt das?« Seine Frage kam schnell. Sie stupste ihn auf die Nase.

»Ach, Merana, du lernst es nie! Das sagt natürlich überhaupt niemand. Zumindest nicht offiziell. Es gibt Andeutungen, Gerüchte, Stille Post-Botschaften. Es kann

was dran sein, muss aber nicht. Wir werden es schon erfahren.«
»Und wie ich dich kenne, wirst du eine der Ersten sein.«
»Darauf kannst du dich verlassen.«
Er dachte nach. Der Espresso war leider schon kalt. Er trank ihn trotzdem.
»Ich bitte dich, weiterhin achtsam zu sein, Jutta. Aber das bist du ohnehin. Und wenn sich ein neuer Aspekt ergibt, lass es mich gleich wissen.«
»Jawohl, capitano mio!«
Immer vorausgesetzt, es stellte sich tatsächlich heraus, dass dem Todesfall wirklich ein Verbrechen zugrunde liegt, dachte er. Dann musste man bei den polizeilichen Überlegungen möglicherweise weitere Kreise ziehen. Vielleicht ging es in erster Linie gar nicht um den Tod der jungen Schauspielerin. Möglicherweise wollte jemand der Buhlschaft schaden? Der Tod der Schwester war nur der erste Schritt dazu. Aber was folgte dann als Nächstes?

Ganz konnte Merana sich von diesem Gedanken nicht lösen, als er sich schließlich von der Journalistin verabschiedete und das Café verließ. Er wollte nicht zurück zum Universitätsplatz, sondern trat hinaus auf die von der Sonne aufgeheizte Hofstallgasse.

Ja, er liebte das Gewurrel im festspielsommerlichen Salzburg. Das wurde ihm auch jetzt wieder bewusst. Vor ihm wuselten zwei Touristengruppen, etwas unkoordiniert in ihren Bewegungen, aber fröhlich und farbenprächtig anzuschauen. Eine französische und eine italienische Gruppe offenbar, wie er dem Geschnatter entnahm. Dazwischen machte er fünf Personen aus, die auf den Eingang der Festspielhäuser zueilten. Offenbar Musiker, wie zu vermuten war. Denn sie waren alle fünf mit ganz unterschiedlichen Instrumentenkoffern ausgestattet. Den größten schleppte die Kleinste, eine zierliche Japanerin, die sich mit einem Cello abmühte. Auch viele Einheimische waren auf der Hofstallgasse unterwegs. Er bemerkte zudem einige Radfahrer. Sie waren alle im flotten Tempo unterwegs, aber sehr kontrolliert. Keiner kam auch nur in die Nähe der beiden wuselnden Touristengruppen. Die Fremdenführerin wies eben auf das Große Festspielhaus, dann auf den daran anschließenden Trakt. Sie erwähnte auf Deutsch die Felsenreitschule und das Haus für Mozart. Merana hielt inne, ließ ganz bewusst die friedvolle Stimmung auf sich wirken. Wie immer bei Festspielaufführungen würden sich auch heute Abend viele der Besucher während der Pause auf der Hofstallgasse tummeln, würden die einmalige Atmosphäre genießen, würden, noch ganz erfüllt vom Klang der Musik, sich einerseits auf die weitere Darbietung freuen. Zugleich würden sie Freude verspüren an der unvergleichlichen Aussicht auf die Salzburger Altstadt. Über die Dächer der historischen Bürgerhäuser grüßten die Kuppeln und Türme der Kirchen. Und über allem prangte die beeindruckende Szenerie der Festung. Doch allmählich schoben sich andere Gedanken in seinen Kopf. Er drehte seinen Blick nach rechts zu den Pollern an der Zufahrt zur breiten Hofstallgasse. Er kannte die Pläne der Sicherheitsverantwortlichen aus dem Innenministerium nicht im Detail. Aber er hoffte innig, dass die Vorkehrungen der Antiterrorspezialisten ausreichend waren, dass auch an diesem Abend die hier zu erlebende friedliche Stimmung ungetrübt bleiben konnte. So wie an allen anderen Abenden auch. Carola konnte aus den Erfahrungen der heutigen Sicherheitsbesprechung gewiss mehr dazu anführen, wenn sie später an der Teambesprechung teilnahm. Er löste seine Augen von den Pollern, ließ sie auf die linke Seite wandern, bis an das Ende des Gebäudekomplexes. Unwillkürlich musste Merana schmunzeln. Das vorhin gehörte Referat fiel ihm ein. Genau am Ende des Festspielgebäudekomplexes lag der Toscaninihof. Immerhin hatte der große italienische Dirigent zur Erinnerung einen Platz bekommen, der mit seinem Namen verbunden war. Die Stelle war wirklich sehr prominent. Der Hof war umgeben von der Felsenreitschule, dem Haus für Mozart, dem Franziskanerkloster und dem Collegium Benedictinum. Und seit Mitte der 1970er-Jahre war hier auch der Zugang zur Mönchsberggarage. Merana ließ langsam den Blick in die Höhe gleiten. Der steinerne Löwe, der am oberen Rand des Gebäudes mit seinem Wappenschild prangte, war zwar keinesfalls nach Meranas Geschmack. Er hielt die Skulptur eher für abstoßend. Aber die Position war ausgezeichnet. Man überblickte von dort die gesamte Gasse. Ein idealer Platz für einen Scharfschützen. Er war schon gespannt, was Carola heute zu berichten hatte.

6

Der Polizeipräsident hatte Wort gehalten. Er war tatsächlich rechtzeitig erschienen. Er begrüßte das gesamte Team. Zunächst ersuchte Hofrat Kerner die Chefinspektorin, sie möge den Kollegen einen kurzen Einblick von der heutigen Sitzung der Spezialkräfte des Innenministeriums verschaffen. Carola Salman trat nach vorne.

Wie immer hatte Thomas Brunner den Platz am Laptop eingenommen, der über Beamer mit dem Screen an der Wand verbunden war. Als Erstes flammte auf der großen Leinwand ein Gesicht auf, das den meisten der Anwesenden bekannt war. Es gehörte Aadil Fadel, 34 Jahre alt, französischer Staatsbürger. Fadel konnte bisher mit den Hintermännern zu einigen Terroranschlägen in Verbindung gebracht werden, unter anderem zu den verheerenden Anschlägen in Paris und Saint-Denis mit fast 700 Verletzten und 130 Toten. Fadel war vor zwei Monaten von internationalen Terrorfahndern aufgespürt worden. Und zwar hier in Salzburg. Ausgerechnet im Festspielbezirk war er den Ermittlern ins Netz gegangen.

»Gestern ist den internationalen Anti-Terrorkräften gelungen, eines weiteren Verdächtigen habhaft zu werden.« Das nächste Porträtbild wurde sichtbar: Hamit Nejem.

»Auch bei diesem Mann gibt es Verbindungen zu gewissen Personen im Raum Salzburg.«

Die Chefinspektorin führte Namen an, erklärte Art und Umfang der Verstrickungen auf, erläuterte dazu die geplante Ausweitung der polizeilichen Sicherheitsmaßnahmen. Man fürchtete von Seiten der Sicherheitskräfte vor allem, dass es einem Selbstmordattentäter gelingen sollte, sich bei einer der vielen Veranstaltungen mitten unters Publikum zu mischen. Um dieses Szenario so gut wie möglich zu verhindern, war eine weitere Reihe an hoffentlich effektiven Maßnahmen geplant. Carola Salman erläuterte die entsprechenden strategischen Überlegungen dazu. Am Ende ihrer Ausführungen zeigte die Chefinspektorin eine Totalansicht der Hofstallgasse, erklärte, an welchen Außenstellen vor, während und nach den Aufführungen zusätzliche Sicherheitskräfte positioniert wurden. Merana nickte. Natürlich waren auch Scharfschützen vorgesehen. Einer auch am Platz des steinernen Löwen.

»Danke, Carola. Du bleibst weiterhin in Verbindung mit den Spezialisten.«

Hofrat Kerner wartete, bis die Chefinspektorin Platz genommen hatte.

»Martin, jetzt bist du an der Reihe.«

Der Kommissar erhob sich, trat nach vorne. Gleichzeitig betätigte Thomas Brunner die Computermaus. Auf der Leinwand erschien das Passportrait der toten Schauspielerin.

»Isolde Laudess, wohnhaft in der Nonntaler Hauptstraße, wurde heute früh neben der Nonnbergstiege tot aufgefunden. Ein paar Fakten zur Person: 26 Jahre alt, Ausbildung an der Handelsakademie abgebrochen. Es folgte der Versuch, die Schauspielausbildung am Thomas Bernhard Institut des Mozarteums zu absolvieren. Mit wenig Erfolg. Abbruch bereits nach dem ersten Studienjahr. Danach versuchte sich Isolde Laudess in verschiedenen Jobs und war daneben auch immer wieder als Schauspielerin tätig, vor allem im anspruchsvollen Amateurbereich. Gelegentlich erhielt sie auch kleinere Rollen bei professionellen Bühnen. Die bis jetzt ermittelten wichtigsten Daten dazu findet ihr in euren Unterlagen.«

Er nickte Thomas Brunner zu, der schickte weitere Bilder auf die Leinwand. Zu sehen waren jetzt Ausschnitte vom Fundort der Toten und der unmittelbaren Umgebung. Der Tatortgruppenchef übernahm, gab die entsprechenden Erklärungen zu den gezeigten Details. Darauf folgten Darstellungen zur Leiche. Zu erkennen waren die genaue Position der Leiche und die Art der Verwundung. Das letzte Foto dieser Serie zeigte einen Ausschnitt vom Kopf der Toten. Deutlich war die Blessur auf der linken Seite auszumachen. »Wie Frau Dr. Plankowitz in ihrer Untersuchung eindeutig feststellen konnte, stammt diese Wunde nicht vom Sturz. Die Verletzung wurde der Toten unmittelbar davor zugefügt. Und zwar durch einen Schlag. Wir sehen hier deutlich dunkle Partikel innerhalb der Wunde. Und dazu passend richte ich eure Aufmerksamkeit auf das hier.« Er tippte auf die Maus. Eine stark vergrößerte Aufnahme von Splittern wurde sichtbar. Sie hatten Ähnlichkeit mit jenen, die zuvor in der Wunde zu sehen waren.

»Das sind winzig kleine Keramikteile«, erklärte der Tatortgruppenchef. »Diese Teile gehören unzweifelhaft zum selben Gegenstand, von dem auch die Splitterspuren in der Wunde stammen. Die winzigen Keramikfragmente waren mit freiem Auge kaum zu erkennen. Nur durch exaktes Überprüfen entdeckten wir sie genau an der Stelle, wo Isolde Laudess in die Tiefe stürzte. Und in unmittelbarer Nähe ist auch das zu sehen.« Wieder betätigte er die Maus, schickte das nächste Bild auf den Screen an der Wand. Es zeigte einen Ausschnitt des steil ansteigenden kleinen Gärtchens. Im Vordergrund waren deutlich die Merana schon bekannten Skulpturen zu erkennen.

»Du meine Güte, was ist denn das?« Die erstaunte Frage rief Egon Tratz dazwischen. Er kam aus dem Ermittlungsbereich »Vermögensabschöpfung«, war so wie andere in der Runde auch Meranas Leuten zugeteilt worden. »Sehen wir hier Schneewittchen und die kauzigen Verehrer?«

Einige in der Runde quittierten die Bemerkung mit einem Kichern.

»Kauzig kommt gewiss hin, Egon. Man braucht nur den Esel mit dem abgebrochenen Ohr anzuschauen, oder den schrulligen Drachen. Diese Märchenfiguren gehören einer pensionierten Beamtin, die auf Nummer 10c wohnt. Leider war sie drei Tage auswärts, kam erst heute Nachmittag von ihrem Ausflug zurück. Normalerweise räumt sie die Skulpturen in die Wohnung, wenn sie für länger weg ist. Dieses Mal hat sie dies vergessen, wie wir erfuhren. Und sie hat bei unserer Befragung auch sogleich bemerkt, dass eine ihrer geliebten Figuren fehlt. Glücklicherweise besitzt sie eine Fotografie davon, so wie von allen Statuen.«

Er schickte das nächste Bild auf die Leinwand. Wieder lachten einige in der Runde leise.

»Ach du heiliges Dornröschen«, ließ sich der Kollege von der Vermögensabschöpfung erneut vernehmen.
»Was ist denn das für ein knorriger Typ?«
»Darf ich vorstellen, liebe Kolleginnen und Kollegen«, erwiderte Thomas Brunner und deutete zur Leinwand. »Hier sehen wir Rübezahl, den sagenhaften Herrn des Riesengebirges.«
Zwei der Kolleginnen klatschten kurz in die Hände, andere lachten. Wie immer in ähnlichen Situationen war Merana völlig bewusst, dass ein Außenstehender, der sich zufällig in dieses Meeting verirrte, den Eindruck haben musste, hier fehle es den Teilnehmern an gebührender, dem Anlass entsprechender Ernsthaftigkeit. Inzwischen war allen längst klar geworden, dass es sich um eine Mordermittlung handelte. Isolde Laudess war nicht Opfer eines Unfalls. Jemand hatte in der vergangenen Nacht die Skulptur ergriffen und ihr damit auf den Kopf gedroschen. Jeder in der Ermittlerrunde hatte die gebührende Achtung vor der Persönlichkeit der getöteten jungen Frau. Das war Merana sehr bewusst. Dennoch passte für ihn der vermeintlich lockere Umgangston. Er war hilfreich. Das wusste er aus Erfahrung. Er half mit, die eigene Anspannung und das Gefühl der Beklemmung zu übertauchen, die sie trotz professioneller Vorgehensweise dennoch bei jedem Mordfall immer wieder verspürten. Die traurige Tatsache einfach nicht ohne Weiteres beiseitezuschieben, dass auf brutale Weise ein Mensch getötet worden war.
»Was habt ihr sonst bei der Toten gefunden, Thomas? Hatte sie ein Handy dabei?«
Der Angesprochene blickte zum Kommissar.
»Nein. Wir haben ihre Wohnung durchsucht. Auch

dort fand sich kein Handy. Aber sie besaß eines. Wir haben das mithilfe der Telefongesellschaft überprüft.«
Wo ist das Handy abgeblieben, überlegte Merana.
»Könnte sie es im Restaurant liegen gelassen haben?« Er blickte fragend zu Otmar Braunberger. Der schüttelte den Kopf.
»Davon ist mir nichts bekannt. Aber wir werden nochmals im ›K+K‹ nachfragen, genauso wie im Großen Festspielhaus. Sie könnte das Telefon auch in der Garderobe vergessen haben.«
»Was wissen wir über die letzten Stunden der Toten?«, mischte sich Hofrat Kerner in die Ausführungen. »Was passierte, nachdem Isolde Laudess ihren Auftritt inmitten der ›Jedermann‹-Tischgesellschaft beendet hatte? Martin, fass kurz zusammen, was bisher bekannt ist.«

Merana gab an, was er von Senta Laudess erfahren hatte. Die Buhlschaft und die Darsteller der Tischgesellschaft seien vom Domplatz in die Garderoben des Festspielgebäudes gebracht worden. Bald brach Isolde Laudess zusammen mit vier aus der Kollegenschaft zur improvisierten Geburtstagsfeier auf. Senta Laudess folgte nach etwa einer halben Stunde. Die weitere Erläuterung überließ er dem Abteilungsinspektor.

»Wir haben inzwischen die entsprechenden Aussagen überprüft, dabei auch das Personal des ›K+K‹ Restaurants befragt. Alle Angaben wurden bestätigt. Am Nachmittag hatte ich bereits Gelegenheit, mich mit jemandem aus der Geburtstagsrunde zu treffen, mit der Schauspielerin Bianca Perl.«

»Was ist mit den anderen? Was ist mit Folker Hartling, der als Geburtstagskind ja der eigentliche Grund für diese kleine Feier war?« Hofrat Kerner wirkte ein wenig ungeduldig. Der Abteilungsinspektor drehte sich mit bewusst langsamer Bewegung zu seinem Polizeipräsidenten.

»Die anderen hatten heute Auswärtstermine, wie wir erfuhren. Aber wir sind natürlich dran, Günther. Ich habe bei allen entsprechende Nachrichten hinterlassen.«

Dann wandte er sich an die ganze Runde.

»Bianca Perl hat die getätigten Angaben bestätigt. Und sie hat mir darüber hinaus von einer seltsamen Begegnung erzählt. Es hat vielleicht insgesamt nichts zu bedeuten, aber wir sollten es nicht ganz außer Acht lassen.«

Er berichtete, was ihm die Schauspielerin von der unerwarteten Begegnung am Eingangsbereich des Restaurants berichtet hatte.

»Und was ist mit diesem Cyrano?«, wollte Hofrat Kerner wissen. »Wo finden wir den?«

»Wenn es stimmt, was Isolde Laudess gemäß Frau Perl andeutete, dann gehört dieser Cyrano zur Truppe des Salzburger Straßentheaters. Und die ist ...« Der Abteilungsinspektor blickte auf seine Armbanduhr. »Die ist wohl schon an ihrer heutigen Abendstation angekommen, nämlich in Obertrum. In gut einer Viertelstunde sollte dort die Aufführung beginnen.«

»Danke, Otmar«, übernahm Merana wieder. »Damit wissen wir beide zumindest, wohin wir uns gleich begeben werden.«

»Da wäre noch etwas«, warf der Abteilungsinspektor ein. »Die eben geschilderte seltsame Begegnung war für Bianca Perl im Grunde nicht allzu überraschend, wie sie mir versicherte. Sie hatte Isolde Laudess schon öfter in ähnlichen ›Disputszenen‹ erlebt, wie sie es ausdrückte.

Sie erzählte mir von einer ähnlichen Begebenheit auf dem Salzburger Grünmarkt, die sie zufällig beobachtet hatte. Isolde Laudess war dabei im Streit mit einer älteren Frau. »Wusste sie auch den Namen der Frau?«, fragte der Kommissar.
»Leider nein. Aber die Frau kam ihr zumindest bekannt vor, sagte sie. Sie vermeinte, die Dame schon einmal gesehen zu haben. Irgendwo im Festspielhaus. Sie weiß leider nicht mehr, in welchem Zusammenhang das gewesen sein könnte. Vielleicht fällt ihr dazu noch mehr ein.«
Möglicherweise tauchen bald weitere ähnliche Disputszenen auf, überlegte Merana. Das könnte ihnen zumindest helfen, einen Kreis von Personen zu erstellen, mit denen die Tote Streit hatte. Jemand könnte Isolde Laudess vergangene Nacht gefolgt sein, möglicherweise aufgelauert haben. Das Zusammentreffen mit dem Täter könnte aber auch rein zufällig passiert sein. Vielleicht kam er oder sie gar nicht aus der persönlichen Umgebung der Toten. Eine rein zufällige Begegnung. Die Tat schien zumindest nicht von langer Hand vorbereitet gewesen zu sein. Der Täter oder die Täterin schnappt sich bei diesem Zusammentreffen das Nächstbeste, das er oder sie in die Hand bekommt. Eine schwere Keramikfigur aus dem kleinen ansteigenden Gärtchen. Das Verbrechen ereignete sich ohne unmittelbare Zeugen. Ihre bisherigen Befragungen hatten zumindest ergeben, dass niemand in der Umgebung zum Tatort etwas gesehen oder gehört hatte. Die ermittelnden Kollegen hatten bei den Nachforschungen kaum jemanden angetroffen. Viele aus der Nachbarschaft waren auf Urlaub. Die wenigen Fenster der Häuser waren auf der Stiegenseite zudem alle ver-

schlossen. Sie hatten also bisher gar nichts, das sie weiterbrachte. Aber ihre polizeiliche Arbeit stand auch erst am Anfang. Als Nächstes galt es dringend, das persönliche Umfeld der toten Schauspielerin zu durchforsten. Die Kollegenschaft zu befragen, bei den Salzburger Festspielen genauso wie bei Isolde Laudess übrigen künstlerischen Engagements. Dazu mussten sie mehr über den Bekanntenkreis in Erfahrung bringen, über mögliche Freundschaften, über die Nachbarschaft ihrer Wohngegend. Merana besprach mit der Runde die nächsten Ermittlungsschritte. Dann verteilten sie die Aufgaben.

7

Die Sonne war längst untergegangen, als die beiden Kriminalbeamten Obertrum erreichten. Der kleine Ort mit knapp 5.000 Einwohnern lag im Salzburger Seenland nördlich der Stadt Salzburg, kaum eine halbe Stunde Autofahrt entfernt.

»Welch wunderbare Abendstimmung«, schwärmte Otmar Braunberger, als Merana von der Landesstraße abbog. Der Obertrumer See war der größte der drei Trumer Seen. Die malerische Marktgemeinde erstreckte sich am Südufer.

»Wir müssen uns dann nach rechts halten, Martin«, lotste der Abteilungsinspektor den Kommissar, als sie den stattlichen Braugasthof in der Mitte des Ortes vor sich hatten.

»Die Truppe hat ihren Theaterwagen irgendwo in Ufernähe aufgestellt, nicht weit entfernt vom Naturerlebnisweg, soviel ich weiß.«

Wenig später war schon die große Besuchermenge auszumachen, die sich am Spielort versammelt hatte. Merana parkte den Dienstwagen. Die beiden Polizisten stiegen aus, hielten auf den Ort des Geschehens zu. Aufwallendes Lachen brauste ihnen entgegen.

»Also, Ladies and Gents, Mesdames et Messieurs! Wie lautet das Codewort für den Big Success, für Cash and Power ohne Grenzen, für die ultimative Karriere, der kein Herr, kein Gevatter oder sonst irgendein viril fehlgesteuerter Macho etwas anhaben kann? Wie?«

»Jeeeeedeerfrauuu!«, brüllte die Menge und begann begeistert zu jubeln.

»Genau, ihr sagt es!«

Merana und Braunberger mischten sich unter die Zuschauer in den hinteren Reihen. Die Bühne des Theaterwagens lag etwa zehn Meter vor ihnen. Es wurde den beiden Polizisten schnell klar, dass sie offenbar schon die finale Phase des Stücks erreicht hatten. Keine zehn Minuten später war das Spektakel zu Ende. Erst jetzt fiel dem Kommissar auf, dass in der Entfernung schräg hinter dem abgestellten Theaterwagen die Konturen eines Schiffes zu erkennen waren. Es verharrte offensichtlich nahe am Ufer. Vermutlich handelte es sich dabei um eines der bekannten Linienboote. Merana waren die örtlichen Schifffahrtsrouten vertraut. Er hatte sich auch mit der Großmutter schon auf die eine oder andere Sightseeingtour am Obertrumer See und am Mattsee begeben. Und noch etwas nahm er wahr. Etwas abseits von den dicht gedrängten Theaterbesuchern erkannte er einen jungen Mann. Es war derselbe, den er schon am Nachmittag auf dem Mozartplatz gesehen hatte. Der Bursche hatte auch dieses Mal seine Filmkamera dabei, schwenkte damit über die immer noch begeistert klatschende Menge. Und jetzt fiel dem Kommissar auch ein, woher er den jungen Mann kannte. Das war Damian Traubler, der Neffe von Wolfram Kegler, dem Tourismuschef der Stadt Salzburg.

»Otmar, kannst du dich kurz alleine um die Theaterleute kümmern? Ich komme gleich nach. Ich möchte vorher noch jemanden begrüßen.«

»Geht in Ordnung, Martin.«

Die ersten Zuschauer begannen allmählich abzuwandern. Eine größere Menge von Leuten steuerte direkt auf das Seeufer zu. Offenbar war ihr Ziel das Linienschiff. Das große Boot hatte inzwischen einige der Lichter an Bord angeworfen. Ringsum setzte allmählich die Dämmerung ein.

»Hallo, Damian.« Der junge Mann war eben dabei, die Kamera in seine Umhängetasche zu verstauen.

»Herr Kommissar, na das ist ja eine Überraschung.« Er klappte den Taschendeckel zu, reichte Merana die

Hand. »Sie unter den Zuschauern zu sehen, hätte ich nicht erwartet. Wie hat Ihnen das Theaterspektakel gefallen?«

Merana erwiderte den Händedruck. »Ich bin erst gegen Schluss gekommen. Wie hat es dir gefallen?«

Auf dem braun gebrannten Gesicht seines Gegenübers waren deutliche Spuren von Akne zu erkennen. Die Pickel konnten nicht mehr eine Folge der Pubertät sein, denn die hatte der junge Mann längst hinter sich, wie Merana wusste.

»Mir hat es ausgezeichnet gefallen.« Er setzte ein spitzbübisches Grinsen auf. »Aber mein Urteil dazu ist wohl nicht ganz unbeeinflusst. Denn ich bin zu sehr in das Gesamtspektakel involviert.« Er langte in die Tasche, holte wieder die Kamera hervor. »Die Theatergruppe hat mich engagiert. Ich produziere ein Video zur heurigen Aufführungsserie, inklusive aufwendig gestalteter Porträts der Mitwirkenden.«

Er lachte erneut, schaltete die Kamera ein. »Ich baue auch Reaktionen, Kommentare, Statements von Salzburger Persönlichkeiten mit ein.« Er hob die Kamera in die Höhe.

»Dazu passt auch hervorragend die Meinung des in Stadt und Land bekannten Leiters der Salzburger Kriminalpolizei. Also, Herr Kommissar Merana, wie gefiel Ihnen das Stück und die Gesamtperformance des Salzburger Straßentheaters im Jubiläumsjahr?«

Merana streckte die Hand aus, deckte das Objektiv ab. »Tut mir leid, junger Mann. Dazu habe ich nichts zu sagen. Vielleicht sage ich dir mehr dazu bei anderer Gelegenheit, mit einem guten Getränk in der Hand. Und ganz sicher ohne Kamera.«

Damian Traubler setzte das Gerät ab, lachte. »Na ja, es war immerhin einen Versuch wert.«

»Du scheinst ein gewisses Faible für ungewöhnliche Ereignisse zu haben, um nicht zu sagen für Spektakel aller Art. Das ist mir schon aufgefallen, als ich dich heute Nachmittag auf dem Mozartplatz bemerkte.«

Der andere blickte ihn erstaunt an.

»Sie waren auch da, als der irrsinnige Typ einfach mitten in die Besuchergruppe preschte? Ich habe Sie gar nicht bemerkt, Herr Kommissar. Aber die Menge der Schaulustigen ist auch sehr schnell angewachsen.«

»Aber ich habe dich gesehen und beobachtet, dass du die Kontrahenten der Auseinandersetzung und auch die Reaktionen der Umstehenden mit der Kamera festhieltst.«

Er nickte. Sein Gesicht bekam dabei einen eifrigen Ausdruck, wie bei einem Schuljungen, der sich anschickt, bei einer Prüfung mit sehr guter Note zu glänzen.

»Ja, ich habe das mit meinem Onkel so vereinbart. Ich sage nur ›Overtourism‹. Sie verstehen, was ich meine?«

Merana kannte den Ausdruck. Er wusste, dass der Begriff »Übertourismus« auf eine ganz bestimmte Entwicklung im internationalen touristischen Geschehen abzielte. Gemeint waren damit Konflikte, die in der Begegnung von Einheimischen und Touristen an besonders heftig frequentierten Örtlichkeiten auftraten. Das enorm anwachsende Auftreten der Touristen wurde dabei von den Einheimischen immer mehr als Störfaktor empfunden.

»Ich sage nur Venedig, Barcelona, Amsterdam, London.« Die Bewegung seiner Hände unterstrich den Eifer seiner Aufzählung.
»Aber genauso Berlin, Dubrovnik oder unser benachbartes Hallstatt. Die ersten seriösen Warnungen, verbunden mit Vorschlägen für bestimmte Regeln zu einem friedlichen, geordneten Umgang von Touristen und Einheimischen, gab es schon vor fast 40 Jahren! Im Rahmen eines UNO-Programmes. Verstehen Sie, Herr Kommissar, das war in den 1980er-Jahren! Man hat das leider jahrzehntelang nicht beachtet. Und als dann etwa ab der Jahrtausendwende der touristische Reiseboom stärker und stärker wurde, haben die meisten nur kopfschüttelnd zugeschaut. Aber nur blöd zuschauen, blöd quatschen und stänkern, ist das Falsche.«

Merana verstand ganz genau, was der leicht aufgebrachte junge Mann meinte.

Billigflüge, Horden von Reisebussen, Billigunterkünfte, Internetportale wie Airbnb und vor allem höheres Reiseaufkommen in osteuropäischen und fernöstlichen Ländern hatten den Trend in den vergangenen Jahren zusätzlich verstärkt.

»Eine britische Zeitung hat den Begriff ›Overtourism‹ sogar als Wort des Jahres vorgeschlagen. Der Trend ist nahezu weltweit zu bemerken. Und leider auch bei uns in Salzburg immer mehr spürbar.«

Ein Beispiel dafür hatte Merana heute ja auf dem Salzburger Mozartplatz erlebt. »Und du streifst durch die Stadt und hältst derartige Auseinandersetzungen mit der Kamera fest?«

Er nickte, immer noch ganz der eifrige Musterschüler. »Ja, ich mache das im Auftrag meines Onkels, den Sie ja gut kennen. Wir alle sollten großes Interesse für ein gutes touristisches Miteinander in dieser Stadt haben. Salzburg darf nicht Venedig werden. Bei uns muss es besser laufen. Deswegen erstelle ich für meinen Onkel eine Art Dokumentation.« Er deutete in Richtung Theaterwagen. »Und hier mache ich ein ausführliches Porträt der Theatergruppe.«

Zumindest das konnte sich vielleicht für ihre Ermittlungen als recht nützlich erweisen, überlegte Merana. Das hing davon ab, wie gut die Mitglieder der Schauspielgruppe Isolde Laudess tatsächlich kannten. Vielleicht hatte sie dem einen oder anderen aus dem Ensemble tatsächlich sehr nahe gestanden. Doch dazu hoffte er, gleich mehr zu erfahren.

»Und hältst du in der Stadt nur die Auseinandersetzungen zwischen Touristen und Einheimischen mit der Kamera fest, oder beteiligst du dich auch an Vorschlägen, was man dagegen tun könnte.« Wieder nickte er eifrig.

»Ich rede mit meinem Onkel viel darüber. Natürlich sind in diesem Fall Experten mit großer Erfahrung im Bereich Tourismus gefragt. Wie mein Onkel eben. Oder die Geschäftsleute, die davon betroffen sind. Hoteliers, Gastronomen, Innenstadtbetriebe und selbstverständlich auch Politiker. Da gibt es Ideen und Strategien.«

Sein Kopf begann leicht hin und her zu wiegen. »Aber ganz ehrlich gesagt, Herr Kommissar. Bei manchen Vorschlägen bin ich eher skeptisch. Da geht es meiner Meinung nach oft nur um holprig getarntes Eigeninteresse.«

Er lachte kehlig. »Kennen Sie den Anfangstext aus dem ›Jedermann‹, Herr Kommissar?«

Wohin sollte das führen, kam es Merana in den Sinn. Wollte der eifrige junge Mann jetzt einen Bogen vom Sterben des reichen Mannes zum Phänomen des Overtourism schlagen?

»Ich weiß nur, dass anfangs der Spielansager vor das Publikum tritt.«

»Genau, Herr Kommissar. Und der Spielansager lenkt von Beginn an das Interesse der Zuschauer auf sich, indem er ruft: Nun habet allsamt Achtung, Leut! Und etwas später bemerkt er zum Spiel, das hier geboten wird: Der Hergang ist recht schön und klar. Und dann setzt er hinzu: Dahinter aber liegt noch viel. An das muss ich oft denken, wenn ich mir anschaue, was von den mit dem Tourismus beschäftigten Leuten so alles vorgebracht wird. Auf den ersten Blick scheint alles klar, vernünftig, einleuchtend. Doch die Wahrheit steckt ganz woanders. Das Eigeninteresse wird geschickt verborgen. Die Inszenierung ist ganz auf das scheinbar Offensichtliche gelenkt. ›Dahinter aber liegt noch viel.‹ Und darauf kommt es an.«

Erneut hob der junge Mann die Kamera, lachte Merana darüber hinweg an.

»Wenn Sie schon zum Theaterspektakel nichts sagen wollen, Herr Kommissar, dann nehme ich auch gerne ein Statement von Ihnen zum aufkommenden Phänomen des Overtourism auf. Wie kommen denn aus Ihrer Erfahrung die Einheimischen in der Stadt Salzburg mit den zunehmend dichter spürbaren Touristenströmen aus?«

Er lachte hell auf. Der Vorschlag war offenbar nicht ganz ernst gemeint, denn er ließ gleich die Kamera wieder sinken. Merana lachte ein wenig. Dann bat er den jungen Mann, er möge seinem Onkel die besten Grüße ausrichten. Er reichte ihm die Hand zum Abschied. Dann wandte er sich langsam dem Theaterwagen zu. Die Bühne war bereits eingezogen und hochgeklappt. Merana war stets aufs Neue erstaunt, was dieser Zauberwagen des Straßentheaters alles an Geheimnissen und geschickt angebrachten Bühnenelementen enthielt, um darauf gleich auf mehreren Ebenen ein fulminantes Spiel abzuhalten.

»Sind Sie Kommissar Merana?«, fragte eine junge Frau, die dabei war, Requisiten zu verstauen.

»Ja.«

»Sie finden Ihren Kollegen mit unseren Leuten etwas weiter unten in der Nähe des Ufers.« Sie wies ihm die Richtung. »Sie können sie gar nicht verfehlen.«

Er bedankte sich. Dann schlug er den Weg zum Seeufer ein. Nahe einem langen Holzsteg, der offenbar zur Schiffsanlegestelle führte, entdeckte er sie. Otmar Braunberger hatte drei Personen bei sich. Sie saßen auf Holzbänken, die man für den Zweck zusammengestellt hatte. Merana kam heran und nahm ebenfalls Platz. Der Leiter der Gruppe war ihm schon aus diversen Medienberichten bekannt. Elias Rotstern mochte Anfang 40 sein, wie Merana schätzte. Er wirkte auch jetzt lebhaft, engagiert. Offenbar hinterließ er immer einen gut gelaunten Eindruck. Soweit sich Merana erinnern konnte, stammte Elias Rotstern aus der Steiermark, hatte vor allem in Graz zahlreiche Theaterprojekte an ungewöhnlichen Spielstätten geleitet. In Fabrikhallen, auf Stadtplätzen, in Schulen, im Bahnhofsbereich. Neben ihm erkannte er die Darstellerin, die ihm zuvor schon in der Hauptrolle auf der Bühne aufgefallen war. Sie wurde ihm als Ariana Stufner vorgestellt. Jetzt machte sie auf ihn allerdings einen eher pummeligen Eindruck. Auf der Bühne war sie ihm äußerst temperamentvoll erschienen, elegant und leichtfüßig.

»Und dieser junge Mann, Martin, heißt Yannick Müllner.« Braunberger stellte ihm den dritten in der Theaterrunde vor. »Er wird von seinen Kollegen aber meist Cyrano genannt.« Der Angesprochene lachte, als er Merana die Hand reichte. »Seit ich in der sechsten Klasse Mittelschule bei unserem Theaterfestival in die Rolle des schmachtenden, degenschwingenden Versdichters schlüpfen musste, nennen mich alle nur mehr so. Aber wirklich alle.« Er bedachte seine Kollegin und den Theaterleiter mit einem gespielt grimmigen Blick.

»Schade, dass ich Sie in der Rolle nicht gesehen habe, Herr Müllner«, erwiderte Merana. »Sie haben die Zuschauer sicherlich betört, vor allem die Damenwelt. Davon bin ich überzeugt.«

Der junge Mann quittierte die Bemerkung mit einem scheppernden Lachen. Es hörte sich an, als lasse man eine alte Münze in einem Blechgefäß kreisen. Merana wandte sich zunächst an den Theaterchef.

»Leider haben wir nur mehr die letzten zehn Minuten der Darbietung mitbekommen, Herr Rotstern. Aber dem begeisterten Zuspruch des Publikums zufolge war es sicher ein großer Erfolg.«

»Ja, da haben Sie tatsächlich etwas versäumt, Herr Kommissar. Schade, dass Sie unser Stück nicht von

Anfang an sehen konnten. Aber wir treten damit noch bis weit in die zweite Augusthälfte auf. Da ergibt sich garantiert noch eine passende Gelegenheit für Sie.«
Merana nickte.
»Schon den Titel finde ich sehr originell, ›Jederfrau‹. Auch wenn mein Kollege und ich nur mehr wenige Minuten Ihrer Aufführung erleben durften, muss ich sagen: hervorragend gespielt!«
Er machte eine leichte Verbeugung in Richtung Ariana Stufner. Die Schauspielerin bedankte sich mit einem graziösen Kopfnicken.
»Hat die Truppe das Stück selbst verfasst, Herr Rotstern?«
»Nein, wir haben einen Autor damit beauftragt. Aber produziert und in Szene gesetzt haben wir es dann gemeinsam. Und dabei noch viele Ideen eingebracht. Ist das Ihre erste Begegnung mit dem Salzburger Straßentheater, Herr Kommissar?«
»Nein, das erste Mal erlebt habe ich das Salzburger Straßentheater bereits Anfang der 1990er-Jahre. Ich weiß nicht mehr genau, wo das stattfand. Es war jedenfalls in keiner der Umlandgemeinden, sondern direkt in der Stadt. Es könnte in einem der Parks gewesen sein, vielleicht in Lehen. Aber das Stück und die fulminante Aufführung sind mir dennoch bestens im Gedächtnis geblieben. Ich sah eine Komödie, die ich besonders schätze, Heinrich von Kleists ›Der zerbrochene Krug‹, in der Bearbeitung von H. C. Artmann. Und Maria Köstlinger, die heute wirklich zu den bedeutenden Theater-, Film- und Fernsehstars zählt, spielte damals in der Truppe mit. Sie muss so um die 30 gewesen sein. Und ich kann mich noch an

viele weitere spektakuläre Aufführungen in den folgenden Jahren erinnern, bei Stücken von Nestroy, Molière, Oscar Wilde, George Bernard Shaw und vor allem Carlo Goldoni. Dessen Klassiker, ›Der Diener zweier Herren‹, zählt ebenfalls zu meinen Lieblingsstücken.«

Elias Rotstern erhob sich von der Bank, zeigte demonstrativ eine tiefe Verbeugung und klatschte in die Hände. »Habt ihr das gehört, verehrte Kollegen, wir haben es hier mit einem wahren Kenner des Salzburger Straßentheaters zu tun.«

Merana gab die Reverenz zurück, deutete ebenfalls lächelnd eine Verbeugung an.

»Ich finde es einfach nur bemerkenswert, was der großartige Regisseur und Theatermensch Oscar Fritz Schuh zusammen mit seiner Frau Ursula in den 1970er-Jahren hier in Salzburg schuf. Lebendiges, großartiges Theater in einer Art, wie man es schon im Mittelalter liebte. Und die Faszination hat sich bis heute nicht geändert. Die Theaterleute warten nicht irgendwo in einem exklusiven Kulturtempel, ob sich da wer zum Zuschauen einfindet. Nein. Die Schauspieler setzen sich auf einen Karren, bringen Kulissen, Kostüme und Musiker mit. Sie kommen auf diese Weise direkt zu den Leuten. In die Städte, in die Dörfer, auf die belebten Plätze. Und genau dort spielen sie. Nicht für einen erlesenen Zuschauerzirkel, sondern für alle.«

Wieder erhob sich der Theaterleiter, klatschte begeistert in die Hände. »Falls Ihnen Ihr Beruf bei der Kriminalpolizei einmal zu eintönig wird, Herr Kommissar, zu langweilig, zu gefährlich, was auch immer. Dann kommen Sie bitte direkt auf uns zu. Der Posten für Öffentlichkeitsarbeit und Imagewerbung bleibt für Sie reserviert.« Dann nahm Elias Rotgold wieder Platz. Sein Gesichtsausdruck wurde ernster.

»Es wäre wunderbar, mit Ihnen weiter über die Erfolgsgeschichte unseres Straßentheaters zu parlieren, Herr Kommissar. Aber wie wir schon durch die Ausführungen des Herrn Abteilungsinspektors wissen, hat Ihr Besuch in unserer Runde leider wenig mit unserer Aufführung zu tun, sondern vielmehr mit einem bedauerlichen Vorfall. Es geht, wie wir erfuhren, um das unerwartete Ableben unserer Kollegin Isolde. Und das steht, wie uns der Herr Braunberger auch andeutete, sogar im Zusammenhang mit einem schrecklichen Verbrechen.«

Merana warf einen schnellen Blick zu seinem Kollegen. Der griff das Wort auf.

»Zu deiner Information, Martin. Ich habe Herrn Müllner und Frau Stufner schon auf die Begegnung angesprochen, die sie mit Isolde Laudess gestern Abend vor dem ›K+K‹ Restaurant hatten. Dem war, wie ich erfuhr, ein anderer Zwischenfall vorausgegangen. Herr Müllner war gestern bereits am Nachmittag auf Frau Laudess getroffen, als sie die Aufführung des Straßentheaters besuchte.«

Müllner nickte. Das Aufzucken seines Kopfes wirkte heftig.

»Ja, das war gestern bei unserer Vorführung am Gelände des Gwandhauses. Ich habe Isolde nach der Vorstellung zufällig entdeckt und sie darauf angesprochen, warum sie herkam.«

»Das müssen Sie mir erklären, Herr Müllner.« Merana schaute den jungen Mann direkt an. »Eine Kollegin besucht die Aufführung anderer Kollegen. Was ist daran so ungewöhnlich?«

Der andere schnaubte. »Sie war nicht unsere Kollegin! Auf keinen Fall!« Er sprang von der Bank hoch. Wenn er einen Degen hätte, dann würde er ihn jetzt wohl gleich ziehen. So wie sein Vorbild Cyrano, dachte Merana. Ein wenig amüsierte ihn das demonstrativ aufschnaubende Verhalten. Aber er wusste nicht recht, wie er die zur Schau gestellte Reaktion einordnen sollte.

»Na ja, Yannick. So kann man das auch nicht sagen«, mischte sich der Theaterleiter ein. »Erstens finde ich, sind wir alle Kollegen. Alle, die wir auf der Bühne stehen, egal in welchem Theater, egal, wo auch immer auf dieser Welt. Und zweitens hat Isolde zumindest für kurze Zeit zu unserer Gruppe gehört, war also auch direkt unsere Kollegin.«

»Nein!«, erwiderte der andere aufgebracht. »Das war sie nicht! Eine wahre Kollegin lässt nicht die Gruppe im Stich, nur weil sie plötzlich der Ansicht ist, etwas Besseres zu bekommen.« Er fixierte den Theaterleiter. »Der Herr Kommissar hat vorhin die wunderbare Maria Köstlinger erwähnt. Angenommen, man hätte ihr damals eine Hollywoodrolle in Aussicht gestellt. Wie hätte sie sich verhalten? Sie hätte auf keinen Fall ihre Kollegen im Stich gelassen. Sie hätte ihr Straßentheaterengagement zu Ende gespielt. Da gehe ich jede Wette ein.«

»Moment«, mischte sich Merana ein. »Bleiben wir bei Isolde Laudess. Können Sie uns das bitte im Detail erklären? Wie hat alles begonnen?«

Isolde Laudess, führte der Theaterleiter aus, habe ihn schon im vergangenen Jahr angesprochen.

»Nicht nur die Festspiele feiern heuer ein Jubiläum, Herr Kommissar, sondern auch wir«, fügte er hinzu. »Es war Isolde zu Ohren gekommen, dass das Straßentheater mit einem zu diesem Anlass geschriebenen Stück aufwarten wird. Also hat sie mich kontaktiert.«

»Sie hat dich nicht einfach kontaktiert«, schnauzte sein Kollege. »Sie hat dir die Ohren vollgeheult. Sie hat dir triefendes Schmalz um den Mund geschmiert. Sie wollte die Rolle unbedingt haben. Aber nicht, weil sie das Stück oder unsere Gruppe so toll fand. Sie hatte erfahren, dass wir heuer damit groß ins Fernsehen kommen.« Es war sichtlich nicht leicht, Yannick Müllner in seinen wütend vorgebrachten Äußerungen zu unterbrechen. Wenn er jetzt einen Degen bei sich hätte, müsste man sich sogar um das Leben des Theaterchefs Sorgen machen, dachte Merana. Er versuchte es dennoch.

»Langsam, Herr Müllner. Ich ersuche Sie um etwas mehr Gelassenheit, damit mein Kollege und ich dem Ganzen besser folgen können. Wenn Frau Laudess sich so mächtig ins Zeug legte, wie Sie vorhin ausführten, um an die Rolle zu kommen, warum hat sie dann letztendlich doch alles hingeschmissen?«

Der Angesprochene biss die Zähne zusammen. Er bemühte sich, der Aufforderung des Kommissars nach mehr Mäßigung nachzukommen.

»Die feine Dame ist auf und davon, weil sich plötzlich etwas anderes auftat. Da bot sich eine Erfolg versprechende Aussicht. Ein prominenterer Platz, eine lukrative Umgebung, quasi Champions League der Kulturszene. Da lockte mit einem Mal eine Rolle bei den Salzburger Festspielen.«

Merana wandte den Blick zum Theaterleiter. Der setzte die Erklärung fort. Elias Rotstern, der bei den Produktionen auch Regie führte, hatte Isolde Laudess die Hauptrolle in »Jederfrau« zugesprochen und entsprechend mit den Proben begonnen. Es habe sich ganz gut entwickelt, fügte er hinzu. Sie hatten das Stück schon einigermaßen erarbeitet. Doch dann sei Isolde Laudess von einem Tag auf den anderen bei ihm aufgetaucht und habe erklärt, sie könne nicht mehr bleiben. Ihr winke jetzt ein Engagement bei den Salzburger Festspielen. »Und das drei Wochen vor unserer Premiere!«, geiferte Cyrano. »Ich weiß, dass man über Tote nicht schlecht reden sollte, Elias. Aber ich sage es trotzdem. Und ich habe es auch damals gesagt: Wer sich so benimmt, ist ein Kollegenschwein und nichts anderes.« Sein Zeigefinger stach nach vorn. Fast traf er damit die Stirn seines Theaterleiters. »Und dabei war sie nicht einmal gut«, setzte er hinzu. »Nein, sie war miserabel.«

Elias Rotstern hob leicht beschwichtigend die Hände. »Miserabel ist vielleicht etwas zu brutal formuliert.« Er schaute zu den beiden Polizisten. »Aber Yannick hat schon recht. Isolde hat sich schwergetan. Von Anfang an. Aber ich denke, ich habe schon ganz andere Kollegen dazu gebracht, voll aus sich rauszugehen. Ich habe sie immer und immer wieder ermutigt, das Beste für die geforderte Darstellung einfach tief drinnen in sich selbst zu finden und fürs Publikum hervorzubringen. Ich bin sicher, am Ende hätte ich es auch bei Isolde geschafft. Aber wie so oft im Leben hat sich ein vermeintliches Desaster schlussendlich als Glücksfall erwiesen. Denn wir haben mit Ariana einen glänzenden Ersatz gefunden. Alles in allem war es wohl besser so.« Er beugte sich nach vorn, drückte der Schauspielerin einen Kuss auf die Wange.

»Trotzdem, ich bleibe dabei. Einmal Kollegenschwein, immer Kollegenschwein.« Yannick Müllners Miene war immer noch düster. »Aber darin hatte die gute Isolde auch eine gewisse Routine. Sie hat es ja genossen, alle in ihrer Umgebung herablassend zu behandeln, als stünde sie weit über den anderen. Völlig mies. Allein, wie sie mit Ignaz umsprang, kann ich nur als Sauerei bezeichnen.« Er schnellte vom Sitz hoch, rieb sich die Handflächen, als sei ihm kalt. Dabei war es trotz der einsetzenden Nacht immer noch sehr warm. Selbst hier in der Nähe zum Wasser. »Wenn noch jemand etwas von mir braucht, findet er mich drüben beim Theaterwagen. Ich helfe den anderen beim Einpacken.« Er nickte den beiden Polizisten zu und stapfte davon. Merana blickte ihm nach, versuchte, das eben Gehörte einzuschätzen. Dann wandte er sich an die anderen.

»Wer ist dieser Ignaz, von dem Herr Müllner eben sprach?«

»Mit dem war Isolde kurz verbandelt, soviel mir bekannt ist.« Es war Ariana Stufner, die antwortete. »Oder besser ausgedrückt, dieser Ignaz hat sie angehimmelt, während sie ihn immer wieder auf Distanz hielt und zappeln ließ. Zumindest behauptet das Cyrano.«

»Können Sie uns mehr zu diesem Ignaz sagen?«, fragte der Abteilungsinspektor und zückte den Notizblock. »Wissen Sie auch den Nachnamen, vielleicht sogar einige Kontaktdaten? Adresse, Handynummer?«

Die Schauspielerin schüttelte den Kopf. »Tut mir leid.

Ignaz kam vor vier Monaten ums Leben, wie ich weiß. Er hatte einen Autounfall.«
»Oh, verstehe.« Braunberger steckte den Notizblock wieder ein. Er blickte zu Merana. Der las in der Miene seines Kollegen, was auch er selber gerade dachte. Wenn dieser Ignaz vor vier Monaten verstorben war, dann kam er als Mörder von Isolde Laudess nicht mehr in Frage. Aber vielleicht tauchten noch andere schlecht behandelte Liebhaber im Zuge ihrer Recherchen auf, die für die schreckliche Tat eventuell in Frage kämen. Sie würden in jedem Fall dranbleiben.

Sie hatten die Aufgaben gewechselt. Jetzt war es Braunberger, der den Dienstwagen über die Obertrumer Landstraße zurück lenkte.

»Was hältst du von einem Glas exzellenten italienischen Rotweins?« Der Kommissar sah seinen Kollegen von der Seite an. »Natürlich kannst du auch eine wohl angetragene Menge des von dir so geliebten Bieres trinken. Mit Weißwein, der bekanntlich nicht unter die von dir bevorzugten Getränke zu reihen ist, will ich es gar nicht versuchen. Dabei würde der natürlich weitaus besser zum Fisch passen. Ich hätte große Lust, noch bei Sandro einzukehren. Er hat heute ein paar köstliche Exemplare von Coda di rospo erhalten, wie er mir mitteilte. Die schwammen gestern noch im Meer. Du bist natürlich herzlich eingeladen.«

Der Mundwinkel des Abteilungsinspektors glitt weit nach hinten.

»Dico di si, signor commissario. Mit dem Weißwein hast du natürlich recht. Aber ich finde, man kann auch einen Roten zum Fisch trinken. Noch dazu, wenn Sandro ihn auswählt.«

»Va bene.« Merana griff zum Handy, wählte die Nummer von Sandros Lokal.

»Buona sera, amici! Es ist wundervoll, euch wieder einmal in meiner bescheidenen Osteria zu begrüßen.« Der Padrone, der dem hochgewachsenen Kommissar nur knapp über die Schulter reichte, strahlte sie an. Er vermittelte den Eindruck, als würde die strahlende sizilianische Sommersonne in seinem Gesicht aufgehen.

»Naturalmente ist dein tavolo favorito für euch bereit, Martin.« Sie folgten ihm. Merana schmunzelte. Dass Sandro sein mehrfach ausgezeichnetes Lokal als bescheidene Osteria titulierte, war mehr als eine Untertreibung. Aber genauso kannte er seinen Freund. Niemals das vielleicht erwartete Normale wählen, *Mai regolare*, sondern immer seinem ausgeprägten süditalienischen *Impulso* folgen, alles zu übertreiben. Und wenn es passte, dann auch zu untertreiben.

»Grazie, Sandro.« Sie nahmen an Meranas Lieblingstisch Platz.

»Ich habe vorbereitet l'Antipasto, nur für Degustazione. Ich bringe sogleich.«

Merana blickte sich um. Das Lokal war auch für diese späte Stunde immer noch bestens besucht. Nur einer der Tische war nicht besetzt. Sandro Calvino war vor über 20 Jahren von Sizilien nach Salzburg gekommen. Wenn ihn einer der Gäste darauf ansprach, was denn der Grund dafür war, dass er seine sizilianische Heimat verlassen habe, gab er bereitwillig Auskunft. Manchmal auch in gesungener Form. Dann stellte er sich hin vor seine Gäste, nahm mit großer Geste eine übertriebene Haltung ein und trällerte in bester Adriano-Celentano-Manier: »Amore, amore, amore, amore ...« Meist erntete er begeisterten Applaus für seine Darbietung. Nun, es hatte nicht sehr lange gedauert, dann war die Amore verpufft, wie Merana wusste. Aber Sandro war dennoch geblieben. Die Stadt war ihm längst ans Herz gewachsen. Und nachdem er auch die verantwortlichen Herren einer Salzburger Bank davon überzeugen konnte, dass er ein großartiges Restaurant eröffnen würde, wie man es weit und breit nur selten fand, war der Grundstein endgültig dafür gelegt, seine bescheidene Osteria zu errichten. Mittlerweile zählte »da Sandro« zu den kulinarischen Top-Adressen, nicht nur in Salzburg, sondern weit darüber hinaus. Zu finden war das Lokal in einer der Passagen, die den Universitätsplatz mit der Getreidegasse verbanden. Es gibt einige solcher Passagen auf beiden Seiten der Getreidegasse. Sie werden Durchhäuser genannt, Verbindungswege zwischen den Wand an Wand errichteten Bürgerhäusern.

»Allora, amici.« Der Restaurantchef platzierte zwei kleine Teller mit Vorspeisen auf den Tisch. Merana sah Olive nere, Pomodori secchi, Carciofi e Gamberi und weitere Köstlichkeiten. Dazu servierte er ihnen auch Getränke. Merana bekam ein Glas Verduzzo. Otmar kredenzte er eine kleine Flöte mit hellem Bier.

»Ich hoffe, der Antipasto ist für Zufriedenheit von euch. Der Fisch befindet sich in die Vorbereitung. Ich komme gleich wieder. Buon appetito, amici!« Er rauschte ab in die Küche.

»Das schaut ja köstlich aus, molto delizioso«, schwärmte der Abteilungsinspektor und hob sein Glas. Merana prostete zurück und testete den Verduzzo. Er schmeckte hervorragend, wie nicht anders erwartet. Dann griff er zu, probierte zunächst von den Gamberi und den Artischocken. Eine Viertelstunde später präsentierte ihnen Sandro den Fisch. Coda di rospo. Merana hatte auf italienischen Fischmärkten schon sehr stattliche Exemplare dieses Meeresfisches gesehen. Seeteufel vermitteln für zart besaitete Gemüter nicht gerade den wohlgefälligsten Anblick. Der Körper ist stark abgeflacht, weist so gut wie keine Schuppe auf. Das Maul ist im Verhältnis zum Körper riesig und lässt sich weit öffnen. Beeindruckend kommen dabei die kräftigen Zähne zur Geltung. Doch davon war jetzt an den geschmackvoll hergerichteten Portionen, die ihnen Sandro vorsetzte, nichts zu erkennen. Merana mochte prinzipiell den Geschmack des festen Fleisches des Coda di rospo. Er war schon gespannt, welch raffinierte Zubereitung Sandro für die Filetstücke gewählt hatte.

»Cari amici, ich darf euch setzen vor die Coda di rospo alle acciughe e limone.«

Er wies auf die köstlich anzusehenden weißen Fleischstücke des Fisches, drapiert auf Zitronenscheiben. Begleitet wurden sie von kleinen hellen Sardellenfilets.

»Allora, io raccomando ... Ich empfehle dazu per te, Martin, einen Orvieto Classico aus Castel Viscardo.«

Er griff zur Flasche, goss ein wenig ein. Merana kostete.

»Magnifico.« Er hielt Sandro das Glas hin, ließ sich weiter einschenken. Er war sehr gespannt, was Sandro

Otmar zum Seeteufel kredenzen würde. Garantiert keinen Weißwein. Vielleicht doch ein Bier?

»E adesso«, der Padrone stellte den Orvieto zur Seite. »Ich habe una specialità per te, mio amico Otmar.« Er griff hinter sich, präsentierte eine weitere Flasche. »Das ist ein Nerello Mascalese aus Sambuca di Sicilia. Mio amico Salvatore hat geschaffen eine wunderbare rote Biowein. Er passt hervorragend auch zu die Fisch, ganz besonders zu Coda di rospo, wie ich es kreiert in meiner Küche.«

Er schenkte ein, ließ den Abteilungsinspektor kosten. Otmar nahm einen Schluck. Nicht nur Merana, auch einige andere Gäste an den benachbarten Tischen blickten gespannt auf Otmar Braunberger. Der stellte mit besonnener Bewegung das Glas ab. Mit ähnlicher Gelassenheit erhob er sich dann. Er sprach kein Wort. Er umarmte den Restaurantchef, drückte ihn fest an die Brust. Einige der Gäste lachten und begannen zu applaudieren. Auch Merana erhob sich, prostete Sandro zu, dann stieß er mit seinem Freund und Kollegen an.

8

Folker Hartling schaute aus dem Fenster, las das Schild: Attnang-Puchheim. Ihm war gar nicht bewusst gewesen, dass der Zug nochmals hielt. Er hatte gedacht, sie würden bis Salzburg durchfahren, nachdem sie in Wels stehen geblieben waren. Also dann, Attnang-Puchheim. Der Name sagte ihm gar nichts. Er hat nur einen merkwürdigen Klang, wie er fand. Puchheim, das hörte sich ja noch irgendwie nach einer Ansiedlung an, immerhin war da ein »Heim« angedeutet. Aber was um Himmels willen bedeutete Attnang? Er zückte sein Handy, tippte die Buchstaben ein. Aha, dachte er, während er las. Da kann ich wieder etwas lernen. Der Name entwickelte sich aus Otenang, erfuhr er. Das gehe zurück auf eine Ansiedlung bairischer Einwanderer aus dem Mittelalter. »Bairisch« passte auch irgendwie zu ihm selbst. Er kam aus Memmingen. Obwohl die Allgäuer sich lieber Schwaben nannten als Bayern.

Attnang-Puchheim liegt im Hausruckviertel, wie er weiter las, politischer Bezirk Vöcklabruck. Wichtiger Verkehrsknotenpunkt. Kreuzungspunkt der Salzkammergutbahn. »Gut«, brummte er. »Jetzt wissen wir auch das.« Er beendete den Internetzugang, warf das Handy neben sich auf die Sitzbank. Das große Abteil, in dem er saß, war kaum zu einem Viertel gefüllt. Überhaupt waren in diesem Zug weitaus weniger Leute, als er gedacht hatte.

Salzkammergutbahn. Das hatte doch einen belebenden Klang. Vielleicht hätte der sonderbare Autor aus Mecklenburg sich einmal in diesen Zug setzen sollen. Dann wäre ihm vielleicht Besseres eingefallen. *Plottingthumbingbahn.* Er hatte den Titel schon idiotisch gefunden, als er zum ersten Mal das Manuskript in Händen hielt. Und was für eine hirnrissig absurde Story sich erst dahinter verbarg! Acht internationale Verschwörer rasen mit einem führerlosen Zug quer durch Europa und landen schließlich auf einem Bauernhof am Ural. Also nicht am Gebirge, sondern am Fluss. Und zwar in Kasachstan. Von den acht sinistren Typen, darunter drei Frauen, bleibt am Schluss ein Einziger über. Und das war nicht einmal er gewesen. Der durchgeknallte Mafiaverräter, den er zu gestalten hatte, ging als Drittletzter vor die Hunde. Am liebsten hätte Folker spätestens nach der vierten Seite das aufgeblasene Machwerk angezündet und verbrannt. Aber das konnte er sich nicht leisten. Es passierte nicht allzu oft, dass man ihm eine größere Rolle in einem Hörspiel anbot, die noch dazu nicht übel bezahlt war. Und er konnte das Geld bestens gebrauchen. Und wie! Also hatte er sich heute früh in Salzburg in den Zug gesetzt und war nach Wien gefahren. Die Hörspielproduktion im ORF war für 16 Uhr angesetzt. Davor hatte er zu Mittag schon den Termin genützt. Er hatte einen Regisseur getroffen, der gelegentlich auch am Volkstheater arbeitete. Er plante eine ›Peer Gynt‹-Inszenierung für das kommende Frühjahr. Sie sollte in der freien Szene angesiedelt sein. Die Hauptrolle war längst besetzt, aber für einige der Nebenrollen suchte der Regisseur noch passende Schauspieler. Auch dafür winkte eine gute Gage, denn für die Produktion hatte der Regisseur einige potente Sponsoren ins Boot geholt. Hoffentlich wird daraus etwas, dachte Folker, als der Zug wieder anrollte. Auch dieses Geld käme ihm sehr gelegen. Er presste das Gesicht ans Fenster, blickte nochmals zurück. Also dann, Attnang-Puchheim, du Ansiedlung bairischer Einwanderer, bye, bye! Er nahm das Gesicht von der Scheibe, lehnte sich im Sitz zurück. Geld! Ihm wurde ein wenig übel, wenn er daran dachte. Er war immer noch heilfroh, dass es wenigstens mit den Salzburger Festspielen geklappt hatte. Gut, die Rolle des Bären, die er spielte, war jetzt nicht überragend bedeutend. Aber die Festspiele zahlten wenigstens beträchtlich gute Kohle. Da fiel ihm ein, dass er einen Anruf auf seiner Mobilbox vorgefunden hatte, als er am Beginn der Rückfahrt sein Handy gecheckt hatte. Irgendein Typ von der Kripo. Brummberger? Er konnte sich nicht mehr genau an den Namen erinnern. Er konnte die Nachricht nochmals öffnen, um den korrekten Namen zu erfahren. Aber dazu hatte er jetzt absolut keine Lust. Der Polizist wollte mit ihm über Isoldes Tod reden, das hatte er deutlich erwähnt. Worüber auch sonst? Folker beschäftigte in dem Zusammenhang eine ganz andere Frage. Wenn er mit dem Kripotypen sprach, und dazu würde es wohl in absehbarer Zeit kommen, wie sollte er sich verhalten? Sollte er diesem Brummberger, oder wie immer der auch hieß, alles erzählen? Wieder schaute er aus dem Fenster. Draußen flog die Landschaft vorbei, ein paar Häuser, Autos auf einer Landstraße, Bäume. Und genauso gehetzt gebärdeten sich die Gedanken in seinem Kopf. Wie gehe ich damit um?, pochte es in ihm. Soll ich so tun, als wäre nichts gewesen oder versuche ich, Profit daraus abzuschöpfen? Aber vielleicht hatte das alles auch gar nichts zu bedeuten? Die Frage schwirrte immer noch durch seinen Schädel, als der Zug in den Salzburger Hauptbahnhof einfuhr. Erst als er auf dem Bahnhofsvorplatz die Absperrung an seinem Fahrrad löste, hatte er einen Entschluss gefasst. No risk, no fun. Das war schon immer seine Devise gewesen. Er würde es einfach versuchen. Er würde ein paar Meter des Weges zurücklegen, sich die Lethargie aus dem Körper fegen, indem er kräftig in die Pedale trat. Dann würde er anrufen.

9

Ein schwacher Wind war aufgekommen. Die Brise brachte ein wenig Abkühlung in die aufgeheizte Stadt. Die Strömung war nicht heftig, aber stark genug, um eine halb aufgerissene Papiertüte über das Pflaster der Kaigasse zu fegen. Eine kleinere getigerte Katze fauchte auf, als sie des merkwürdigen Flattersackes gewahr wurde. Sie stieß sich mit den Hinterpfoten vom Boden ab, beschleunigte und versuchte, nach dem wohlriechenden Spielzeug zu schnappen. Es gelang ihr bald, das braune Stück Papier mit den Vorderpfoten auf den Boden zu drücken. Sie schnupperte daran. Einige Duftspuren erreichten ihre Nase. Im Beutel war wohl ein Stück Wurst gewesen. Doch jetzt war nichts mehr davon übrig. Nicht ein einziger Krümel. Nur mehr Geruch. Sie miaute kläglich. Dann überließ sie das Flatterpapier wieder dem Wind und trippelte weiter. An der Ecke des nächsten Gebäudes verharrte sie. Ihr hochgereckter Kopf bewegte sich nach allen Seiten. Offenbar nahm sie keine besondere Witterung auf. Sie bog nach links ab, begann, die Steinplatten und Stufen nach oben zu trippeln. Die Front der Hauswände veränderte sich bald auf der linken Seite. Ein Spalt wurde frei, der immer breiter wurde. Sie nahm das Angebot für mehr Platz an, huschte weiter über vermooste Steinplatten. Die Nase hielt sie dicht am Boden. Plötzlich stoppte sie. Vor ihr war etwas, das sie irritierte. Sie nahm Witterung auf. Ein fremdartiger Geruch erreichte sie. Er ging von der Gestalt aus, die einige Meter entfernt vor ihr auf dem Boden hockte. Sie erschrak über diese Erscheinung. Rasch machte sie kehrt, huschte davon.

 Merana schaute der Katze nach. Er hatte sie schon bemerkt, als sie auf der Stiege herantrippelte. Jetzt sah er nur mehr ihr getigertes Hinterteil. Gleich darauf war die Katze davongehuscht, offenbar wollte sie zurück in die Gasse. Er lehnte sich zurück, spürte die raue Steinwand der Hausmauer am Hinterkopf. Otmar Braunberger hatte ihn vor einer halben Stunde am Mozartplatz abgesetzt. Er hatte seinem Chef keine Fragen gestellt, warum dieser knapp nach Mitternacht alleine in der Altstadt aussteigen wollte. Er wusste den Grund dafür auch so, davon war Merana überzeugt. Er wandte langsam den Kopf, betrachtete die dunkle Stelle am Boden. Genau hier hatte Isolde Laudess gelegen. Das Bild der verkrümmt hingestreckten toten jungen Frau hatte sich tief in ihm eingebrannt. Das tat es immer. Er hatte sich auch dieses Mal bewusst Zeit gelassen. Er war gestern nur langsam an die Seite der Gerichtsärztin getreten. Er brauchte immer Zeit, ehe er in den unsichtbaren Kreis trat, den der Tod hinterlassen hatte. Und noch eine Angewohnheit hatte er in all den Jahren angenommen, seit er durch seine Arbeit mit Toten zu tun hatte. Er suchte meist in einer der darauffolgenden Nächte genau jene Stelle auf, an der man die Leiche gefunden hatte.

»Totenwache« nannten einige seiner Kollegen diese Gewohnheit. Er selbst hatte keine Bezeichnung dafür. Er hatte auch nie besonders darüber nachgedacht, warum er das machte. Diese Angewohnheit stand in Verbindung mit seinem allerersten Fall.

Sie hatten den zerschundenen Körper eines kleinen Mädchens in einem verdreckten Hinterhof gefunden. Vergewaltigt. Erdrosselt. Entsorgt in einer Rollsplitttonne. Weggeworfen wie ein Stück Abfall. Er war noch in der ersten Nacht zurückgekehrt an den Tatort. Er hatte damals keine Spuren gesucht. Das machte er auch heute nicht. Es war ihm damals nicht darum gegangen, eventuell einen Hinweis zu entdecken, den sie davor übersehen hatten. Er hatte einfach dagestanden. Drei oder vier Stunden lang. Er hatte auch in all den Jahren niemals erwartet, dabei irgendetwas Besonderes zu spüren. Das war ihm nicht gegeben. Der Großmutter schon. Die nahm oft Dinge wahr, von denen andere keine Ahnung hatten. Auch im Zusammenhang mit Toten. Sie redete nicht gerne darüber. Aber es war so. Sie spürte es einfach. Er hatte damals nur still an dem Ort verweilt, wo sie auf jenen kleinen Menschen gestoßen waren, der davor noch gelebt hatte, geatmet, gelacht, mitten im Leben. Damals hatte er diese Angewohnheit begonnen. Er wollte einfach dort sein, wo sich die nun mehr tote Hülle eines Wesens befunden hatte, in dem wenige Tage davor noch Leben gewesen war. Atmen und Lachen. Herzschlag und Freude. Und er wollte dabei alleine sein. Vielleicht war das seine Art, den Toten Respekt zu bezeugen. Er wusste es nicht, und es war auch nicht wichtig, darüber zu grübeln, warum er das tat. Wichtig war einzig allein, da zu sein. So wie jetzt. Er spürte die Ruhe. Sie machte sich auch in ihm breit. Und er spürte die Trauer. Er wartete noch eine geraume Weile. Dann stand er auf und ging.

10

Ein Geräusch schreckte sie auf. Das musste von draußen kommen. Von der Straße. Sie hatte das Fenster nicht geschlossen, nur angelehnt. Die Vorhänge blieben wie immer offen. Sie hob den Kopf. Es war dunkel draußen, kaum konnte sie das spärliche Licht aus der Gasse wahrnehmen. Wie spät war es? Sie warf einen Blick zur Uhr an der Wand. Schon zehn Minuten nach eins. Sie musste eingenickt sein. Das passierte ihr selten. Sie drückte sich hoch. Die Polsterung des Ohrenfauteuils fühlte sich warm an. Genauso wie vor zwei Stunden, als sie darin Platz genommen hatte. Sie wandte langsam den Kopf, blickte zur Anrichte. Die Kerze brannte noch, warf ihren Lichterschein auf das Bild. Sie erschrak leicht. Sie hatte vergessen, der weißen Rose frisches Wasser zu geben. Der Kopf der Blume machte bereits einen schlaffen Eindruck. Sie drückte sich vom Stuhl hoch. Sie würde die Rose samt der Vase mit in die Küche nehmen und frisches Wasser nachfüllen. Dann würde sie wieder zurückkommen, die Vase mit der Blume neben das Bild stellen. Sie würde versuchen, wach zu bleiben, nicht mehr einzuschlafen. So wie jede Nacht.

ZWEITER TAG

1

Der Wecker zeigte auf 4.47 Uhr. Er wälzte sich ein weiteres Mal unruhig auf die andere Seite. Seit über einer Stunde lag er im Bett. Seit über einer Stunde war er bemüht, wenigstens ein wenig Schlaf zu finden. Zwei Stunden würden ihm schon reichen, zur Not tat es auch nur eine. Vielleicht sollte ich kurz aufstehen und die Qigongübung versuchen. Er kannte ohnehin nur eine. Jennifer hatte sie ihm gezeigt bei ihrem letzten Besuch. Eine Entspannungsübung. »Damit kannst du garantiert besser einschlafen, mein Lieber«, hatte sie ihm versichert. Er hatte die Übung drei oder vier Mal probiert, glaubte er, sich zu erinnern. Nein, es waren nur zwei Versuche gewesen. Aber er würde die Übung schon nochmals hinbekommen. So hoffte er zumindest und wälzte sich wieder auf die andere Seite. Auch an den Namen der Übung konnte er sich nicht mehr erinnern. Irgendein Tier war dabei. Ein Kranich? Soviel er wusste, war der Kranich im alten China Symbol für Weisheit gewesen und stand auch für langes Leben. Aber stehen Kraniche nicht oft auf nur einem Bein? Reicht das zum Einschlafen? Nein, ein Kranich war es wohl doch nicht gewesen, der für die Übung zum Entspannen und Einschlafen herhalten musste. Vielleicht ein Murmeltier. Die sind bekannt fürs lange Schlafen. Aber gab es in China überhaupt Murmeltiere? Ein Mankei im fernen Osten? Er hatte noch nie davon gehört. Erneutes Herumwälzen. Jetzt war er sich auch nicht mehr sicher, ob er diese Qigongübung überhaupt noch hinbekam. Na, da würde es wohl nichts mehr werden mit dem Schlafen. Dann eben nicht. Er wälzte sich entschlossen zur Seite und sprang aus dem Bett. Er ließ minutenlang eiskaltes Wasser auf seine Haut prasseln. Das half immerhin. Er fühlte sich ein wenig frischer, die Müdigkeit schien zumindest im Augenblick gebändigt. Kalte Dusche erschien ihm ohnehin praktikabler als Qigong. Von allem dann, wenn man gar nicht wusste, welche Übung wie zu praktizieren ist. Er trocknete sich ab, kehrte zurück ins Schlafzimmer und langte nach frischer Wäsche. Wenig später hatte er sich schon den zweiten Espresso eingeschenkt. Das Stück Roggenbrot in der Dose war steinhart. Er beschmierte es dennoch mit Butter, gönnte sich drei große Bissen davon. Er hatte lange darauf herumzukauen. Dabei fiel ihm ein, dass er längst einen Termin zur Kontrolle bei seinem Zahnarzt zu vereinbaren hatte. Er machte sich eine entsprechende Notiz auf dem Handy. Dann schnappte er sich im Vorzimmer die Autoschlüssel und verließ das Haus. Es war zwei Minuten vor sechs, als er im Präsidium ankam und sein Büro aufschloss. Seit Kurzem hatte er eine Espressomaschine im Büro. Carola hatte sie ihm geschenkt. Er schaltete sie ein. Während der Kaffee in die kleine Tasse rann, fuhr er den PC hoch. Er holte sich die Unterlagen mit allen Details, die sie bisher zum vorliegenden Mordfall aufzuweisen hatten. Der Mord an Isolde Laudess war etwa zwischen Mitternacht und halb drei passiert. Eher zwischen ein Uhr und zwei Uhr, wie Eleonore Plankowitz gestern noch präzisiert hatte. Er war in der vergangenen Nacht ebenfalls zu dieser Zeit an der Stelle gewesen. Gegen halb drei hatte er sich dann auf den Weg gemacht. Zuerst zu Fuß ins Präsidium in der Alpenstraße. Der kurze Marsch hatte ihm gutgetan. Dort hatte er sein Auto bestiegen und war heimgefahren. Er griff nach der Kaffeetasse und nahm einen Schluck. Er hatte sich bei seinem Verweilen am Tatort vor drei, vier Stunden auf etwas ganz anderes eingelassen. Nicht auf die Ermittlungen, sondern auf seine Achtung der toten jungen Frau gegenüber, auf ihre Präsenz, die immer noch spürbar war. Dennoch waren ihm, wenn auch nur halb bewusst, ein paar Dinge aufgefallen. Die Ermittler hatten sich ja beim ersten Eintreffen am Tatort darüber gewundert, dass offenbar niemand etwas gehört oder gesehen hatte. Merana konnte das nun ein wenig besser nachvollziehen. Auch bei seinem Aufenthalt zu ungefähr derselben Zeit war kaum etwas in der näheren Umgebung geschehen. Einmal war weit entferntes Lachen auszumachen gewesen, von drei oder vier Leuten. Es war wohl von irgendwo aus der Kaigasse bis zu ihm gedrungen. Über die alte Stiege selbst war ab halb zwei Uhr kein einziger Passant mehr wahrzunehmen gewesen. Und davor waren es auch nur zwei Personen gewesen, die über die Stufen hinaufgestiegen waren. Vielleicht waren es auch mehr gewesen, und er hatte es nur nicht bemerkt. Immerhin hatte er sich ja auf anderes eingelassen. Vermutlich hätte er es dennoch bemerkt. Und auch von den wenigen Fenstern, die von den Hausfassaden zur Stiege blickten, war kein einziges geöffnet gewesen. Es war für ihn also ohne Weiteres nachvollziehbar, dass zu dieser Nachtzeit, grob geschätzt zwischen eins und halb drei, niemand mitbekommen hatte, was auf der steinernen Treppe geschehen war. Jemand hatte nach der Statue gegriffen und damit zugeschlagen. Eine junge Frau war dabei abgestürzt und zu Tode gekommen. Was werden die Boulevardblätter in den nächsten Tagen wohl schreiben, wenn die näheren Umstände zur verbrecherischen Tat allgemein bekannt waren? Jungschauspielerin vom Rübezahl-Ungeheuer erschlagen? Vorher kam Jedermann, doch dann kam Rübezahl? Er konnte sich gut die eine oder andere übertriebene Schmiererei dieser Art vorstellen. Er tippte auf die Tastatur, ließ das entsprechende Foto mit der Skulptur aus der Märchengruppe erscheinen. Eines durften sie bei ihren Überlegungen nicht außer Acht lassen. Der Mord mochte zwar aus einer eher spontanen Reaktion erfolgt sein. Zumindest sprach vieles dafür. Doch dann hatte die Person, die zur Skulptur gegriffen hatte, äußerst überlegt gehandelt. Thomas Brunner und seine Leute hatten wirklich jeden Winkel, jede Nische, jede Mülltonne abgesucht, auch in größerer Entfernung zum Tatort. Aber sie hatten die Rübezahlfigur nicht gefunden. Keine Tatwaffe. Brunner war überzeugt davon, und Frau Dr. Plankowitz teilte diese Ansicht, dass die Statue beim Aufprall beschädigt worden war. Das Material auch der anderen Figuren erwies sich als schon einigermaßen alt, leicht brüchig. Doch sie hatten am Tatort zunächst keine Figurenteile gefunden. Der Täter musste also alle Bruchstücke sorgfältig beseitigt haben. Kein leichtes Unterfangen, denn es fiel wenig Umgebungslicht auf die Stufen. Zum Glück waren ihm bei aller Sorgfalt dennoch ein paar winzig kleine Teile entgangen. Somit konnten die für die Ermittlung wichtigen Splitter von den Spezialisten der Tatortgruppe sichergestellt werden. Dennoch galt festzuhalten: Der Täter war gewiss in Eile gewesen, um nicht doch noch entdeckt zu werden. Aber er war offenbar nicht in Panik geraten. Er hatte schnell und scharf überlegt, was zu tun sei, um möglichst keine Anhaltspunkte in Form von Keramikteilen zu hinterlassen. Das verwies auf einen Charakter, der es sehr verstand, klar zu analysieren und präzise zu handeln. Aufmerksam betrachtete er das Foto auf dem Bildschirm. Herr des Riesengebirges tötet Schwester der Buhlschaft! Ja, das oder Ähnliches könnte bald diversen Medien zu entnehmen sein. Er ließ Rübezahl verschwinden, öffnete einige der Tatortfotos. Er ackerte sich auch durch die Ergebnisse, die sich aus den Untersuchungen der Gerichtsmedizinerin ableiten ließen. Sein Handy blinkte. »Jutta Ploch«, las er auf dem Display. Er griff danach, wischte über das Display.

»Guten Morgen, Merana.« Sie gurrte, hörte sich an wie eine Taube, die eben aufgewacht war. »Wie ich dich kenne, bist du schon längst im Büro und rackerst dich durch die Ermittlungsunterlagen.«

Er wünschte ihr auch einen Guten Morgen und bestätigte ihre Vermutung.

»Dann will ich dich auch gar nicht länger aufhalten. Aber ich habe zwei interessante Punkte für dich. Erstens, Senta Laudess tritt heute um elf Uhr bei einer Veranstaltung der Freunde der Salzburger Festspiele im Schüttkasten auf.«

»Geschätzte Frau Kulturjournalistin, da bist du zu spät dran, das weiß ich längst, sie hat es mir gestern selber gesagt.«

»Merana«, fauchte sie durchs Telefon. »Du lässt mich wie immer nicht ausreden. Ich gehe selbstverständlich davon aus, dass dir das bekannt ist. Aber eines weißt du sicher nicht. Und das ist mein Punkt Numero uno. Wer, geschätzter Commissario, übernimmt denn dabei die Moderation?«

Er zögerte einen Moment, überlegte kurz.

»Lass mich raten, Jutta. Ist das eine mir wohlbekannte Dame, die mich regelmäßig nahe an den Bettelstab bringt, weil ich sie in sündteure Haubenrestaurants einladen muss?«

»Sehr richtig, Herr Kommissar Merana. Frau Dr. Bergfuchs aus dem Büro der Freunde hat mich vor zehn Minuten angerufen. Die Kollegin von der FAZ, die dieses Gespräch führen sollte, ist leider erkrankt. In Salzburg geht derzeit ein sehr hartnäckiger Sommergrippevirus um, wie du vielleicht weißt.«

Ja, das hatte er schon mitbekommen. Soviel er wusste, waren auch zwei oder drei Kollegen aus dem Präsidium davon betroffen.

»Und Anita Bergfuchs hat mich gebeten, ob ich für die erkrankte Kollegin einspringen kann.«

»Wunderbar, Jutta, gratuliere, du wirst das sicherlich brillant bewältigen. Und was ist der zweite Punkt?«

»Den verrate ich dir, wenn du um elf herkommst, um gebannt unser hochklassiges Aufeinandertreffen zu verfolgen. Was du ja gewiss vorhast.«

Er hatte noch keinen Gedanken daran verschwendet. Aber es wäre vielleicht eine gute Gelegenheit, nach der Präsentation ein wenig mit Senta Laudess zu reden. Sie musste ja auch noch erfahren, dass es sich beim Tod ihrer Schwester nun doch um ein Verbrechen handelte. Und das wollte er ihr lieber selber mitteilen, als dass sie es von anderer Seite erfuhr. Und zugleich könnte er sie ein wenig zum möglichen Freundeskreis von Isolde und zu anderen Dingen befragen. Falls Senta Laudess sich dafür überhaupt Zeit nehmen konnte. Ein Versuch war es immerhin wert.

»Danke, Jutta, ich spüre schon, wie die Aufregung in mir steigt, eine bedeutende Schauspielerin in der Begegnung mit einer beispiellos genialen Kulturjournalistin zu erleben. Dann sehen wir uns also im Schüttkasten.«

»So ist es molte bene, Commissario. A presto!«

Er beendete das Gespräch. Doch gleich darauf erhielt er einen weiteren Anruf. Dieses Mal über die Dienstleitung. Es war die Sekretärin des Polizeipräsidenten.

»Guten Morgen, Martin. Wie mir die Kollegen vom Empfang mitteilten, bist du schon seit sechs Uhr im Haus. Das trifft sich gut. Der Herr Hofrat will dich sprechen. Carola Salman ist auch dabei. Um acht Uhr in seinem Büro. Geht das von dir aus?«

Er bestätigte, legte auf. Carola war auch dabei? Dann ging es sicher um die geplanten Sicherheitsmaßnahmen wegen der möglichen Terrorgefahr.

Er blickte auf die Uhr. Es blieb ihm noch eine gute halbe Stunde Zeit. Die wollte er nützen, um sich weiter den Ermittlungsunterlagen zu widmen.

»Guten Morgen.« Es war genau acht, als er im Büro des Präsidenten eintraf.

Carola und Kerner erwiderten seinen Gruß.

»Danke, Martin, nimm bitte Platz. Es wird nicht lange dauern, dann kannst du dich sofort wieder in deine Ermittlungen stürzen. Vielleicht ein kurzes Update für mich vorweg. Hat sich seit gestern Neues ergeben? Wie war der Besuch beim Straßentheater?« Merana gab einen kurzen Bericht zum gestrigen Abend in Obertrum. »Ich denke vorerst nicht, dass die Theaterleute etwas mit dem Mord zu tun haben. Aber wir gehen natürlich jedem Hinweis nach. Otmar ist auch dabei, die Alibis von allen zu überprüfen.«

»Gut so«, erwiderte der Hofrat. »Und behaltet vor allem diesen Cyrano im Auge. Aber das brauche ich meinem Ermittlungsleiter nicht extra zu sagen, das weiß er schon selber.«

Merana erwiderte nichts. Er schaute zu Carola. Auch sie schien die vergangene Nacht wenig geschlafen zu haben.

»Herr Kommissariatsleiter«, setzte Kerner fort. »Ich muss dir leider mitteilen, dass wir Personalprobleme bekommen. Wie du sicher weißt, geht in Salzburg zurzeit eine höchst bösartige Sommergrippe um.« Das war schon der Zweite an diesem Morgen, der ihn darauf aufmerksam machte. »Nicht nur einige Kollegen hier aus der Polizeidirektion sind davon betroffen. Jetzt hat es auch zwei Leute aus der Anti-Terror-Truppe des Innenministeriums erwischt. Die Kollegen brauchen dringend Ersatz. Ich bin also gezwungen, Leute dafür abzustellen. Ich muss sie leider aus deiner Ermittlergruppe nehmen, Martin. Natürlich will ich das nicht einfach über deinen Kopf hinweg entscheiden. Ich benötige vorerst einmal zwei bis drei Personen. Hoffentlich reicht das, doch das kann man zum jetzigen Zeitpunkt wohl noch nicht einschätzen. Ich erwarte also von dir, dass du mir bis heute Mittag einen Vorschlag unterbreitest, wer aus deiner Gruppe dafür in Frage käme.«

Er versprach es. Wieder schaute er zu seiner Stellvertreterin. Sie machte tatsächlich einen erschöpften Eindruck.

»Was ist mir dir, Carola? Geht es dir noch gut oder fühlst du auch schon Anzeichen eines Infekts?« Sie schüttelte langsam den Kopf.

»Nein, ich hoffe nicht. Zwei Sommergrippeopfer in meiner näheren Umgebung reichen völlig. Es gibt nur enorm viel zu tun. Ich bin voll in die Anti-Terror-Planungsgruppe involviert. Die Kollegen, aber natürlich auch die Festspielverantwortlichen sind wirklich äußerst besorgt. Es geht nicht nur um die vielen Aufführungen, die derzeit auf dem Programm stehen. Man hat vor allem auch höchste Bedenken wegen des großen Galaabends zum Jubiläum in vier Tagen. Da sollen nicht nur alle noch lebenden großen Darsteller aus den Salzburger ›Jedermann‹-Inszenierungen dabei sein, sondern auch jede Menge hoher Persönlichkeiten aus Politik, Wirtschaft und Kultur.«

»Was wäre mit absagen?«, fragte Merana.

Sie nickte. »Das wäre natürlich eine Möglichkeit, Martin. Es gibt auch ernsthafte Überlegungen dazu. Andererseits, und da steht vor allem das Präsidium voll dahinter, will man nicht vor einer ominösen, aus dem Hintergrund agierenden Gruppe einfach kapitulieren. Wir lassen uns nicht von denen in die Knie zwingen!, heißt es. Da sind sich die Präsidentin, der Intendant und alle anderen Führungskräfte einig. Den Jubiläums-Galaabend abzuhalten, das sei man den Festspielen, den Förderern, den Künstlern und vor allem dem Publikum schuldig. Entschieden ist noch nicht. Aber es sieht eher danach aus, nicht nachzugeben. Dafür muss im Vorfeld alles unternommen werden, dass diese Veranstaltung ohne Zwischenfälle über die Bühne geht. Wir arbeiten wirklich auf Hochtouren.« Das konnte Merana sich gut vorstellen. Seine Stellvertreterin war um nichts zu beneiden. Er konnte ihr auch nicht anbieten, an ihrer Stelle die Aufgabe zu übernehmen. Er musste sich um seinen Fall kümmern. Er hatte dringend aufzuklären, wer für den Mord an der Schwester der Buhlschaft verantwortlich war.

»Herr Kommissar ...« Wer rief ihn da? Er wandte sich um und war erstaunt. Er hatte sich in die Innenstadt bringen lassen. Der Verkehr war unerwarteterweise flüssiger gewesen, als von ihm angenommen. Also blieb ihm noch ein wenig Zeit, ehe die Veranstaltung im Schüttkasten begann. Er wollte sich noch schnell einen Espresso macchiato genehmigen und war ins Café UNI:VERSUM geeilt, als er die Stimme hörte.

»Frau Stufner, na das ist ja eine Überraschung. Guten Tag.« Die Schauspielerin vom Salzburger Straßentheater saß im dicht besetzten Innenhof. Wenn er sich recht erinnerte, hatte sie Platz an demselben Tisch gefunden, an dem er zuletzt auch mit Jutta Ploch gesessen hatte. Der alte Herr neben ihr erhob sich. Auch die beiden Jugendlichen standen auf. »Sie dürfen sich gerne zur jungen Dame setzen, denn wir müssen ohnehin gehen.« Der Weißhaarige wies mit freundlichem Nicken auf den frei gewordenen Stuhl. Die drei strebten dem Ausgang zu. Merana nahm Platz, bestellte seinen Kaffee.

»Was führt Sie in dieses Café, Herr Kommissar? Ermitteln Sie auch hier in diesem Lokal?«
Er schüttelte den Kopf.
»Nein, Ariana, hier nicht. Ich darf Sie doch beim Vornamen nennen, hoffe ich.« Sie nickte. »Ich trinke nur schnell einen Espresso macchiato, dann begebe ich mich hinüber in den Schüttkasten.«
»Sie auch?« Sie blickte ihn leicht überrascht an. Dann tippte sie sich schnell mit zwei Fingern an die Stirn. »Aber natürlich, da besteht ja ein direkter Zusammenhang. Zusammenhang. Isolde war ja die Schwester von Senta Laudess. Wie konnte ich das nicht gleich sehen!«
Die Kellnerin erschien, stellte den Espresso ab. Merana bedankte sich, bezahlte auch gleich. Dann widmete er sich wieder der Schauspielerin.
»Ihrer Reaktion von vorhin entnehme ich, dass Sie auch zur Veranstaltung gehen?«
Sie quittierte seine Bemerkung mit einem offenen Lächeln. Das gefiel ihm wesentlich besser als das hohntriefende Gewieher, das sie in ihrer Rolle als Jederfrau zu zeigen hatte. Aber sie hatte es hervorragend hinbekommen.
»Ja, ich halte Senta Laudess für eine wunderbare Künstlerin. Sie ist für mich eine der ganz großen Schauspielerinnen, die wir derzeit in der deutschsprachigen Theaterszene haben. Ich bin schon sehr gespannt, was sie uns heute bieten wird. Man kann immer etwas lernen und für sich selbst anwenden. Auch wenn man nicht auf der ›Jedermann‹-Bühne steht, sondern nur auf dem Theaterkarren agiert.«
»Ich will Ihnen nicht irgendwelchen Honig um den Mund schmieren, Ariana.« Sie schaute ihn gespannt an,

wartete, was er jetzt sagen würde. »Aber ich bemerkte schon gestern bei unserer Begegnung nach der Aufführung, dass mich Ihr Spiel wirklich sehr beeindruckt hat. Auch wenn ich wegen unserer Verspätung leider nur wenig davon sehen konnte.«

Ein leichter Anflug von Röte stieg ihr ins Gesicht. »Danke, das ist sehr nett von Ihnen, Herr Kommissar.«

»Und wenn ich mich richtig erinnere, dann sagte auch Elias Rotstern gestern, das vermeintliche Desaster wegen der plötzlichen Absage von Isolde Laudess habe sich im Endeffekt als großer Glücksfall erwiesen.« Wieder blickte sie ihn gespannt an. »Sie haben sich als glänzende Darstellerin der Hauptrolle präsentiert. Ariana Stufner statt Isolde Laudess, das war sogar die viel bessere Entscheidung, wie Ihr Theaterchef und Regisseur hinzufügte. Ich kann mir gut vorstellen, Ariana, dass Sie Isolde Laudess mehr als nur ersetzt haben. Und dabei muss man gar nicht unter die Gürtellinie greifen, wie Ihr Kollege es offenbar vorzieht, und im Zusammenhang mit Isolde Laudess von Kollegenschwein und miserabler Leistung geifern.«

Sie schüttelte den Kopf. Der Ausdruck in ihren Augen wurde ernst.

»Sie dürfen das von Cyrano nicht so bedeutend einstufen, Herr Kommissar. Ich kann Ihnen versichern, er meint das gar nicht so brutal, wie es meist rüberkommt. Im Grunde waren Isolde und er gar nicht so verschieden. Also ich meine jetzt nicht, dass Cyrano auch dazu neigt, auf andere herablassend hinunterzuschauen. Das sicher nicht. Und er würde auch nie die Gruppe im Stich lassen. Aber die beiden sind sich dennoch auf andere Art sehr ähnlich. Da besteht ein fast unersättlicher Drang, endlich einmal genügend beachtet zu werden.« Sie legte eine Pause ein. Er wartete. Offenbar prüfte sie, wie sie das Folgende am besten ausdrückte. Ihr Kopf begann langsam zu nicken. »Wenn ich es recht bedenke, Herr Kommissar, dann kam ich mit Isolde eigentlich ganz gut zurecht. Vielleicht war ich die Einzige in der Truppe. Abgesehen von Elias, der schaffte es auch ganz gut. Ich versuchte einfach, Isolde als das zu nehmen, was sie meiner Einschätzung nach wirklich ist. Kein Kollegenschwein, sondern ein tief im Inneren völlig verunsicherter Mensch. Sie gebärdete sich meist wie ein kleines Kind, das endlich von der Mami beachtet werden will. Oder von der großen Schwester, oder vom Vater, oder vom großen Bruder. Ganz egal, welche Personen aus der Familie auch immer. Doch die sind ja gar nicht da. Sie waren vielleicht auch nie da. Also giere ich nach Anerkennung, nach Applaus, nach Angenommenwerden, nach Ans-Herz-gedrückt-Werden dort, wo ich es vielleicht bekomme. Ich stelle mich auf die Bühne vor ein Publikum. Und tief in mir drinnen schreit alles: Bitte, bitte, nehmt mich doch an!«

Sie lehnte sich langsam zurück, blickte ihn immer noch direkt an.

»Ist das auch der Grund, Ariana, warum Sie sich auf die Bühne stellen?« Ein scheues Lächeln huschte über ihr Gesicht.

»Wer weiß, ein klein wenig vielleicht schon. Ich denke, das machen wir wohl alle. Wir wollen alle angenommen und anerkannt werden. Aber ich hoffe schon, dass es bei mir noch viele andere Beweggründe gibt und dass sich das auch zeigt. Die Freude am Gestalten, die Lust am Spielen, in eine Rolle zu schlüpfen, zusammen mit anderen eine Geschichte darzustellen. Und das alles einem Publikum zu vermitteln. Da kommt schon einiges zusammen. Davon bin ich überzeugt. Aber ich bin tief drinnen weitaus nicht so abhängig von dem, wie andere darauf reagieren. Isolde war das schon. Um das zu erreichen, hätte sie alles getan. Und Cyrano in gewisser Weise auch. Auch wenn sein Deckmantel für dieses verborgene Verlangen ganz anders ausschaut. Er manifestiert sich nicht in herablassende Verachtung. Er ist kein Kollegenschwein. Er verlässt sich aufs Poltern. Offenbar genügt ihm das. Und das ist auch gut so, finde ich. Aber jemandem wie Isolde würde das nie genügen. Die Angst, nicht genügend beachtet zu werden, das innigst ersehnte Ziel nicht zu erreichen, würde jemanden wie sie dazu antreiben, wirklich alles zu unternehmen. Egal, was es letztendlich kostet. Und völlig ungeachtet dessen, was dabei möglicherweise alles in die Brüche geht.«

Meranas Erstaunen war angewachsen, während er ihr zuhörte. Sie war nicht nur eine sehr gute Schauspielerin, wie er gestern bei seinem Besuch in Obertrum feststellen durfte. Ariana Stufner besaß offenbar auch eine Gabe, die er nur an ganz wenigen Leuten kannte. Hier saß ihm eine junge Frau gegenüber, die eine bemerkenswerte Ahnung davon hatte, was Menschen im Innersten berührte. Was sie erfreute, was sie vor allem auch tief verletzte, was sie schlussendlich insgesamt ausmachte.

2

»Na, wenn ich schon hier bin, dann gönne ich mir gleich etwas Gutes«, brummte Otmar Braunberger zu sich selbst und stieß die Tür auf. Das Café »220 Grad« lag gleich am Beginn der Nonntaler Hauptstraße. In der Stadt befand sich noch ein zweites Kaffeehaus mit gleichem Namen in der Chiemseegasse und eine dazugehörige Rösterei in Maxglan. Braunberger kannte auch die. In letzter Zeit war er öfter eingekehrt, hatte sich eine gute Schale Kaffee gegönnt oder beim Rösten und Verarbeiten zugeschaut. Er hatte sogar schon mit dem Gedanken gespielt, eines der angebotenen Seminare zu besuchen, es aber dann doch bleiben lassen. Im Grunde war er ja eher Teetrinker, schätzte bengalischen Darjeeling, aber immer wieder auch einen Rooibos Vanille. Aber in der mittlerweile schon sehr langen Zusammenarbeit mit Martin Merana hatte er begonnen, manche seiner eingefahrenen Gewohnheiten zu ändern. Mittlerweile bevorzugte er hin und wieder sogar ein Glas Wein statt Bier und eben auch Kaffee. Das Lokal war für die frühe Vormittagsstunde schon gut besucht. Er setzte sich auf einen der hohen Stühle direkt an der Theke und ließ sich einen Kaffee mit Milch zubereiten. Die besondere Atmosphäre des Lokals fühlte sich für ihn behaglich an. Die artistisch gestylten Wände, die unverputzt wirkten, dazu die großen, hellen Fenster, die eindrucksvollen silbernen Röhren an der Decke und die große helle Theke in der Mitte des Raumes, das alles vermittelte für ihn Charakter. Während er die exzellente Mischung aus Brasilien, Guatemala und Äthiopien genoss, waren seine Gedanken schon damit beschäftigt, was ihn wohl in den nächsten Stunden erwarten würde. Die Wohnung von Isolde Laudess lag nur wenige Schritte von hier entfernt. Er hatte vor, sich in der Nachbarschaft umzuhören. Er erhoffte sich dadurch ein besseres Bild über Charakter, Gewohnheiten und mögliche Bekanntschaften der Toten zu verschaffen. Alles, was half, Licht in die bislang völlig verworrene Ausgangslage zum Tod der jungen Frau zu bringen, war ihm recht. Vielleicht wird dieses Vorgehen auch eher mühsam, überlegte er, während er den Kaffee austrank und bezahlte. Aber er musste es dennoch intensiv angehen. Er verließ das Lokal und wandte sich nach links. Er wollte direkt in jenem Haus beginnen, in dem sich die Wohnung der Toten befand. Die geplante Vorgehensweise offenbarte sich dann doch als weitaus mühsamer, als er erwartet hatte. Drei Stunden später war er noch kaum einen Schritt weitergekommen. Die meisten, die er ansprach, lieferten allenfalls eine zusätzliche Bestätigung zu jenem Bild, das die Ermittler schon aus den bisherigen Befragungen gewinnen konnten. Er hörte wenig Gutes über die Tote. Die Nachbarin sei überheblich gewesen, hieß es, hochnäsig, sie habe kaum gegrüßt. Freundlichkeit habe sie selten an den Tag gelegt. Aber er erfuhr auch anderes, in kleineren Dosierungen zwar, aber doch. »Also zu mir war die Isolde immer ausgesprochen nett«, kam eine ältere Dame fast ins Schwärmen. Sie wohnte einige Häuser weiter. »Sie hat mich sogar hin und wieder auf einen Kaffee und ein

Stück Kuchen eingeladen. Bei sich zu Hause. Und einmal sogar in das neue Kaffeehaus am Anfang unserer Straße. Wir haben viel gelacht. Sie konnte hervorragend andere Leute nachäffen. Das war wirklich zum Zerkugeln.« Dabei hatte sie feuchte Augen bekommen. Und auch eine etwa 30-jährige Mutter, die er samt Kind und Kinderwagen auf der Straße traf, wusste Gutes zu berichten. »Mir hat die Isolde oft geholfen, den Kinderwagen über die Stiege zu tragen. Und auch mein kleiner Sebastian mochte sie sehr. Sie hat oft mit ihm herumgealbert. Aber von engeren Bekannten, Freunden, Liebhabern, wie Sie meinten, weiß ich leider so gut wie gar nichts, Herr Polizist. Den Ignaz kannte ich natürlich, der ist ja auch hier aufgewachsen, hat lange bei seiner Mutter gewohnt. Gleich da vorne nach der Erhardkirche. Mit dem habe ich sie hin und wieder gesehen. Aber der hatte vor einigen Monaten ja den schrecklichen Unfall. Und dann kann ich mich noch an einen rothaarigen Mann erinnern, mit dem ich sie ein wenig herumturteln sah. Der wohnt nicht in unserer Straße. Und ich habe auch keine Ahnung, wie der heißt.«

Immerhin zu dieser Angabe hatte er später noch einen Namen bekommen. Einer der Angestellten in der Metzgerei schräg gegenüber der Kirche war der Rothaarige in Begleitung von Isolde Laudess auch aufgefallen. Er hieß Kasper Fleck, so viel sie sich erinnern konnte. Denn er hatte bei ihnen mehrere gemischte Platten für eine Bürofeier bestellt. Der nicht minder freundliche Besitzer der Metzgerei suchte ihm die dazugehörige Adresse heraus. Kasper Fleck. Wie war Isolde mit diesem Mann umgegangen? Wie lange bestand die Bekanntschaft? Bis zu ihrem

Tod? Waren die zwei ein Liebespaar gewesen? Hatte die gute Beziehung angehalten oder hatte sie Herrn Fleck irgendwann auch einfach abserviert und ihm eine ihrer bekannten Disputszenen geliefert? Sie würden es herausfinden, den Mann befragen.

Recht viel mehr hatte Otmar Braunberger auf seinem Streifzug durch die nachbarschaftliche Umgebung nicht in Erfahrung gebracht. Man muss manchmal auch damit zufrieden sein, was man hat, Herr Abteilungsinspektor, sagte er zu sich selbst. Immerhin hatte er jetzt einen neuen Namen und dazu eine Büroadresse. Dennoch, das Ergebnis seiner fast dreistündigen Ermittlung war dünn. Hauchdünn sogar. Nicht einmal annähernd so ergiebig wie die ebenfalls eher dünne Packung mit den paar Blättern aufgeschnittenen kalten Bratens, die er sich aus dem Geschäft mitnahm.

Er blieb kurz vor der prächtigen Pfarrkirche stehen. Sie lag etwa zur Mitte der breit angelegten Gasse, die ja genaugenommen eine Straße war. Nonntaler Hauptstraße hieß sie. Das konnte man auch anhand der Schilder auf den Häusern ersehen. Er befand sich im ältesten Abschnitt des Weges. Die teilweise sogar mittelalterliche Anmutung der Umgebung ließ ihn jedoch eher an eine Gasse denken als an eine Straße. Er verstand nicht viel von Architektur. Aber jedes Mal, wenn er den Eingangsbereich der Kirche mit der Treppe und den Säulen betrachtete, dann erinnerte ihn das eher an ein herrschaftliches Schloss als an ein Gotteshaus. Sein Kollege und Freund Martin Merana könnte ihm sicher mehr dazu sagen. Der kannte sich besser mit Baustilen aus, davon war Braunberger überzeugt. Martin hatte ihn auch schon oft auf ungewöhnliche Fleckchen, auf Ausblicke und Schönheiten in der Stadtlandschaft aufmerksam gemacht. Auf die wäre er selbst nie gekommen, obwohl er in der Stadt aufgewachsen war. Im Gegensatz zu Martin, der aus dem Pinzgau kam.

Er löste den Blick von der Fassade und beschloss, einen anderen Rückweg zu nehmen. Er konnte vorne bei der Bäckerei in das ansteigende Erhardgässchen einbiegen und schließlich über den Nonnberg ins Stadtinnere zurückkehren. Dabei würde er auch auf die Nonnbergstiege treffen. Er folgte seinem Impuls und setzte sich in Bewegung. Isolde Laudess war diesen Weg auch oft gegangen, wie Martin erwähnt hatte. Er hatte es von der Schwester der Toten erfahren. Der Abteilungsinspektor nahm den Weg in die entgegengesetzte Richtung, die Isolde Laudess vorgestern Nacht eingeschlagen hatte.

Merana wählte einen Stuhl ganz außen in der vorletzten Reihe. Ariana hatte ihn bis zum Eingang begleitet. Sie hatte ihm auch die Kollegin vorgestellt, mit der sie für den Vortrag verabredet war. Merana kannte sie. Die junge Frau hatte gestern als Tödin auf der Bühne des Theaterkarrens gestanden. Die beiden Schauspielerinnen begaben sich in die zweite Reihe. Der Kommissar bevorzugte lieber einen Platz weiter hinten. Zunächst begrüßte eine Frau in dunklem Kostüm die Anwesenden. Sie freute sich, dass so viele gekommen waren. Merana kannte sie zumindest dem Namen nach. Das war Dr. Anita Bergfuchs, die Geschäftsführerin des Vereins der Freunde der Salzburger Festspiele. Der Verein sorgte für viele interessante Begegnungen während der Festspielzeit, nicht nur in diesem Saal. Wobei der denkmalgeschützte

Schüttkasten sich natürlich als prominenter Platz erwies. Das dreigeschossige Gebäude am Herbert-von-Karajan-Platz, direkt vor dem Sigmundstor, liegt, so wie der benachbarte Festspieltrakt, direkt an der Felswand des Mönchsberges. Es beherbergt heute unter anderem das Kartenbüro der Festspiele. Wenn Merana sich richtig entsann, hatte es einst an dieser Stelle einen Steinbruch für bestimmte Konglomerate gegeben, die man für den Bau des Doms verwendete. Und Ende des 17. Jahrhunderts wurde daraus ein Speicher für Heu und Getreide. Das brauchte man, um direkt die gleich gegenüberliegenden Pferdestallungen zu versorgen, den Hofmarstall, wie er bezeichnet wurde. Dass jenes Terrain, auf dem sich heute der stattliche Gebäudekomplex der Festspiele befindet, einst für die Pferde der Erzbischöfe vorgesehen war, war auch heute noch an manch anderen Bezeichnungen abzulesen. Die heute als Spielstätte bekannte berühmte Felsenreitschule war einst die erzbischöfliche Sommerreitschule. Sie diente auch für Tierhatzen. Kein Geringerer als Johann Bernhard Fischer von Erlach hatte die Pläne für diese Reitschule entworfen. Und auch die denkmalgeschützte und bei Touristen äußerst beliebte Pferdeschwemme lag gleich in der Nähe des Schüttkastens.

Merana stimmte in den kurzen Applaus mit ein. Er galt als Dankeschön für die Geschäftsführerin und zugleich für den Auftritt der Moderatorin. Jutta Ploch stellte sich an den Rand des Podests. Selbst von seinem Platz aus war das Blitzen in den Augen der Journalistin auszumachen. Sie wartete, bis ein paar Nachzügler, die eben noch eintrafen, ihren Platz fanden. Sie mussten stehen, so wie viele andere auch. Dann begann Jutta, ließ ihre wohltö-

nende Stimme satt erklingen, etwas heller, als Merana das von ihr gewohnt war.
»Das ist ja unsre Buhle wert,
Nach der unser Herz schon hart begehrt.«
Einige der Zuschauer lachten, andere applaudierten. Merana war sich sicher, dass fast alle im Raum das leicht abgewandelte Zitat erkannten. Jutta Ploch verneigte sich.
»Wir haben zwei kleine Spielleut hier, keine zum Auftakt hereintanzende Tischgesellschaft, aber Ihr erquickender Applaus, meine Damen und Herren, klingt ohnehin wie festliche Einzugsmusik. Mir bleibt nur mehr zu sagen: Herzlich willkommen! Hier ist die Buhlschaft der Salzburger Festspiele. Wir begrüßen die wunderbare, großartige Schauspielerin Senta Laudess!«
In den aufbrandenden Applaus mengten sich auch einige Jubelrufe. Senta Laudess betrat die Bühne, verneigte sich. Die Zustimmung hörte nicht auf. Schließlich hob die Akteurin die Hände, machte eine sanfte einbremsende Geste. In den allmählich abschwächenden Applaus sagte sie:
»Ja, Lieb und Freundschaft, die zwei sind viel wert.
Wer die hat, des Herz nit mehr begehrt.«
Wieder begannen die Besucher in die Hände zu klatschen. Wenn Merana es richtig im Sinn hatte, gehörten die Worte zwar nicht der Buhlschaft. Diesen Text hatte Jedermann zu sprechen. Aber er passte gut. Senta Laudess machte zwei Schritte zur Seite und nahm Platz neben der Moderatorin. Jutta Ploch erwähnte kurz den tragischen Tod der Schwester, ohne näher darauf einzugehen. Sie bedankte sich, dass die Schauspielerin trotz des erlittenen Verlustes gekommen war.

»Ich weiß, dass viele Fans von mir hier im Raum sind, Publikum, das mir schon lange auch an anderen Orten die Treue hält. Da war es für mich eine Selbstverständlichkeit, diese Begegnung nicht abzusagen, sondern hier zu erscheinen.«

Erneut setzte starker Applaus ein. Die Journalistin wartete ab. Dann zählte sie ein paar Fakten zur bemerkenswerten Karriere ihres Gastes auf, nannte die wichtigsten Rollen, darunter auch zwei preisgekrönte Filmauftritte.

»Und im vergangenen Jahr durften wir eine neue Wendung in Ihrem offenbar vielseitigen Können erleben, Frau Laudess. Sie haben in Hamburg ›Maria Stuart‹ inszeniert.«

»So eine ganz neue Seite war das gar nicht. Ich habe schon in meiner Schulzeit mich immer wieder in anstehende Produktionsprozesse eingemischt. Habe beschlossen, bei Schultheateraufführungen lieber selber die Regie zu ergreifen, als miterleben zu müssen, dass Geschichten in eine völlig andere Richtung verlaufen, als ich sie für gut finde.«

»Waren Sie auch damals schon bekannt dafür, auf Ideen zu kommen, die anderen nie eingefallen wären?«

Die Schauspielerin lachte. »Mag sein. Aber ich habe mich schon damals wie auch später in meiner Karriere selten darum gekümmert, was andere sagen, sondern lieber das verfolgt, was ich für richtig halte.«

»Ich habe das Stück in Hamburg gesehen. Und ich habe mich nicht nur einmal gefragt: Woher nimmt diese Frau nur diese Einfälle? Im Vordergrund scheint alles so zu laufen, wie man es zu kennen glaubt. Wir sehen die Rivalität von zwei großen Persönlichkeiten, Elisabeth von England und Maria von Schottland. Aber im Hintergrund entwickelt sich offenbar eine ganz andere Geschichte, an die man nie denken würde. Erst ganz am Schluss offenbart sich das.«

Senta Laudess hob leicht abwehrend die Hände. »Aber nur dem Publikum im Saal und den beiden Königinnen, Frau Ploch. Das muss man schon erwähnen. Das passiert nicht bei den anderen Figuren. Die bleiben weiterhin verstrickt in der Handlung, so wie sich diese eben für sie abzeichnet.«

Jetzt wandte sich die Journalistin an das versammelte Publikum. »Mehr will ich auch gar nicht dazu verraten, meine Damen und Herren. Ich kann Ihnen nur empfehlen, schauen Sie sich diese bemerkenswerte Inszenierung von ›Maria Stuart‹ in Hamburg an. Das Stück läuft auch noch in der kommenden Saison.« Sie drehte sich wieder zu ihrem Gast.

»Etwa ganz Ähnliches, Frau Laudess, machen Sie ja auch mit der Buhlschaft. Auch hier gibt es einige sehr überraschende Wendungen.« Wieder hob die Schauspielerin leicht die Hände. Sie begann zu lächeln.

»Schön, Frau Ploch, wenn Sie das so sehen. Aber es muss schon klar und eindeutig hervorgehoben werden, dass beim ›Jedermann‹ nicht ich es bin, die Regie führte. Dafür hatten wir Gott sei Dank unseren geliebten Enrico Roller.« Nun wandte sie sich an den Saal. »Und das hat Enrico doch großartig gemacht, oder was meinen Sie, liebes Publikum?«

Einige jubelten. Viele klatschten. Aber nicht alle, wie Merana auffiel. Halb blieb die Schauspielerin immer noch dem Publikum zugewandt, während sie weitersprach.

»Wie allen durchaus bekannt ist, steckt in der Rolle der Buhlschaft ja keine allzu große Bühnenfigur. Sie hat wenig Text, und der ist eher klischeehaft. Da bleibt wenig an Nachhaltigkeit. Ich weiß schon, dass es in Salzburg vor allem darauf ankommt, welches Kleid sie trägt.« Sie lachte. Einige im Publikum lachten auch, andere begannen zu klatschen.

»Und Ihres ist besonders toll!«, brüllte ein Mann aus der dritten Reihe. Das Lachen schwoll an. Senta Laudess sprang auf, machte einen übertrieben eleganten Knicks in Richtung des Mannes.

»Ja, so ist es!«, stimmten andere mit ein. Die begeisterte Zustimmung wurde noch lauter. Als führe sie eben jetzt Regie, riss Senta Laudess die Arme hoch, beschwichtigte abrupt das heftige Klatschen. Augenblicklich wurde es eingestellt.

»Vielen Dank, liebes Publikum. Also, lassen wir die Kleidfrage beiseite und wenden wir uns anderen Dingen zu, die uns beim Betrachten der Buhlschaft auffallen. Zunächst gewahren wir sie als Anführerin, auch als Antreiberin der festlich lockeren Gästeschar, die einzieht.«

Sie ließ ihren Arm nach oben schnellen, ruckte mit dem Kopf, als begrüße sie jemanden. Ein verlockendes, wohl alle im Saal betörendes Lächeln erschien auf ihrem Gesicht.

»Wer alls lang auf sich warten läßt
und ist der wertest aller Gäst,
den muß man mit Zimbeln und Windlicht
abholen und führen zu seiner Pflicht.«

Sie drehte sich schnell um die eigene Achse. Dabei wirbelte sie weiter mit der graziös erhobenen Hand, als setze sie gleich zum Tanz an. Das Publikum jubelte. Erneut kam Applaus auf, den die Schauspielerin mit einer bittenden Geste langsam zum Abschwellen brachte.

»Vielleicht können wir uns darauf einigen, meine Damen und Herren, dass Sie, wenn Ihnen meine Darbietung gefallen hat, das erst ganz am Schluss durch Ihren geschätzten Applaus ausdrücken. Sonst kommen Sie nie zu Ihrem Nachmittagskaffee.«

Einige quittierten die Bemerkung mit einem kurzen herzhaften Lachen. Aber niemand klatschte. Man respektierte offenbar die Bitte.

»Also zurück zur Buhlschaft. Anfangs also Anführerin des bunten Gästehaufens. Später darf sie ein bissel turteln und den Geliebten anschmachten.« Sie nahm wieder eine andere Haltung ein.

»Ein Bub liebt frech und ohne Art,
Ein Mann ist großmütig und zart.
Hat milde Händ und steten Sinn,
Das zieht zu ihm die Frauen hin.«

Eine Frau klatschte in der vierten Reihe. Sofort erklang aufgebrachtes Zischen im Saal. Die Frau hörte sofort auf. Senta Laudess bedankte sich mit einem kurzen Kopfnicken.

»Dann muss unsere Buhlschaft immer wieder Bemerkungen zu Jedermanns sonderbarem Verhalten anbringen. Im Grunde völlig überflüssig, weil ohnehin alle Figuren auf der Bühne das selbst feststellen.«

»Ja, aber zugleich wird für uns Zuschauer etwas anderes an dieser Frau klar.« Jutta Ploch versuchte, wieder die Initiative zu übernehmen.

»Zumindest in der Art, wie Sie die Buhlschaft präsen-

tieren, Frau Laudess. Alle anderen Figuren auf der Bühne, alle Beteiligten, erschrecken, als irgendwann klar wird, dass der Tod mitten unter ihnen erschienen ist. Aber die Buhlschaft nicht. Man hat fast den Eindruck, die Buhlschaft weiß genau, dass der dunkle Bote kommt. Ja mehr noch. Man könnte fast meinen, sie sei diejenige, die ihn gerufen hat.« Die Schauspielerin hob die Hand, drehte ein wenig abwehrend die Handflächen.
»Keine Angst, Frau Laudess«, beeilte sich Jutta Ploch schnell zu sagen. »Mehr will ich auch gar nicht verraten. Es gibt sicher einige im Publikum, denen die heurige Produktion noch gar nicht bekannt ist und die diese Inszenierung erst sehen werden.«

Ja, ich, dachte Merana, dazu gehöre auch ich. Hoffentlich wird es noch dazu kommen. Alles, was er dazu eben aus dem Gespräch entnommen hatte, machte ihn neugierig auf die diesjährige Aufführung. Auch er hatte der Rolle der Buhlschaft bisher eher wenig Bedeutung zugemessen. Es wäre spannend, vielleicht bald eine ganz andere Sicht zumindest auf diesen Teil der wohlbekannten f zu bekommen.

Otmar Braunberger hatte die Aussicht schon öfter genossen. Aber jetzt erschien sie ihm noch um einige Nuancen großartiger als sonst. Vielleicht lag das auch an der Sonne, die den Süden der Stadt und die anschließende Landschaft in ganz besonderem Licht erstrahlen ließ. In der Ferne leuchteten die Gipfel der Gebirgszüge. Und direkt vor ihm, als müsste er nur die Hand danach ausstrecken, erhob sich die prunkvolle Kuppel der Erhardskirche aus ihrer Umgebung, flankiert von den beiden reizvollen

Turmhelmen. Der kleine turmartige Aufsatz, durch den die eindrucksvolle große Kuppel noch einen besonderen Reiz gewann, wie er fand, nannte man Laterne. Zumindest hatte er das einmal irgendwo gelesen. Er tastete mit den Händen nach dem Eisengeländer der Begrenzungsmauer und beugte sich weit vor. Dort unten in der Gasse hatte er eben noch vor der Kirche gestanden. Er löste den Griff, trat ein paar Schritte zur Seite und lehnte sich sachte an den Stamm des großen weit ausladenden Baumes. Auch an dieser Stelle hatte Isolde Laudess oft ausgeharrt, wie er aus Meranas Bericht wusste. Als Siebenjährige hatte sie sogar versucht, auf die Platane zu klettern. Zumindest hatte ihm das die Schwester erzählt. Braunberger war noch nie bei Nacht hier gewesen. Aber er konnte sich gut vorstellen, dass auch dann die Aussicht einen ganz besonderen Reiz ausübte. Er warf noch einen schnellen Blick nach rechts zur Festung, die auf ihrer Anhöhe geradezu würdevoll über dem gesamten Ensemble prangte. Dann ging er weiter entlang an den Mauern des alten Frauenklosters. Bald sah er den nordöstlichen Teil der Stadt vor sich. In der Ferne war schon der Dom auszumachen. Eine majestätische Erscheinung, die sich über die ohnehin eindrucksvolle Dächerlandschaft erhob. Gleich darauf erreichte er die Stufen, die ihn nach unten führen sollten. Er war am oberen Ende der Nonnbergstiege angelangt. Langsam setzte er einen Fuß vor den anderen. Auf der kleinen Treppenplattform, die sich oberhalb der Stelle erstreckte, wo Isolde Laudess nach unten gestürzt war, blieb er stehen. Auch hier war rechter Hand ein Eingang zu erkennen. Den hatte er selbstverständlich schon bei der ersten

Besichtigung bemerkt. Die Tür war verschlossen gewesen. Der Besitzer der Wohnung, die dahinter lag, war für vier Wochen auf Urlaub, wie ihre Recherchen ergeben hatten. Aber erst jetzt fiel ihm die schon leicht verwitterte Steinplatte auf, die über dem Türbogen angebracht war. Sie hatte einen Stern eingraviert, achteckig. Er blickte noch einmal zurück. Ob der Mörder von Isolde Laudess auch von oben gekommen war, so wie er jetzt. Oder war er der Schauspielerin direkt aus der Stadt über die Kaigasse gefolgt?

Er blickte sich langsam um. Oder hatte er hier irgendwo in der Nähe gelauert? Sein Blick fiel wieder auf die Tür. Oder war er gar aus diesem Eingang mit dem achteckigen steinernen Stern gekommen? Hatte es vielleicht gar nichts zu bedeuten, dass der Wohnungsbesitzer irgendwo im fernen Norden durch die finnische Seenlandschaft tourte? Es war gerade einmal um die 30 Stunden her, dass der Mord passierte. Das war ihm bewusst. Dennoch erschien dem Abteilungsinspektor die Zeit schon viel zu lange. Denn sie hatten bisher kaum etwas erreicht. Aber sie würden weiterwühlen, nach allen Richtungen, die sich anboten. So wie immer. Er nahm die nächsten Stufen. Weit unten war bereits der Beginn der Stiege auszumachen und ein Stück der Kaigasse. Er ging weiter, ohne nochmals innezuhalten. Er war davon überzeugt, dass sie bald auf einen Anhaltspunkt stießen, der ihnen zumindest die Antwort auf eine der vielen noch ungeklärten Fragen lieferte.

Auf dem Makartsteg war eine größere Gruppe von Passanten stehen geblieben, wie sie von ihrem Platz aus gut erkennen konnte. Touristen vermutlich. Einige deuteten aufgeregt zum gegenüberliegenden Salzachufer. Dort lag das große Ausflugsboot an der Anlegestelle. Viele Leute waren eben dabei, an Bord zu gelangen. Auch das konnte sie gut sehen. Bianca Perl war vor einer Stunde im Café Bazar angekommen. Sicherlich hoffnungsvoll überfüllt, wie meistens, hatte sie noch gedacht, als sie eintraf. Doch siehe da. Eine Gruppe von drei Japanern hatte sich eben daran gemacht aufzubrechen. Und sie hatte den Tisch tatsächlich sofort ergattert. Und das im Freien. Am Vormittag! An einem derart prachtvollen Tag wie diesem! Alle Schönheiten der Barockstadt erstrahlten heute im allerbesten Licht. Die Passantengruppe auf dem Steg rechts vor ihr hatte offenbar genug gesehen. Die Ersten gingen schon weiter. Nur die letzten verharrten noch kurz. Aha, das war es, was die noch interessierte. Die »Amadeus« war eben dabei abzulegen. Das Passagierschiff schlug den Wasserweg Richtung Süden ein. Die Salzach zeigte sich heute sehr mild. Wellen waren kaum auszumachen. Auch Bianca hatte die »Amadeus« schon benützt. Sie hatte sich vom Salzachschiff ebenfalls nach Süden bis zu jener Anlegestelle bringen lassen, von der aus man bequem zum Schloss Hellbrunn gelangte. Dabei hatte sie auch die berühmten Wasserspiele besucht. Das war im vergangenen Jahr gewesen. Da hatte sie zum ersten Mal einen der begehrten Plätze in der »Jedermann«-Tischgesellschaft ergattert. Das war ein unschätzbarer Vorteil am Engagement im Rahmen der Festspiele. Sie war nicht nur Teil bei einer der wichtigsten Aufführung des Festivals. Sie konnte sich zudem den ganzen Sommer über an den vielen genussvollen Erlebnissen erfreuen, die diese Stadt zu bieten hatte. Sie bewohnte wie schon im Vorjahr ein Zimmer in der freundlichen Pension am Ende der Linzergasse. Sie nahm den letzten Schluck aus ihrem Glas. Leider war der Rest des Proseccos inzwischen bereits warm geworden. Sie blickte auf ihr Handgelenk. Auch du liebe Güte! Schon so spät? Nur mehr wenige Minuten bis elf. Sie hatte völlig die Zeit übersehen. Sie winkte dem Kellner, der gerade vom Nebentisch in ihre Richtung schaute. Hektisch kramte sie das Geld aus ihrer Tasche. »Danke, Herr Ober, stimmt schon so.«

»Besten Dank, die Dame. Wünsche noch einen wundervollen Tag. Habe die Ehre. Wir freuen uns, Ihnen wieder einmal aufwarten zu dürfen.«

Ja, so klangen sie immer, die freundlichen Kellner in den österreichischen Cafés. Sie hätte sich nicht gewundert, wenn ihr der Ober sogar noch die Hand geküsst hätte. Sie kam aus der Nähe von Paderborn. Da waren die Kellner auch zuvorkommend. Aber nicht so. Jetzt aber. Sie würde zumindest einen leichten Laufschritt einlegen müssen. Die Zeit war verdammt knapp. Sie erreichte den Makartsteg und eilte darüber, so gut es eben ging bei all den vielen Passanten. Die Generalprobe im Großen Festspielhaus begann um elf Uhr. Wegen ihr würden die ganz sicher nicht warten. Sie lief schneller. Sie würde es schon rechtzeitig schaffen. Sie musste es schaffen. Auch das war ein Vorteil, wenn man für die Salzburger Festspiele zu tun hatte. Man stand nicht nur auf der Bühne bei den eigenen Aufführungen. Man bekam auch immer wieder die Gelegenheit, anderes zu sehen. Sie hatte sich so gefreut, als ihr Jana Daimond eine Generalprobenkarte für »La Clemenza di Tito« zugesteckt hatte. Die

Uhr zeigte eine Minute vor elf, als sie von der Hofstallgasse aus ins Foyer hetzte. Jetzt schnell nach links und dann … Sie bremste abrupt ab, als wäre sie gegen eine Betonmauer gerannt.

»Machen Sie schnell, Fräulein. Es fängt gleich an.« Einer der Billeteure auf der breiten Treppe winkte ihr zu. Aber ihr Blick war starr zur Garderobe gerichtet. Sie sah zur Frau, der man eben einen hellen Sommermantel überreicht hatte, den sie nun aufhängte. Diese Frau sah genauso aus wie jene Dame, die sie auf dem Grünmarkt gesehen hatte. Zusammen mit Isolde. Natürlich! Die Frau war ihr damals schon bekannt erschienen. Hier hatte sie sie offenbar schon einmal gesehen, in der Foyer-Garderobe des Großen Festspielhauses.

»Im Parterre werden schon die Türen geschlossen! Also wenn Sie noch reinwollen, Fräulein, dann schnell. Avanti! Kommen Sie!«

Sie hetzte auf den Billeteur zu, zeigte ihm das Einlassticket und schaffte es gerade noch ins Parterre, als das Licht ausging und der Applaus einsetzte. Der Dirigent tauchte aus dem Orchestergraben auf, verneigte sich. Zum Glück hatte sie einen Platz in der achten Reihe ganz außen. Niemand brauchte wegen ihrer Verspätung extra aufzustehen. War das im Foyer tatsächlich die Frau vom Grünmarkt gewesen? Ja. Vielleicht. Oder doch nicht? Das Orchester setzte ein. Wuchtig. Die Dramatik, die noch folgen würde, war schon zu erahnen. Doch dann klang es wieder eher feierlich, fand sie. Wie auch immer. Die Ouvertüre begann jedenfalls schon sehr beeindruckend. Sie wollte jetzt keinen überflüssigen Gedanken mehr an die Frau in der Garderobe verschwenden. Nach dem ersten Akt war Pause, wie sie dem Programm entnommen hatte. Da blieb ihr immer noch Zeit, sich erneut ins Foyer zu begeben und ihre Beobachtung zu überprüfen.

»Ich habe Ihnen bedauerlicherweise eine traurige Mitteilung zu überbringen, Frau Laudess. Mittlerweile steht es eindeutig fest. Dem Tod Ihrer Schwester liegt tatsächlich ein Verbrechen zugrunde.«

Ihr Blick war starr, ein wenig entrückt. Aber er konnte darin keine Spur von Überraschung lesen. Sie hatte wohl damit gerechnet, das war ihm klar. Und ihre nächste Äußerung bestätigte auch seine Annahme.

»Davon bin ich ausgegangen, Herr Kommissar. Auch mir erschien, dass Isoldes Sturz nicht einfach auf einen bedauerlichen Unfall zurückzuführen war. Warum hätte sich sonst der Leiter der Kriminalpolizei höchstpersönlich des Vorfalls annehmen sollen?«

Noch immer zeigte ihr Gesicht keinerlei Regung. Die Haut wirkte erstarrt. Wie bei einer antiken Theatermaske.

»Wie ist es passiert? Was ist Isolde zugestoßen?«

»Sie wurde seitlich am Kopf getroffen. Ein Schlag mit einem schweren Gegenstand. Dadurch hat sie wohl das Gleichgewicht verloren und ist hinuntergestürzt.«

»Raubüberfall?«

»Davon gehen wir nicht aus. Sie hatte ja noch Geldbörse und Ausweis in der Handtasche, als man sie fand. Nur das Handy fehlte. Wissen Sie, wo das abgeblieben sein könnte? Hatte sie es noch im Restaurant dabei?«

»Ich kann mich nicht erinnern, dass sie es im ›K+K‹ benutzt hatte. Aber ich habe auch nicht extra darauf geachtet.«

Ihre Augen schienen auf irgendetwas fixiert zu sein, das weit in der Ferne lag.

»Ich nehme an, Herr Kommissar, Sie haben noch keinen direkten Hinweis eruiert, der Sie zum Täter führt. Sonst würden Sie mir den gewiss nennen. Darf ich dennoch fragen, was Sie bisher unternommen haben?«

Er überlegte kurz. Dann erzählte er ihr vom gestrigen Besuch bei den Leuten des Straßentheaters.

»Cyrano?«, fragte sie erstaunt. Die Augen, die bisher nahezu teilnahmslos an ihm vorbeigeblickt hatten, richteten sich nun auf ihn. »Das ist doch derselbe Mann, der mit Isolde schon beim Eintreffen im Restaurant aneinandergeriet? Bianca und Folker haben mir davon erzählt, als wir im ›K+K‹ saßen und Isolde gerade auf der Toilette war.«

Merana bestätigte es. Dann berichtete er, dass dieser Cyrano, der mit richtigem Namen Yannick Müllner hieß, auch von einem verschmähten Liebhaber erzählte, einem gewissen Ignaz. Der war allerdings vor vier Monaten bei einem Autounfall ums Leben gekommen. In ihre maskenhafte Starre kam plötzlich Leben, zumindest zeigte sie eine Regung im Gesicht. Ihre Gedanken schienen sich mit etwas zu beschäftigen. Wusste sie etwas über diesen Liebhaber? Offenbar doch nicht, wie er gleich hörte.

»Es tut mir sehr leid, Herr Kommissar, davon ist mir leider nichts bekannt. Aber wenn der bedauernswerte junge Mann vor vier Monaten ums Leben kam, dann kommt er ohnehin als möglicher Täter nicht mehr in Frage. Und bevor Sie mich gleich zu möglichen weiteren Liebhabern von Isolde befragen, muss ich Ihnen gestehen, dass ich darüber nichts weiß. Weder über länger geduldete noch über rasch verschmähte. So nahe standen wir uns bedauerlicherweise nicht, dass sie mir dazu etwas erzählt hätte. Ich fürchte, ich bin Ihnen keine große Hilfe.«

Wenn er ehrlich war, hatte er das auch nicht erwartet. Aber es beruhigte ihn ein wenig, dass ihr Gesicht inzwischen die schemenhafte Maskenstarre verloren hatte. Er dachte kurz nach. Dann entschloss er sich. Ja, er wollte wissen, was sie dazu zu sagen hatte.

»Frau Laudess, Sie haben schon bei unserer ersten Begegnung angemerkt, dass Ihre Schwester und Sie sich nicht allzu gut verstanden. Das wäre schon in der Kindheit so gewesen. Dennoch haben Sie sich mit Vehemenz dafür eingesetzt, dass Isolde die Rolle in der Tischgesellschaft bekam. Das hat man mir zumindest berichtet. Das verwundert doch ein wenig. Und Sie haben es mir gegenüber auch nicht erwähnt.«

In das zuvor maskenstarre Antlitz kroch jetzt so etwas wie ein Lächeln.

»Ich wüsste keinen Grund, warum ich das hätte erwähnen sollen. Und von Vehemenz meinerseits, wie Sie es ausdrückten, kann überhaupt keine Rede sein. Es gab ja bereits eine Besetzung für die Rolle des Fräuleins. Leider hat sich die Kollegin dann das Bein gebrochen. Ich glaube, es war bei einem Reitunfall. Ersatz musste schnell gefunden werden. Isolde hatte das mitbekommen und mich gebeten, ob ich nicht ein gutes Wort für sie einlegen könnte. Nun, so schlecht war unser Verhältnis dann auch wieder nicht, dass ich das nicht getan hätte. Also habe ich. Enrico, unser Regisseur, war sofort damit einverstanden. Und die Sache war erledigt. Niemand hat großes Aufsehen darum gemacht. Außer vielleicht die ominöse Quelle, die Ihnen davon berichtete. Aber wissen Sie, verehrter Herr Kommissar, nicht nur in der Politik werden bisweilen die klitzekleinsten Mäuse zu den pompösesten Elefanten aufgebauscht. Das passiert auch immer wieder in unserer Branche. Glauben Sie mir, ich weiß, wovon ich rede.« Erneut lächelte sie ihn an.

»Kann ich sonst noch etwas für Sie tun?« Er schüttelte den Kopf.

»Nein. Ich bedanke mich jedenfalls, dass Sie sich nach der wirklich sehr beeindruckenden Performance vorhin noch Zeit für mich genommen haben.«

Sie stand auf. »Aber das ist doch selbstverständlich, Herr Kommissar. Ich gehe davon aus, wir bleiben in Kontakt. Sie werden mich freundlicherweise informieren, wenn Sie Näheres wissen.« Er versprach es. Sie verließ den Raum.

Die Organisatoren der Veranstaltung hatten ihnen eines der Zimmer für das Gespräch überlassen. Gleich darauf wurde die Tür erneut geöffnet. Jutta Ploch kam herein.

»Und jetzt Punkt zwei, wie versprochen.« Sie setzte sich zu ihm an den Tisch. Sie schob ihm ein längliches Stück Papier hinüber. Eine Eintrittskarte der Salzburger Festspiele, das sah er auf den ersten Blick. Er nahm das Ticket auf und war überrascht.

»Das ist für heute Abend! ›Jedermann‹-Aufführung. Fünfte Reihe Mitte.«

Sie strahlte ihn an. »Sommergrippe. Hat nicht nur die Kollegin von der FAZ erwischt, sondern auch meinen Chefredakteur. Er hat mir die Karte überlassen, damit ich sie an jemanden weitergebe, der damit eine Freude hat. Also hast du sie jetzt.«

Er schaute auf den Preis. So viel hatte er in bar nicht eingesteckt. »Kann ich dir das Geld bei unserem nächsten Zusammenkommen geben?« Ein schelmisches Funkeln schlich sich in ihre Augen. »Das rechnen wir dann ab, wenn du mich zum Essen ausführst.«

»Ah dunque l'astro è spento, di pace apportator.« Bianca war fasziniert. Sie hatte »La Clemenza di Tito« schon einmal gehört. Das war vor Jahren bei einer Live-Übertragung im Radio. Sie konnte sich nicht erinnern, dass sie damals Mozarts Musik dermaßen berührt hatte, wie sie es jetzt empfand. Die fünf Protagonisten auf der Bühne waren tief ergriffen. Die Trauer war ihnen anzusehen, in jeder Bewegung, in jeder Miene. Aber am stärksten war sie fühlbar in der Musik. Ja, der Stern, der ihnen Frieden gebracht hatte, war nun erloschen. Tito, der römische Kaiser Titus, war tot. Davon sangen sie. Auch Sesto, der glaubte, er trage Mitschuld, er sei zum Verräter an seinem Freund Tito geworden. Und gleich darauf wurde die Verzweiflung noch verstärkt durch den Chor. Jede Silbe stand für sich, hingesetzt mit Schwere. Jedes Wort machte tief betroffen, wie ein bedrückter Schritt nach dem nächsten in einem bewegenden Trauermarsch.

»Oh nero tradimento, oh giorno di dolor!« In leiderfüllter Klage endete die Passage.

O schwarzer Verrat. O Tag des Schmerzes. Fast schonend setzte das Orchester die beiden Schlussakkorde, überaus vorsichtig, achtsam. Das Publikum war ergriffen, ähnlich den Protagonisten in der Szene. Es dauerte fast 20 Sekunden, ehe der Applaus einsetzte. Was für ein mitreißendes Finale des ersten Aktes. Bianca begann zu jubeln, so wie andere Zuschauer auch. Schließlich erhob sie sich. Sie hatte ja noch etwas zu erledigen. Noch ganz aufgewühlt vom Spiel der Darsteller und vor allem von der Musik eilte sie nach unten ins Foyer. Die von ihr gesuchte Dame war nicht zu sehen. Sie wandte sich an eine der anderen Garderobenfrauen.

»Die Marie ist heute schon gegangen. Sie fühlte sich nicht so besonders. Hoffentlich ist da nicht die Sommergrippe im Anmarsch. Aber vielleicht kann ich Ihnen weiterhelfen, gnädiges Fräulein.«

»Leider nein. Aber danke für Ihre Freundlichkeit.«

»Gern geschehen.«

Sie wandte sich ab, begab sich zurück ins Foyer. Sie hätte die hilfsbereite Dame auch nach dem Nachnamen der Kollegin fragen können. Doch das herauszufinden, überließ sie lieber dem Abteilungsinspektor. Und wer weiß, vielleicht irrte sie sich doch. Es konnte gut sein, dass sie damals auf dem Markt eine ganz andere Person gesehen hatte. Sie würde nach dem Ende der Aufführung entscheiden, ob sie den Polizisten anrief oder nicht. Jetzt wollte sie noch kurz hinaus in die Sonne. Sie freute sich schon auf den zweiten Akt. Der würde gleich mit einem freudvollen Moment für Sesto beginnen. Das Kapitol brannte zwar. Aber Tito war nicht tot. Er hatte überlebt. Unwillkürlich fasste sie sich ans Herz. Die tote Kollegin kam ihr in den Sinn. Für Isolde, und vor allem für die Hinterbliebenen, war es in jedem Fall ein *Giorno di dolor*. Nicht nur einer. Viele. Und war vielleicht auch da *Tradimento* im Spiel? Verrat? Sie wollte jetzt wirklich nicht daran denken. Sie begab sich rasch an die Bar, bestellte sich ein Glas Sekt.

3

Merana und der Abteilungsinspektor trafen sich gegen 17 Uhr im Büro, um das abzugleichen, was beide bei ihren Befragungen bisher erfahren hatten.

»Und jetzt, Martin, gebe ich die Informationen an die Kollegen weiter und übernehme die Koordination für die noch offenen Ermittlungsschritte. Und du fährst nach Haus und legst dich hin. Sonst wird das nichts heute Abend mit deinem ›Jedermann‹. Du schaust wirklich hundeelend aus.«

Ja, so fühlte er sich auch. Er hatte vergangene Nacht nicht eine Sekunde geschlafen. Und auch die Nacht davor nicht viel. Da war er gerade einmal auf zwei oder drei Stunden gekommen.

»Danke, Otmar. Und wenn sich etwas ergibt ...«
»... dann rufe ich dich sofort an.«

Er fuhr nach Hause. Die »Jedermann«-Aufführung begann um 21 Uhr. Da blieb ihm noch genug Zeit, sich tatsächlich hinzulegen, ein wenig Schlaf aufzuholen. Er hatte gerade die Wohnungstür aufgesperrt, da läutete das Handy. War das schon Otmar? Gab es Neues? So schnell? Nein, es war Jennifer.

»Hallo, meine Liebe, schön, dich zu hören. Bist du schon zurück von deiner Geschäftsreise oder noch in Portugal?«

»Nein, ich bin seit einer Stunde zurück in Hamburg.«

Er hatte Jennifer anlässlich eines Falles kennengelernt. Dieser Fall hatte sie beide auf persönliche Weise betroffen. Jennifers Vater war in Salzburg tot aufgefunden worden. Und wie sich bald herausstellte, hatte Hans von Billborn vor vielen Jahren Meranas Mutter kennengelernt. Und genau mit dieser Begegnung der beiden, weit in der Vergangenheit, hatte der Fall und die Ermordung des deutschen Unternehmers zu tun. Merana und Jennifer waren sich im Lauf der Ermittlungen näher gekommen. Diese Verbindung hielt an, sie dauerte immer noch. Jennifer hatte sich schon vorher an den Geschäftstätigkeiten des Vaters beteiligt und nach dessen Tod das Unternehmen alleine übernommen.

»Ich hatte viel zu tun, konnte mich kaum um anderes kümmern als um die Meetings mit meinen Geschäftspartnern. Erst heute beim Rückflug wurde mir langsam klarer, was sich sonst noch so alles in der Welt abspielte. Und da bin ich natürlich auch auf Salzburg gestoßen, mein Lieber.

Was lese ich da? Du hast einen Mordfall am Hals? Und zudem gibt es ernsthafte Terrorwarnungen für manche Veranstaltungen der Salzburger Festspiele? Na, da wird es wohl ziemlich heftig zugehen, wenn ich, wie ursprünglich ausgemacht, in zwei Wochen nach Salzburg komme.« Er freute sich, ihre lebensfrohe Stimme zu hören. Dennoch entging ihm nicht die Spur an Besorgnis, die er raushörte.

»Meine Liebe, wenn du dir Sorgen wegen der Aufführungen machst, die wir besuchen wollen, wegen ›La Clemanza di Tito‹ und den zwei Orchesterkonzerten, dann verstehe ich das gut. Ja, es kann gefährlich werden, keine Frage. Deshalb hast du mein vollstes Verständnis, wenn du lieber in Hamburg ...«

»Martin!« Er erschrak leicht über ihren heftigen Zwischenruf.

»Es ist lieb von dir, wenn du das sagst. Aber genau das werden wir nicht machen. Auf keinen Fall! Natürlich werden wir uns die Aufführungen geben, denn darauf freuen wir uns schon lange. Und wir werden uns auch mitten hineinstürzen ins festspielsommerliche Leben in der Stadt. Denn genau das wollen diese schrecklichen weltzerstörenden Typen ja erreichen. Dass wir unsere westliche Ordnung aufgeben, dass wir unseren Alltag verlieren, dass wir uns nur mehr fürchten, keine Freude mehr empfinden dürfen. Das kommt überhaupt nicht infrage. Denn dann hätten sie schon gewonnen. Aber nicht mit uns, Martin, nicht mit uns!«

Sie war laut geworden. Die Stimme klang energisch.

»Ähnliches habe ich heute schon einmal gehört. Von Carola. Sie berichtete über die Stimmungslage bei den

Festspielen und bei den eingesetzten Sicherheitskräften. Man wolle keinesfalls im Vorfeld kapitulieren. Wir lassen uns nicht von denen in die Knie zwingen!, hieß es da.«
»Wunderbar, Martin. Genau so soll es sein. Grüß Carola bitte von mir. Und jetzt lass uns noch ein wenig über anderes plaudern.«
Sie erzählte ihm von Portugal. Er ließ sie wissen, dass er heute Abend die »Jedermann«-Aufführung auf dem Domplatz sehen werde. Dann überlegten sie, was sie sonst noch alles unternehmen könnten, wenn Jennifer in zwei Wochen da wäre. Zum Schluss richtete sie noch beste Grüße für die Großmutter aus. Dann war das Gespräch zu Ende. Jetzt konnte er sich hinlegen. Vielleicht schaffte er wenigstens eine Stunde Schlaf. Noch besser wären zwei.

Ein Freund hat uns beschieden,
er heißet Jedermann.
Der Mann ist guter Art,
hat eine Freundin zart.
Drum blieb er ungemieden,
und hat er uns beschieden,
so treten wir heran.

Der Vorsänger war tatsächlich mit einem kräftigen Organ ausgestattet. Die Stimme erfüllte locker das weite Rund des Domplatzes, war wohl weit darüber hinaus zu vernehmen. Ganz sicher noch auf dem halben Residenzplatz. Und wohl auch weit hinein in den angrenzenden Kapitelplatz, dachte Merana. Darüber freute sich wohl auch der Mann auf seiner Kugel. Die Touristen liebten diese Skulptur, ließen sich oft damit ablichten. Und wohl auch ein Großteil der Salzburger mochte die riesige große goldene Kugel mit der Männerfigur obenauf. Sie stand zwar nicht in der Platzmitte, aber sie beherrschte dennoch durch ihre auffällige Erscheinung das weitläufige Areal des Kapitelplatzes. »Balkenhol-Mozartkugel« wird sie von den Bewohnern gerne genannt. Das Kunstwerk des deutschen Bildhauers Stephan Balkenhol ist Teil einer ganzen Reihe von spektakulären Installationen im öffentlichen Raum, initiiert von der Salzburg Foundation. Unwillkürlich drehte Merana den Kopf ein wenig nach rechts. Aber er konnte von seinem Platz aus den Mozartkugel-Mann wegen der Dombögen nur schwer ausmachen. Dafür ergatterte er einen beeindruckenden Blick auf die Festung, die über dem gesamten Ensemble prangte. Auf der Bühne stimmte nun die gesamte Tischgesellschaft in das fröhliche Lied ein.

Wohlauf, antreten
in fröhlichem Tanz.
Schalmeien, Drommeten,
wir sein hier gebeten
zu Fackeln und Glanz.
Und kommen mit Tanz.

Vor wenigen Minuten war die Schar der Feiernden auf die Bühne gestürmt, ausgelassen angeführt von der Buhlschaft. Bald würde die aufgekratzte Stimmung des herrschaftlichen Gastgebers den einen oder anderen völlig unerwarteten Aussetzer bekommen. Die Gesellschaft würde erschrecken. Die Verwunderung würde zunehmen. Merana war nahezu jede Szene des »Jedermann«-Spiels vertraut. Er genoss auch dieses Geplänkel. Er hatte es geschafft, um 20.30 Uhr in der Stadt zu sein. Da war sich sogar noch ein kühler Drink an einer der Stehbars ausgegangen, ehe er sich in der fünften Zuschauerreihe niederließ. Was ihn immer herzbewegend beeindruckte, war dieser unvergleichliche Hintergrund, den das »Jedermann«-Drama gerade auf diesem Platz darzubieten hatte. Der Anblick war einfach überwältigend. Wie eine riesige Wand wuchs hinter den Darstellern auf der Bühne die machtvolle Fassade des Doms in die Höhe. Die beiden Türme ragten auf, als streiften sie den Himmel. Der Prachtbau des Ideengebers, des unvergleichlichen Barockbaumeisters und Architekten Santino Solari, beeindruckte mit seiner Stirnseite aus Untersberger Marmor schon, wenn man nur unter normalen Umständen darauf schaute. Doch wenn diese dreigeteilte steinerne Wand zum undurchdringlichen Wall für das einsame Sterben wurde, dann berührte es Merana noch mehr. Gerade auch jetzt empfand er das. Die riesigen Skulpturen an der Fassade, die mächtigen Halbsäulen und Mauerteile schienen in der immer stärker einsetzenden Dämmerung durch die Lichtmagie der Scheinwerfer förmlich zu vibrieren.

Sitz! Red zu ihnen ein freundlich Wort!

Merana horchte auf. Normalerweise sagte die Buhlschaft das zu ihrem Geliebten in mitfühlend freundlichem Tonfall. So hatte er es zumindest bisher erlebt. Bittend, manchmal auch bettelnd. Doch Senta Laudess hatte einen ganz anderen Ton angeschlagen. Das hörte sich eindeutig nach Befehl an. Die Buhlschaft schnauzte den Gastgeber richtig an. Und normalerweise äußerte der Hausherr das Folgende auch ganz klar zu seinen Gästen in der Tischgesellschaft. Aber Xaver Reistatt in der Rolle des Jedermann trat an den Rand der Bühne und blickte mit schmal zusammengepressten Augen die Zuschauer an.

Ihr Leute, seid ihr auch recht am Ort?
Ihr sehet mächtig fremd mir aus.

Das wirkte. Merana merkte es am Verhalten seiner Sitznachbarn. Auch er selbst nahm an sich ein beklemmendes Gefühl wahr. Das Spiel auf der Bühne schien innezuhalten, wirkte, als wäre es plötzlich eingefroren. Die eben vernommene Frage schwebte über dem gesamten Platz.

Ihr Leute, seid ihr auch recht am Ort?

Merana merkte, wie er den Atem anhielt. Seine Sitznachbarin offenbar auch. Nichts geschah. Die Regungslosigkeit dauerte schon eine Minute. Aber keiner der Zuschauer, zumindest in Meranas Nähe, rührte sich. Das Gefühl der Befremdung war nahezu greifbar. Dann sprang der Magere Vetter auf.

Potz Velten, Vetter Jedermann,
Wollt Ihr uns wiedrum treiben fort?

In der nächsten Sekunde explodierte die Starre, und ausgelassener Wirbel erfasste die exaltiert überspannte

Tischgesellschaft. Alle redeten wirr durcheinander. Der Dicke Vetter musste sogar richtig brüllen, um in seiner Erwiderung gehört zu werden. Welch großartigen Theatermoment hatten sie alle eben durch dieses Innehalten nach Jedermanns Frage erlebt! Merana lehnte sich zurück. Er atmete tief durch. Er war gespannt, was ihn bei dieser Vorführung noch alles erwartete. Das ausgelassene Spiel polterte weiter wild über die Bühne. Merana genoss, was er zu sehen bekam. Es war ihm schon beim Platznehmen der Tischgesellschaft aufgefallen, dass man Isoldes Rolle offenbar nicht nachbesetzt hatte. Er hatte es an der Anzahl der Festgäste bemerkt. Die paar kümmerlichen Sätze, die für das Fräulein laut Textbuch vorgesehen waren, hatte man wohl auf die anderen verteilt. Das fröhliche Treiben in der Gästeschar des reichen Mannes nahm unaufhaltsam seinen Fortgang. Und dann kam der Moment, auf den viele im Zuschauerrund wohl schon gewartet hatten. Die ersten Jedermann-Schreie waren zu hören. Sie kamen von den Türmen, aus der nahen Umgebung, aus der Stadt.

Mein Gott, wer ruft da so nach mir?
Von wo werd ich gerufen so?

Das Entsetzen hatte Jedermann erfasst. Wieder einmal wurde Merana bewusst, dass der große Erfolg dieses Stücks wohl auch ganz einfach darin lag, dass jeder das gezeigte Spiel auf Anhieb verstand. Da brauchte es keine literaturgeschichtlichen Hintergründe, kein Einlesen in Erklärungen, kein langes Nachforschen. Wirklich jeder erfasste sofort, was er sah. Und jedem war klar, dass das

Gezeigte auch mit ihm selbst zu tun hatte. Was sich ihm hier darbot, kannte jeder auch aus seinen eigenen Erfahrungen, aus seinem Leben. Eben war man noch fröhlich gewesen. Man freute sich über das Dasein, über seinen Erfolg, über liebe Menschen, die einen umgaben. Und dann passierte es. In der nächsten Sekunde. Mit einem Schlag. Plötzlich stand er da, der dunkle Bote. Der Tod. Und alles war aus. Endgültig. Beim Spiel auf der Bühne ging es noch darum, dass Jedermann sich noch eine Stunde Zeit erbat, um Begleitung für seinen Gang ins Jenseits zu finden. Auch das verstand jeder ohne große Erklärung. Im gezeigten Spiel auf der Bühne gab es nach den ersten Schreien noch eine kleine Finte. Denn kurz darauf tauchte der Gute Gesell auf. Man gewann tatsächlich den Eindruck, es könnte er gewesen sein, der gerufen habe. Doch dann setzte das grässliche Rufen erneut ein. Und wieder schien es nur Jedermann zu hören und keiner von den anderen. So war es im Textbuch zumindest vorgesehen. Doch Merana war verblüfft bei dem, was er sah. So wie die Buhlschaft sich bewegte, wie sie aufmerksam in die Richtung lauschte, aus der die Stimmen herbeidrangen, schien auch sie die Rufe zu hören.

Ich hör keinen Laut.

Diesen Satz hatte sie zu sagen. So stand es ja im Textbuch. Doch ihr Verhalten verriet ganz anderes. Und das Perlen des raffinierten Lächelns über ihre leicht geöffneten Lippen auch. Merana beugte sich angespannt nach vorn. Wie hatte Jutta Ploch es heute bei der Veranstaltung im Schüttkasten ausgedrückt? Man hat fast den Eindruck, die Buhlschaft weiß genau, dass der dunkle Bote kommt. Dieser Eindruck verstärkte sich auch bei ihm. Besonders in dem Augenblick, als der Tod sich dann tatsächlich ankündigte. Die Buhlschaft hatte davor schon ganz bewusst, mit fast neugierigem Leuchten im Blick, immer wieder zu genau jener Stelle geblickt. Und dann tauchte er schließlich endgültig auf. Langsam bewegte er sich aus dem Hintergrund. Es schien fast so, als habe er sich einfach aus der undurchdringlichen mächtigen Wand herausgelöst, die von der Fassade der riesigen Kirche gebildet wurde.

Ei Jedermann! ist so fröhlich dein Mut?
Hast deinen Schöpfer ganz vergessen?

Noch reagierte keiner aus der Tischgesellschaft. Noch hatte ihn niemand bemerkt. Außer der Buhlschaft, wie Merana feststellte. Die blickte zu ihm. Und er kurz zu ihr. Bald darauf stellte Jedermann die berühmte Frage. Und es kam auch die bekannte Antwort. Und auf die hatten dann alle Figuren auf der Bühne zu reagieren.

Auch kenn ich dich nit, was bist du für ein Bot?

Ich bin der Tod, ich scheu keinen Mann,
tret jeglichen an und verschone keinen.

Das Gekreische in der Tischgesellschaft war mächtig. Es schwoll an wie ein heulender Wirbelsturm. Alle sprangen auf, stoben Hals über Kopf davon. Nur die Buhlschaft nicht. Merana hatte es auch nicht erwartet, so wie die großartige Senta Laudess diese Rolle anlegte. Hier tobte keine aufheulende Zicke einfach davon. Hier schritt eine selbstbewusste, charakterstarke Frau ganz langsam über die Bühne in Richtung Ausgang. Und ehe sie diesen erreichte, drehte sie noch einmal den Kopf. Und der dunkle Bote sandte ihr seinerseits einen Blick zu. Man hatte fast den Eindruck, hier nehmen zwei Geschäftspartner Abschied, denen an derselben Sache gelegen ist. Einfach großartig, schoss es Merana durch den Kopf. Überragend. Ihm fiel kein besseres Wort dazu ein. *Man könnte fast meinen, sie sei diejenige, die ihn gerufen hat.* Auch das hatte Jutta heute gesagt. Er konnte das bestens nachvollziehen. Er lehnte sich zurück, seine Gedanken schwirrten rund um das eben Erlebte. Es fiel ihm schwer, sich wieder auf das Bühnenspiel einzulassen.

Drei Stunden später war er immer noch auf dem Domplatz. Die Aufführung war längst zu Ende. Es war ihm dann doch gelungen, sich nach und nach wieder der Vorführung zu widmen. Vor allem das Erscheinen und das Mitwirken der Werke, einer besonderen Figur im Spiel, hatte ihm gut gefallen. Das hitzköpfige Gepoltere des Teufels weniger. Doch den meisten Zuschauern schon. Es wurde viel gelacht dabei. Und es wurde am Schluss auch lange applaudiert. Aber keiner der Darsteller war zum Schlussapplaus auf der Bühne erschienen. Das hatte Tradition bei dieser Aufführung, wie Merana wusste.

Nun hat er vollendet das Menschenlos,
tritt vor den Richter nackt und bloß.

Der Figur des Glaubens war es gegeben, die Schlussworte zu sprechen. Jedermann war tot. Damit war das Spiel endgültig vorbei. Keiner hatte sich mehr auf der Bühne zu zeigen. Merana hatte gewartet, bis auch wirklich der letzte Besucher den abgesperrten Tribünenbereich verlassen hatte. Aber er war den anderen nicht gefolgt. Er wollte noch hierbleiben. Auf dem Platz. Vor der nächtlichen Fassade des Doms. Allein. Ja, auch er hatte in letzter Zeit einige Male über das Auftreten des dunklen Boten nachgedacht. Schon allein durch seinen Beruf war er ja ohnehin ständig eng mit dem Tod verbunden. Aber auch damals, als er in der Klinik war, weil ihn selbst eine Kugel getroffen hatte, hatte er viel darüber nachgedacht. Auch bei anderen Gelegenheiten. Zum Beispiel, als er nur knapp dem Tod entronnen war, weil Wendy ihn gerettet hatte. Ihm waren viele Situationen vertraut in seinem Leben, die mit dem möglichen eigenen Tod und dem tatsächlichen von anderen zu tun hatten. Auch in der vergangenen Nacht war ihm der Gedanke an den Tod sehr nahe gewesen, als er sich zum Tatort an der Nonnbergstiege begeben hatte. Hier hatte einen Tag zuvor die Leiche einer jungen Frau gelegen. Er hatte Isolde Laudess zu Lebzeiten nicht gekannt. Aber herauszubekommen, wer dafür gesorgt hatte, dass sie nicht mehr unter den Lebenden war, das lag jetzt in seiner Verantwortung.

Er hockte sich auf die Einfassung der großen Publikumstribüne. Er ließ langsam seinen Blick über die mittlerweile verwaiste Bühne wandern. Seine Augen erreichten die imposante steinerne Fassade. Sie bildete einen Wall an der Grenze zur Ewigkeit. Hier war er vorhin erschienen, der dunkle Bote, als Figur in einem dramatischen Spiel. Doch oft erschien er so auch im wirklichen Leben. Ganz plötzlich. Ohne sich anzukündigen. Und er schlug zu. Doch was war dann? Er ließ seine Augen langsam weitergleiten, folgte den dunklen Umrissen der beiden Türme nach oben. Was blieb dann? Er wusste es nicht. Niemand wusste das. Viele glaubten an irgendeine Form von Jenseits. Die Großmutter war überzeugt davon, dass es neben dieser für alle spürbaren Welt auch noch eine andere gab. Die Figuren aus dem »Jedermann«-Stück glaubten das auch. Wäre es anders, ergäben die Gründe für ihr Handeln ja keinen Sinn. Darum ging es ja. Herausgerissen zu werden aus diesem Leben und gut hinüberzukommen in ein Jenseits. Er nicht. Er war davon nicht überzeugt, obwohl ihm der Tod oft nahe war. Hoffte er wenigstens darauf? Auf ein Leben nach dem Sterben? Er wusste es nicht. Ihm war kalt. Obwohl die Nachtluft sich eben noch mild angefühlt hatte, fröstelte ihn. Er erhob sich. Es war Zeit, den Heimweg anzutreten.

4

Verdammt, verdammt, verdammt! Das Hämmern in seinem Hirn war wie ein rastloses Poltern. Er musste achtgeben, sich besser auf den Fahrweg zu konzentrieren. Gott sei Dank hatte er sich wenigstens vor zwei Wochen eine neue Lampe für sein Fahrrad besorgt. Hat fast 40 Euro gekostet, das Ding. »Das Design ist natürlich blendfrei. Und der Akku reicht auch im Vollhelligkeitsmodus für rund acht Stunden«, hatte ihm der Verkäufer vorgeschwärmt. »Macht jede Ihrer Nachtfahrten viel sicherer. Bei jeder Umgebung haben Sie garantiert eine Sichtweite von 200 Metern. Selbstverständlich wasserdicht. Da können Sie jede Fahrt im Regen voll genießen.« Na, zum Glück regnete es heute nicht. Sie hatten auch die »Jedermann«-Vorstellung problemlos auf dem Domplatz abhalten können. Und wenn er den Wetterfritzen glaubte, dann würden sie auch die nächste Aufführung im Freien abhalten und nicht ins Große Festspielhaus wechseln müssen. Draußen war die Stimmung einfach viel besser. Verdammt! Ausweichen! Folker Hartling riss am Lenker und wich dem Hindernis aus, das sich plötzlich vor ihm zeigte. Da lagen doch tatsächlich zwei Getränkekisten auf der Straße. Schweinerei. Garantierte Sichtweite von 200 Metern, hatte es geheißen. Das mochte schon stimmen. Jetzt waren es zwar nur 50 bis 60 Meter gewesen. Vermutlich hätte er die verfluchten Kisten schon aus größerer Entfernung gesehen, wenn er sich mehr auf die Fahrt konzentrierte und nicht ständig an anderes dachte. Aber es war auch ärgerlich. Er hatte sich einfach zu blöd angestellt. Bleib ruhig, Folker, ermahnte er sich selbst, während er mit den Füßen kräftig in die Pedale trat. Bald wird ohnehin alles besser. Viel besser. Also konzentrier dich auf die Fahrbahn und vergiss den Abend einfach. Endlich, da vorne tauchte die Staatsbrücke auf. Nicht schlecht. Er hatte von Itzling bis daher sicher keine zehn Minuten gebraucht. Er würde noch auf dem rechten Salzachufer bleiben und erst beim Mozartsteg auf die andere Seite des Flusses wechseln. Dann hatte er es nicht mehr allzu weit. Er trat wieder etwas schärfer an, stieg auch am Steg nicht ab, sondern fuhr mit dem Rad einfach drüber. Ein einziger Passant musste ihm ausweichen. Sonst war nicht viel los um diese Zeit. Er blieb auf dem Rudolfskai, bog beim Landesgericht ab und erreichte schnell die Nonntaler Hauptstraße. Er würde sich zu Hause noch einen starken Gin einschenken. Ein großes Glas voll. Darauf freute er sich schon jetzt. Achte auf die Fahrbahn, Folker. Einbiegen in die alte Straße und frohgemut weiterstrampeln. Vorbei an der Erhardskirche. Dann nach der Bäckerei und der Brunnhausgasse und gleich darauf scharf links. Einbiegen in die Almgasse. Keine zwei Minuten mehr, dann wäre er zu Hause. Er hatte das Zwei-Zimmer-Appartement im Internet entdeckt. Die meiste Zeit war er ohnehin allein in dem großen Haus. Die Besitzer waren viel auf Reisen. In der Almgasse gab es wenig Umgebungslicht, aber das brauchte er ohnehin nicht. Er hatte ja seine tolle Fahrradlampe. Sichtweite von 200 Metern. Das längliche Etwas, das plötzlich vor ihm hochschnellte, bekam er gar nicht mit. Er spürte nur scharfes Brennen an der Brust. Im nächsten Moment wurde er aus dem Sattel geschleudert. Das Fahrrad schnellte noch weiter. Er wurde nach hinten gerissen, krachte mit dumpfem Knall auf den Rücken. Wie ein heißer Blitz fegte ihm ein höllischer Schmerz durch beide Schultern. Sein Hinterkopf donnerte gegen Hartes. Der Fahrradhelm verschob sich. Ihm wurde schwarz vor den Augen. Und das lag nicht an der Dunkelheit. Das lag an seiner Benommenheit. Und an der Gestalt, die er mühsam gerade noch wahrnahm. Die war auch schwarz. Die vermummte Kreatur holte schnell mit der Hand aus. Etwas blitzte darin. Ein Messer. Doch das bekam er nicht mehr mit. Alles, was er noch fühlte, war plötzlich heftiges Brennen am Hals. Dass ihm die scharfe Klinge ein zweites Mal den Schlund aufschlitzte, spürte er schon nicht mehr. Da war er schon eingetaucht in die Dunkelheit. Und die war endgültig.

DRITTER TAG

1

»Guten Morgen, Herr Kommissar.«
Der Streifenwagen stand direkt vor dem eindrucksvollen Baumriesen, der wie ein urzeitlicher Hüter den weiter dahinter liegenden Kinderspielplatz zu bewachen schien. Auf der rechten Seite bemerkte Merana die breiten gelben Bänder. Sie gehörten zur Absperrung am Beginn der Almgasse.
»Guten Morgen, Herr Kollege.«
»Einfach den Weg hier weiter, Herr Kommissar. Die Kollegen erwarten Sie oben, direkt vor dem Krauthügel.«
Der uniformierte Beamte schien neu in der Truppe zu sein. Er wirkte um einiges jünger als der Kollege, der ihn zuletzt in der Kaigasse eingewiesen hatte.
»Danke.«
In der Ferne war der Schlag einer Turmuhr zu vernehmen. Das musste Sankt Erhard sein. Das Gotteshaus lag in der Nähe, keine 300 Meter entfernt. Irgendwie ist es schon bemerkenswert, fiel ihm auf, während er die Almgasse hinauf eilte. Egal, wo man in der Stadt sich zum Einsatz aufhielt. Wo immer der Tatort lag, zu dem man gerufen wurde. In den meisten Fällen befand sich in unmittelbarer Nähe eine Kirche. Es gab auch genug davon. An die 50 Kirchen, wenn er das richtig im Kopf hatte, zählte man in der Stadt Salzburg. Dunkle und helle Schläge begleiteten den Kommissar auf seinem Weg. Es war genau sieben Uhr. Zu beiden Seiten der sanft aufwärts führenden Almgasse waren Häuser mit großen Gärten zu sehen. Es gab

nicht viele, aber sie vermittelten allesamt einen ansehnlichen Eindruck. Dass man in einigen Freiräumen zwischen den Häusern einen fantastischen Ausblick auf den gleich anschließenden Festungsberg und das erhabene Mauerwerk der Burg genießen konnte, war ihm bewusst. Aber dafür hatte er jetzt keine Zeit. Er kannte die Gegend. Er war hier auch schon des Öfteren gelaufen, zusammen mit einem Arbeitskollegen, der in der Fürstenallee wohnte, die in der Nähe lag. Er wusste, dass ihn dieser Weg bald zu einer ausladenden Wiese führen würde. Sie gehörte zum sogenannten Krauthügel. Der Name verwies darauf, dass dieser Landschaftsteil einst als Krautacker in Verwendung war. Er beschleunigte seinen Schritt. Dann sah er, wo er hin musste. Direkt am Übergang, wo der von Grundstücken gesäumte Weg sich zur Krauthügelwiese öffnete, war der Tatort auszumachen. Er erkannte Thomas Brunner und dessen Leute, daneben auch die Gerichtsmedizinerin. Er näherte sich, nahm das letzte Stück im bewusst langsamen Tempo. Zum wievielten Mal mache ich das schon?, fragte er sich. Wie oft habe ich den unsichtbaren Kreis überschritten, den der Tod hinterlassen hat? In dessen Mitte jedes Mal ein lebloser Mensch lag? Er wusste es nicht. Tausende Male. Gewiss nicht, aber es kam ihm so vor. Er blieb kurz stehen, schloss die Augen, versuchte die Umgebung zu spüren. Dann bewegte er sich langsam weiter.

»Guten Morgen, Martin.« Thomas Brunner reichte ihm die Hand. Auch die Gerichtsärztin wandte ihm den Kopf zu. »Guten Morgen.« Er trat näher. Sein Blick fiel auf die Leiche. Das klaffende Loch am Hals wirkte schockierend. Rund um den Kopf war der Boden dunkel. Der Tote hatte offenbar viel Blut verloren. Er erschrak, als er das aufgeschwollene Gesicht des Toten wahrnahm. Es schien fast zu einer Fratze erstarrt. Wenn er nicht schon vorher gewusst hätte, wer hier lag, wäre es ihm wohl schwergefallen, in der toten Person zu seinen Füßen den Schauspieler Folker Hartling zu erkennen.

»Habt ihr schon eine Ahnung, wie es passiert ist?«
Der Tatortgruppenchef wies auf das Fahrrad, das ein paar Meter entfernt offenbar in Fahrtrichtung auf dem Weg lag. Er lenkte Meranas Aufmerksamkeit auf einen Baum, der gleich hinter dem Zaun des angrenzenden Gartens zu erkennen war. Thomas Brunner deutete auf eine bestimmte Stelle an der Rinde. Eine große Kerbe war deutlich auszumachen. Der Kommissar glaubte zu verstehen, worauf Brunner hinauswollte.

»War dort ein Seil befestigt, eine Art Strick?«, fragte der Kommissar.

»Davon gehen wir aus«, erwiderte der andere. »Es dürfte sich allerdings nicht um einen Strick gehandelt haben. Wir glauben, der Täter benützte eine Art Metallkordel, vielleicht auch einen besonderen Draht. Das eine Ende hatte er hier an diesem Baum befestigt. Die Kordel führte dann wohl am Boden der Fahrbahn entlang quer hinüber zum gegenüberliegenden Garten. Dort lauerte der Täter, vielleicht hinter jenem Baum oder hinter der niederen Mauer.« Er ging hinüber, Merana folgte ihm.

»Das Metallseil hatte wohl eine dunkle Farbe, war also schwer auszumachen.« Brunner stieg über die kaum hüfthohe Mauer. »Wir schätzen, der Täter lauerte in diesem Bereich. Er sieht den Schauspieler den Weg heraufradeln. Wie man sieht, ist die Steigung eher gering. Der Fahrer konnte also ordentlich Tempo machen, war vermutlich

schnell unterwegs. Das zweite Ende der Kordel hatte der Täter wohl um diesen großen Metallpfosten geschlungen. Auch hier sind Abschabungen zu erkennen. Kaum ist der Radfahrer herangekommen, reißt der Täter kräftig am Metallseil. Die Falle schnappt in die Höhe, drischt den Fahrer aus dem Sattel. Und der Täter brauchte sich nur mehr mit gezücktem Messer auf ihn zu stürzen.«
Der Kommissar folgte den Ausführungen, versuchte, sich die Szene vorzustellen.
»Denkst du an einen Raubüberfall?«
Thomas Brunners Schultern zuckten. »Keine Ahnung. Aber ich bin sicher, Martin, das werdet ihr herausfinden.« Er stieg wieder über die Mauerabgrenzung zurück auf den Weg.
»Zumindest haben wir beim Toten kein Geld gefunden, bis auf ein paar eingesteckte Münzen. Das könnte auf einen Raubüberfall schließen lassen. Und wir fanden auch das. Vielleicht hätte ein Räuber das an sich genommen. Andererseits scheint es mir auch nicht besonders wertvoll zu sein. Also hätte es einen möglichen Räuber auch gar nicht interessiert.«
Er winkte einen seiner Männer herbei. Der reichte ihm eine Plastiktüte. Ein Lederband war darin zu sehen samt einem kleinen Anhänger. Bei der kleinen Figur dürfte es sich wohl um einen Löwen handeln, schätzte Merana. »Das hatte der Tote jedenfalls umgehängt, als wir ihn untersuchten.« Brunner gab die Tüte zurück an seinen Mitarbeiter. Merana wägte ab. Keine Brieftasche, nur ein paar Münzen und ein billiger Anhänger, der nicht mitgenommen wurde. Es könnte sich also tatsächlich um einen Raubüberfall handeln. Doch dieser enorme

Aufwand!, überlegte er weiter. Ein Metallseil befestigen, sich auf die Lauer legen. Dann musste man vermutlich auch eine gewisse Zeit warten, bis man endlich zuschlagen konnte. Nahm jemand diese Mühe auf sich? Nun, ihm waren im Lauf der vielen Jahre schon Täter begegnet, die hatten sich bei Raubüberfällen auf ganz andere hirnrissige Methoden versteift. Auch da hatte sich ihm oft die Frage aufgedrängt: Wer tut sich so etwas völlig Verrücktes an? Er wollte also Raub als mögliches Tatmotiv in jedem Fall mit in Betracht ziehen.

»War Otmar schon hier?«

»Ja, vor einer guten halben Stunde. Er ist bereits unterwegs in der Nachbarschaft, mögliche Zeugen aufzutreiben.« Das am Gürtel befestigte Funkgerät sprach an. Er zog es aus der Schlaufe, hielt es ans Ohr.

»Brunner.« Er hörte kurz zu, blickte dabei zum Kommissar.

»Danke, Herr Kollege.« Er steckte den Apparat zurück.

»Das war der junge Beamte von der Absperrung. Du mögest, wenn möglich, hinunterkommen. Eine Dame möchte dringend mit dir reden. Eine gewisse Frau Daimond.«

Die Öffentlichkeitschefin? Woher wusste Jana Daimond auch dieses Mal schon Bescheid, bevor sie eine Meldung über die offiziellen Wege gaben?

Vermutlich hatte der Polizeipräsident sich schon abseits der formellen Kommunikationspfade bewegt.

»Danke, Thomas. Ich rede mit ihr.«

Langsam ging er den Weg zurück.

»Herr Kommissar.« Sie rief ihm schon von Weitem zu. Er gab dem Kollegen ein Zeichen, sie durchzulassen. Sie eilte auf ihn zu. »Entschuldigen Sie, dass ich hier auftauche. Es liegt mir völlig fern, Sie von Ihrer Arbeit abzuhalten. Aber ich wusste in meiner Sorge nicht so recht, was ich tun sollte.« Sie schaute an ihm vorbei. Doch der Weg machte hinter seinem Rücken eine leichte Biegung. Er war sicher, sie konnte von hier aus nicht bis zum Tatort sehen. »Das geht schon in Ordnung, Frau Daimond.« Sie blickte ihn wieder an.

»Handelt es sich bei …« Sie kam ins Stocken, suchte offenbar nach den richtigen Worten. »Ich meine, ist die Person, die hier zu Schaden kam, tatsächlich Folker Hartling?« Er bestätigte es. Für einen Moment wich alle Farbe aus ihrem Gesicht.

»Ach, wie furchtbar.« Kommt sie jetzt ins Taumeln, wird sie gleich zusammenbrechen?, schoss es ihm in den Sinn. Er streckte zur Sicherheit die Hand aus. Doch sie hatte sich schon wieder im Griff. Nur ein leichtes Zittern war ihr anzumerken.

»Was soll das nur bedeuten, Herr Kommissar? Vorgestern der Tod von Isolde Laudess, und heute, nur zwei Tage später, wird Folker Hartling tot aufgefunden. Besteht irgendein Zusammenhang zwischen diesen beiden schrecklichen Todesfällen?«

»Darauf auch nur eine einigermaßen seriöse Antwort zu geben, ist derzeit viel zu früh, Frau Daimond. Gerade beim jetzigen Todesfall stehen wir erst am Anfang unserer Ermittlungen.« Sie schüttelte den Kopf, die Fassungslosigkeit war ihr anzumerken. »Aber sie waren immerhin Kollegen, beide gehörten zum diesjährigen ›Jedermann‹-Ensemble.« Das zumindest stand außer Frage. Aber Merana wollte darauf jetzt nicht eingehen.

»Wir haben in drei Tagen die nächste ›Jedermann‹-Vorstellung. Ich habe noch keine Ahnung, was jetzt werden soll. Intendanz und Präsidium müssen dringend entscheiden, wie vorzugehen ist. Doch dort ist man derzeit völlig mit den geplanten Sicherheitsvorkehrungen wegen der möglichen Terrorgefahr mehr als ausgelastet. Und nun das! Zwei Todesfälle in der ›Jedermann‹-Besetzung. In jedem Fall werde ich umgehend Regisseur Enrico Roller kontaktieren. Erst dann können wir eine offizielle Erklärung für die Öffentlichkeit vorbereiten.«

Er legte ihr beruhigend den Arm auf die Schulter. »Das wird vermutlich am besten sein, Frau Daimond. Und ich verspreche Ihnen, Sie sofort in Kenntnis zu setzen, wenn sich aus unseren Ermittlungen etwas für Sie Aufschlussreiches ergibt.«

»Danke, Herr Kommissar. Ich werde zwar gleich mit Arbeit überhäuft sein, aber scheuen Sie sich nicht, mich zu kontaktieren, wenn ich Ihnen für Ihre Arbeit in welcher Form auch immer behilflich sein kann.« Sie streckte ihm die Hand hin. Dann machte sie kehrt und ging langsam den Weg zurück in Richtung Absperrung. Er blickte ihr hinterher. Er konnte ihre Sorge absolut nachvollziehen. Zweimal Mord innerhalb von zwei Tagen. Lag ein Grund für die Verbrechen womöglich darin, dass beide Darsteller der Tischgesellschaft beim »Jedermann« angehörten? Sollte er sich darauf gefasst machen, dass es womöglich bald weitere Opfer aus der Schauspielerriege gab? Oder existierte eine ganz andere Verbindung zwischen der toten Isolde Laudess und dem ebenfalls ermordeten Folker Hartling? Es bestand eine Verbindung zwischen den beiden Morden. Zweifellos. Aber welche? War sie schon sichtbar, wenigstens in Ansätzen? Und er hatte sie nur noch nicht ausgemacht? Oder existierte ein Zusammenhang, von dem er und seine Kollegen gar nichts wussten? Er blickte hoch zur Festung. Dann schaute er wieder auf den Weg. Wann würde er sich entlang des Almwegs wohl wieder unbeschwert bewegen können? Über die Wiesen des Krauthügels laufen, vorbei am prächtigen historischen Gebäudekomplex des Seniorenwohnhauses hinüber bis zum Leopoldskroner Weiher. Und dazwischen sich immer wieder am Anblick der Festung erfreuen. Wann? Hoffentlich bald. Das wünschte er sich sehr. Aber zuvor musste er dringend Antworten finden. Die ihn hart bedrängenden Fragen harrten auf Erklärungen. Er musste das Rätsel lösen. Ein großes Fahrzeug preschte heran, machte knapp vor der Absperrung halt. Gleich dahinter erschien ein zweites. TV-Satelliten-Wagen. Presseleute. Woher wussten die immer so schnell Bescheid? Zumindest darauf hatte er eine Antwort. Das waren eben Profis. Die machten nur ihre Arbeit. So wie er. Wo immer ihm Profis begegneten, die ihren Job bestens zu erledigen wussten, nötigte ihm das eine gewisse Form von Respekt ab.

2

Er hatte das Teammeeting für 13 Uhr angesetzt. Alle konnten nicht daran teilnehmen. Einige aus der Gruppe waren noch unterwegs, um den Ermittlungen aus dem ersten Fall nachzugehen, dem Mord an der Schauspielerin. Merana bat Thomas Brunner, mit den bisher gewonnen Erkenntnissen aus der Tatortgruppe zu beginnen.

Brunner aktivierte Beamer und Laptop, zeigte die Bilder vom Tatort. Deutlich waren in einigen Großaufnahmen auch die Abschürfungen und Einkerbungen am Baum und am Metallpfosten zu erkennen.

»Wir haben die vorgefundenen Spurenteile inzwischen auch im Labor untersucht. Das Ergebnis ist eindeutig. Der Täter hat ein dünnes Metallseil benützt. Farbe schwarz. Durchmesser etwa drei bis vier Millimeter. Das passt auch zum Abdruck am T-Shirt im Brustbereich.«

Er unterstrich die Aussage durch entsprechende Bilder. Zu sehen war auch die tiefe Schramme im Brustbereich des Opfers, die der angespannte Draht verursacht hatte.

»Frau Dr. Plankowitz ist gemäß ihrer Analyse sehr sicher, dass der Mord zwischen halb eins und halb drei Uhr passierte.«

»Gibt es Zeugen?«, fragte eine Kollegin, zugeteilt aus dem Ermittlungsbereich Betrug.

»Derzeit haben wir noch keine gefunden«, antwortete Otmar Braunberger.

»Steht fest, warum das Opfer zur Nachtzeit auf diesem Wegabschnitt unterwegs war?«, wollte die Kollegin als Nächstes wissen.

»Man kann davon ausgehen, dass er sich auf dem Heimweg befand. Das Haus, in dem Folker Hartling seit Anfang Juli ein kleines Appartement zur Miete bewohnte, liegt kaum 150 Meter weit vom Tatort entfernt.«

»Von wo kam er her?« Die Kollegin stellte die nächste Frage.

»Das wissen wir derzeit nicht«, übernahm Merana. »Fest steht bisher nur, dass Folker Hartling gestern Abend wie vorgesehen seinen Auftritt auf der ›Jedermann‹-Bühne mit allen anderen aus der Tischgesellschaft absolvierte. Er wurde danach wie gewohnt zusammen mit dem Ensemble zu den Künstlergarderoben im Großen Festspielhaus gebracht. Er hatte es offenbar sehr eilig, wie uns mittlerweile von drei Kollegen bestätigt wurde, die wir unter Mithilfe der Öffentlichkeitsreferentin befragen konnten. Hartling verabschiedete sich bald und fuhr mit dem Fahrrad weg. Wohin er wollte, wussten die Herrschaften allerdings nicht. Aber wir werden natürlich alle Beteiligten aus der Tischgesellschaft einer Befragung unterziehen. Einige waren bisher nicht erreichbar. Wie immer verteilen wir am Ende dieser Besprechung die nächsten dringend notwendigen Aufgaben.« Dazu kamen sie eine halbe Stunde später. Thomas Brunner zeigte noch Bilder von den Wunden am Hals des getöteten Schauspielers. Er erklärte, was die Untersuchungen der Gerichtsmedizin dazu bisher erbracht hatten. Er lieferte auch Angaben zur Art des Messers, das bei der Tat vermutlich benutzt worden war. Er unterlegte die Ausführungen mit Fotos von möglichen Modellen, die für die Tatwaffe infrage kämen.

Dann war er mit seinen Ausführungen zu Ende. Merana besprach die nächsten Ermittlungspunkte, teilte die Aufgaben zu. Dann ging man auseinander.

Zurück im Büro griff Merana nach dem Handy und wählte die Nummer von Jutta Ploch.

»Hallo, Martin, irgendwie habe ich deinen Anruf erwartet. Was ist denn da los bei euch, Commissario? Vorgestern die erste Leiche aus der ›Jedermann‹-Tischgesellschaft. Heute die nächste. Gefällt da jemandem die Inszenierung nicht? Und wenn das der Fall ist, wann kommt der schreckliche Teufel dran, der mit seinem lausigen Spiel sogar mir die Laune verdarb? Hoffentlich als Nächster.«
Er hörte ein schwaches Klirren. Vermutlich klopfte die Journalistin gegen ein Glas oder eine Kaffeetasse. »Entschuldige, Martin. Ich wollte nicht geschmacklos sein. Es geht immerhin um zwei brutal ermordete Menschen. Aber manchmal ist die böse Realität wohl nur mit Galgenhumor zu ertragen. Was kann ich für dich tun?«

»Kannst du dich für mich ein wenig umhören? Den offiziellen Weg zu Informationen eröffnet mir die hilfsbereite Jana Daimond. Aber ich brauche mehr. Was ist über Folker Hartling abseits der offiziellen Biografiedaten herauszukriegen? Gibt es irgendeine private Verbindung zur ersten Toten, zu Isolde Laudess?«

»Du gehst also nicht davon aus, dass Isoldes Tod und jener von Folker rein zufällig hintereinander passierten und miteinander nichts zu tun haben?«

»Nein.«

»Du bist der Kriminalist, du wirst das aus deiner Erfahrung entsprechend einschätzen. Aber ich darf hinzufügen, dass meine Journalistinnennase auch eine Verbindung wittert. Ich werde mich umhören, Commissario. Ich melde mich.«

Jemand schnappte sich auf der Nonnbergstiege eine schwere Figur aus einem Garten und drosch damit Isolde Laudess auf den Kopf. Kaum 48 Stunden später, ungefähr zur selben Nachtzeit, spannte jemand ein Drahtseil über den Fahrweg. Folker Hartling kam dadurch zu Sturz und wurde im nächsten Moment ebenfalls getötet. Wo bestand da der Zusammenhang? In Meranas Kopf arbeitete es. Unaufhörlich.

Der Dienstapparat auf seinem Schreibtisch summte. Es war die Sekretärin des Polizeipräsidenten. »Hallo, Martin, ich habe hier Frau Senta Laudess in der Leitung. Kannst du das Gespräch übernehmen?«

»Ja.« Er hörte ein kurzes Surren. Dann war die Schauspielerin zu vernehmen.

»Herr Kommissar. Was um Himmels willen geht da vor?« Ihre Stimme, deren Wohlklang er mittlerweile schon gut zu kennen glaubte, hörte sich jetzt anders an. Aufgebracht, vibrierend. »Vor zwei Tagen meine Schwester. Und heute Morgen das Unglück Folker. Was passiert da?«

Das fragte er sich auch pausenlos. Und das nicht erst, seit er den Tatort an der Almgasse verlassen hatte.

»Wo sind Sie, Frau Laudess?«

»In meiner Salzburger Wohnung. Ich habe heute keine Termine.«

Das traf sich gut. Er wollte ohnehin in die Stadt, sich nochmals mit Jana Daimond treffen. Es gab viel zu besprechen. Gleichzeitig fiel ihm ein, dass er seit dem Minifrüh-

stück zu Hause, bestehend aus zwei Tassen Espresso und einem halben Apfel, noch nichts zu sich genommen hatte.
»Wenn es für Sie passt, bin ich in etwa einer halben Stunde bei Ihnen. Dann können wir darüber reden.«
»Das wäre mir sehr recht.«
Sie bedankte sich, legte auf.

Er ließ sich in die Innenstadt bringen, genehmigte sich in der Kaigasse einen Kaffee und ein Mozzarella-Sandwich. Gleich darauf bog er in die Krottachgasse, läutete an der Tür. Die Schauspielerin öffnete ihm, führte ihn in den Salon. Auf dem kleinen Tisch war schon die Wasserkaraffe bereitgestellt. Er nahm Platz. Heute erschien ihm der Ausblick auf den Kapuzinerberg verlockender als beim letzten Mal.

»Können Sie mir sagen, was da genau passierte, Herr Kommissar? Es liegt wohl auch hier ein Verbrechen vor. Das hat Jana zumindest angedeutet.«

Er überlegte kurz, wie viel er ihr von den Umständen, die zur Ermordung des Schauspielers führten, weitergeben konnte. Immerhin waren die Medienleute schon zur Stelle gewesen. Ganz sicher schwirrten die ersten Berichte längst durchs Internet. Er hatte noch keine Zeit gefunden, sich davon ein Bild zu machen. Aber er hoffte, dass es den Kollegen gelungen war, die Presseleute wenigstens nicht bis zum Tatort vordringen zu lassen.

»Ja, Frau Laudess. Auch Folker Hartling wurde ermordet. So viel kann ich Ihnen sagen.«

»Wie schrecklich!« Das Entsetzen in ihren Augen schwoll an. Gleich darauf wurde ihr Blick milder.

»Dabei hatten wir noch vor Kurzem so viel Freude und

Spaß bei der Geburtstagsfeier im ›K+K‹. Bianca, Hadwin und Nick haben für Folker sogar ein lustiges Ständchen gesungen. Er hat sich riesig drüber gefreut. Auch über das Amulett, das ihm Bianca schenkte. Sein Sternzeichen. Er hängte es sich sofort um.«

»Sternzeichen?« Jetzt mischte sich sogar ein feines Lächeln in ihre traurigen Augen.

»Folker war Löwe.«

Merana verstand. Er hatte also doch richtig vermutet, dass der Anhänger am Band, den Thomas Brunner ihm gezeigt hatte, einen Löwen darstellte.

»Und er war offenbar sehr stolz auf sein Sternzeichen. Er prahlte damit auch vor anderen Gästen im Restaurant. Löwen sind sehr von sich überzeugt. Folker hat sogar einen brüllenden Löwen als Bildschirmschoner auf seinem Handy. Löwen lieben das Rampenlicht. Stolz und majestätisch. Und jetzt ist Folker …« Ihre Stimme klang mit einem Mal gebrechlich. Sie griff nach einem der Gläser, nahm einen Schluck Wasser.

»Entschuldigen Sie, Herr Kommissar. Aber die Erinnerungen an unsere kleine Feier und an die herzliche Stimmung, die Folker erleben durfte, gehen mir sehr nahe.« Sie nahm einen langen Schluck. Merana ließ ihr Zeit. Er versuchte, sich die Szene im Restaurant vorzustellen.

»Wenn ich mich richtig erinnere, sagten Sie mir bei unserem vorigen Gespräch, dass die beiden anderen Schauspieler, Hadwin Melos und Nick Zoller, nicht sehr lange geblieben waren, sondern bald aufbrachen. Gab es einen bestimmten Grund dafür?«

Sie schüttelte langsam den Kopf, überlegte.

»Eigentlich nicht, wenn ich es recht bedenke. Sie intonierten mit Bianca das wirklich sehr witzig vorgetragene Ständchen. Dann erhielt Folker von Bianca den Löwenanhänger zum Geschenk. Er stolzierte damit durchs Lokal. Gleich darauf haben sich die beiden verabschiedet. Es war vor allem Hadwin, der aufbrechen wollte. Und Nick musste sich anschließen, denn die beiden wohnen in der selben Pension, ein paar Kilometer außerhalb der Stadt. Und sie waren mit dem Auto von Hadwin da. Bianca, Folker, Isolde und ich sind einiges länger geblieben.«

»Hat sich danach etwas Ungewöhnliches ereignet? Stolzierte Folker nochmals durchs Restaurant? Verwickelte er sich in Gespräche mit den Gästen, mit dem Personal?«

Sie dachte nach, schloss kurz die Augen. »Nein, Herr Kommissar. Da war nichts dergleichen. Folker blieb neben Bianca am Tisch sitzen, bis Isolde und ich dann aufbrachen. Was danach im Restaurant passierte, entzieht sich natürlich meiner Kenntnis. Aber diese Frage kann Ihnen gewiss Bianca beantworten.«

Er hatte auch vor, sie danach zu befragen oder von Otmar befragen zu lassen. Denn eines war ihm nicht zuletzt auch durch dieses Gespräch deutlich bewusst geworden. Es gab eine Verbindung zwischen Isolde Laudess und Folker Hartling. Sie waren nicht nur Mitglieder in derselben Tischgesellschaft beim »Jedermann«. Sie waren auch zusammen im »K+K« Restaurant gewesen, bei der improvisierten Geburtstagsfeier. Und jetzt waren beide tot.

3

Das Diensttelefon schlug an. Otmar Braunberger hatte den Apparat gleich neben dem PC-Bildschirm auf seinem Büroschreibtisch.

»Braunberger.«

Eine Stimme meldete sich, die ihm bekannt vorkam. Er konnte sie nur nicht gleich zuordnen.

»Einen schönen guten Tag, Herr Abteilungsinspektor. Hier spricht Roman Tillitsch. Wissen Sie noch, wer ich bin?«

Und ob er das wusste. Und jetzt bekam er in seiner Vorstellung ein Gesicht zur Stimme. Er war Roman Tillitsch und dessen Schwester vor gut einem Jahr in einer unerfreulichen Sache beigestanden.

»Natürlich weiß ich das, Roman. Wie geht es Ihrer Schwester?«

»Danke, Lina geht es einigermaßen gut. Aber Sie können gerne weiterhin Du zu mir sagen, Herr Braunberger. Das klingt vertrauter.«

»Gerne. Was kann ich für dich tun, Roman?«

»Die Frage stellt sich vielleicht besser anders herum. Vielleicht kann dieses Mal ich etwas für Sie tun. Ich bin Ihnen noch einen Gefallen schuldig. Das habe ich nicht vergessen.« Das hatte Otmar Braunberger auch nicht angenommen. Er hatte den jungen Mann, der hoffentlich immer noch als Gärtnereigehilfe arbeitete, als rechtschaffenen Kerl erlebt. Trotz der vielen widrigen Umstände.

»Wobei willst du mir helfen?«

»Ich nehme an, Sie sind an der Untersuchung zum Mord an diesem Schauspieler beteiligt.« Diesen Zusammenhang hatte der Abteilungsinspektor nicht erwartet. Das verblüffte ihn.
»Folker Hartling? Kanntest du ihn?«
»Ich habe eben darüber im Internet gelesen. Schreckliche Sache.«
»Was willst du mir damit sagen, Roman?«
Der Anrufer wartete, legte eine kleine Pause ein.
»Kennen Sie das ›Paltengo‹?«
Braunberger kannte die Kneipe. Sie lag im Bahnhofsviertel, hatte nicht den allerbesten Ruf.
»Ja.«
»Ich bin etwa eine Stunde hier. Wenn Sie vorbeikommen wollen, finden Sie mich im zweiten Raum gleich nach der Theke.«
»Gut, Roman, ich komme.«

Das Lokal lag etwas abseits der Itzlinger Hauptstraße. Braunberger parkte, stieg aus. Das »Paltengo« war um diese Tageszeit nur spärlich besucht, wie er feststellte. Ein Jugendlicher spielte am Flipperautomat. An der Theke hockten zwei alte Männer, schlürften ihr Bier. Braunberger ging an ihnen vorbei, betrat den dahinter liegenden Raum. Die Arbeit in der Gärtnerei tat Roman Tillitsch offenbar gut. Sein Gesicht war braun gebrannt. Außerdem erschien es dem Abteilungsinspektor, als habe der junge Mann im Bereich Schultern und Oberarme an Muskeln zugelegt.
»Hallo, Roman.«
»Ich begrüße Sie, Herr Braunberger.«
Der Polizist nahm Platz. Die Frau, die er vorhin hin-

ter der Theke bemerkt hatte, erschien und fragte, was er zu trinken wünsche.

»Am liebsten hätte ich einen Rooibos Tee, aber ich fürchte, den bieten Sie in dieser gastlichen Stätte nicht an.« Sie zuckte unwirsch mit dem kurz geschorenen Kopf. »Was denken Sie von uns? Selbstverständlich haben wir Roiboos Tee. Orange, Vanille oder Klassisch?«

Die Antwort verblüffte ihn. Das hätte er nicht erwartet.

»Vanille, bitte.«

»Kommt sofort.« Sie verschwand.

Sein Gegenüber grinste. »Jetzt hätten Sie es sich fast mit Wenke verscherzt. Wo sie doch selber auf dieses Teezeug steht.«

Der Abteilungsinspektor grinste. »Man lernt eben nie aus. Da habe ich tatsächlich das ›Paltengo‹, diese Perle in der Salzburger Beisllandschaft, völlig falsch eingeschätzt.«

Er schaute ihm ins Gesicht. »Du machst einen sehr passablen Eindruck auf mich, Roman. Es scheint dir gut zu gehen. Das freut mich.«

»Das habe ich auch Ihnen zu verdanken, Herr Abteilungsinspektor. Wenn Sie Lina und mir damals nicht aus der Patsche geholfen hätten, wäre die Geschichte katastrophal für uns ausgegangen. Die Drogenfahnder haben uns kein Wort geglaubt. Aber Sie haben sich intensiv für uns eingesetzt. Und Sie haben mir auch die Stelle in der Gärtnerei verschafft. Auch dafür bin ich Ihnen heute noch dankbar.«

»Gefällt es dir dort?«

»Ja, die sind anscheinend ganz zufrieden mit mir. Ich kann bleiben, solange ich will.« Die Bedienerin mit dem extremen Kurzhaarschnitt erschien, stellte die dampfende Tasse auf den Tisch.

»Und natürlich bio! Wohl bekomm's«, flötete sie und rauschte wieder ab. Braunberger fasste in die Tasche seines Sakkos. Er zog ein zusammengefaltetes Blatt heraus, streifte es glatt und legte es vor den jungen Mann. Auf der Abbildung war das Passbild des Toten zu sehen.

»Was kannst du mir zu Folker Hartling sagen, Roman?«

Sein Gegenüber blickte kurz auf das Foto. Dann stützte er die Ellbogen auf die Tischplatte, blickte dem Beamten direkt ins Gesicht.

»Ich sitze hier mit Ihnen, Herr Braunberger, weil ich hoffe, den Gefallen einlösen zu können, den ich Ihnen schuldig bin.«

Der Polizist hob die Hand. »Du bist mir gar nichts schuldig, Roman.«

»Doch, aus meiner Sicht schon. Und ich habe es damals auch versprochen. Ich möchte nur zuvor etwas klarstellen. Ich bin sicher, Sie hätten das ohnehin nicht vor, so gut glaube ich Sie zu kennen, Herr Abteilungsinspektor. Aber ich will es klargestellt haben. Ich erzähle Ihnen gleich etwas. Aber meine Kumpels werden komplett aus der Sache rausgehalten. Und Sie werden auch nicht für irgendetwas belangt.«

»Wofür könnten Sie denn belangt werden?«

»Das werden Sie gleich merken.« Er tippte mit dem Zeigefinger auf das Passfoto.

»Der Typ war gestern mit uns zusammen. So ab 23 Uhr.«

Das überraschte ihn nun doch. Aber Braunberger versuchte, gelassen zu bleiben.

»Was habt ihr gemacht?«

»Was glauben Sie, was wir gemacht haben? Was wissen Sie von diesem Mann, außer dass er Schauspieler war?«

»Bisher noch wenig. Wenn ich ehrlich bin, so gut wie gar nichts. Ich kann mir auch nicht vorstellen, warum er zu dir und deinen Kumpeln wollte.«

»Das dachte ich mir schon, Herr Abteilungsinspektor. Deshalb habe ich Sie ja angerufen.« Er griff nach hinten, zog etwas aus der Tasche seiner Jeans. Dann legte er es vor dem Polizisten ab. Braunberger war erneut erstaunt. Er runzelte die Stirn.

»Du zeigst mir ein Pik-As. Wie soll ich das verstehen? Hat Folker Hartling mit euch Karten gespielt?«

Der junge Mann nickte. »Poker.« Braunberger zog die Augenbrauen in die Höhe.

»Du zockst, Roman?«

Sein Gegenüber hob beschwichtigend die Hände.

»Ganz selten, Herr Braunberger. Vielleicht einmal im Monat. Und ich setze mir auch immer ein Limit, das ich streng einhalte. Nie mehr als 200 Euro. Gestern habe ich gar nicht gespielt, nur zugeschaut.« Der Abteilungsinspektor schaute auf die Spielkarte, dann auf den jungen Mann.

»Wie ist Folker Hartling auf euch gekommen?« Roman Tillitsch zuckte kurz mit den Schultern.

»Wie das eben manchmal so läuft. Da gibt es einen Freund, der hat einen guten Bekannten, und der kennt wieder jemand anderen, und dann weiß auch dieser, dass es da in Salzburg irgendwo weit im Norden der Stadt ein paar Kumpels gibt, die in einem Hinterzimmer regelmäßig die eine oder andere Runde Poker klopfen. Und dabei kann man auch etwas gewinnen. Und einer meiner Kumpels hatte eine entsprechende SMS bekommen. Wir wussten gestern schon vorher, dass da ein zusätzlicher Spieler auftauchen würde.« Seine Hand schnellte nach vorn. Er klopfte heftig mit dem Zeigefinger auf das Porträt. »Aber dieser Kerl wollte sich einfach nicht an unsere Limits halten. Er wollte ständig den Einsatz erhöhen. Einer meiner Kumpels ist darauf eingegangen. Und dieser Schauspieler hatte dann auch kein Kartenglück mehr. Zugegeben, das Blatt in seiner Hand war nicht schlecht. Er hatte ein Full House. Drei Asse, zwei Damen. Damit kann man meistens ganz schön abräumen. Also überreizte und überreizte er. Sein Pech war, dass mein Kumpel vier Neuner hatte.«

Otmar Braunberger kannte die Pokerregeln. Four of a Kind schlägt Full House.

»Wie viel hat Folker Hartling verloren?«

»6.000 Euro.« Der Abteilungsinspektor entglitt ein leiser Pfiff.

»Hatte er so viel Geld bei sich?«

Roman Tillitsch schüttelte den Kopf.

»Nein, er war mit 300 Euro eingestiegen, so wie die anderen auch. Und anfangs lief es für ihn auch gar nicht so schlecht. Er hat sogar einiges gewonnen. Bis eben die vier Neuner gegen sein Full House standen, da war alles weg. Er unterschrieb meinem Kumpel einen Schuldschein.«

Braunberger konnte sich ein schwaches Grinsen nicht verkneifen.

»Ich fürchte, das wird deinem Kumpel nichts mehr nützen. Die Euros wird er wohl nie sehen. Denn so ganz legal ist eure Pokerrunde mit Geldeinsatz nämlich nicht.«

»Das fürchte ich auch. Aber wie vorhin gesagt. Meine Kumpels werden dafür nicht belangt.«

»Das geht schon in Ordnung, Roman. Wann ist Folker Hartling aufgebrochen?«

»Ich weiß es nicht mehr genau. Es muss so gegen eins, halb zwei gewesen sein.«

»Was habt ihr noch gemacht, eure Kumpels und du?«

»Wir saßen noch etwa eine Stunde beisammen. Dabei gönnten wir uns auch den einen oder anderen Schluck Cognac. Das machen wir immer.« Er ließ seine Augen über den Tisch gleiten, schaute lange auf das Passbild. »Eines muss ich Ihnen noch erzählen, Herr Abteilungsinspektor. Vielleicht können Sie damit etwas anfangen. Natürlich war der Typ gestern stinksauer. Immerhin hatte er eben einen Batzen Geld verloren, musste einen Schuldschein unterschreiben. Aber bevor er abhaute, sagte er noch etwas. Und das klang fast euphorisch. Macht euch keine Sorgen, Jungs, wegen der 6.000, meinte er. Das ist für mich eine Lappalie. Überhaupt kein Problem. Immerhin steht mir bald viel Geld ins Haus. Sehr viel sogar. Und dann spielen wir die nächste Runde.«

Der Abteilungsinspektor horchte auf.

»Sagte er auch, woher dieses Geld käme, das ihm bald zustünde?«

»Nein, das sagte er nicht. Gleich darauf ist er davongeradelt.«

Es war etwa 18 Uhr, als Braunberger ins Präsidium zurückkehrte. »Unser guter Folker spielte nicht nur auf der Bühne, er spielte auch am Kartentisch. Er war ein Zocker. Kein allzu guter, fürchte ich.« Merana blickte kurz vom Bildschirm hoch, als der Abteilungsinspektor in seinem Büro auftauchte und sich im Besuchersessel breit machte.

»Ein Zocker?«

»Darf ich?« Braunberger wies auf Meranas Kaffeemaschine. Der nickte. »Selbstverständlich.« Der Abteilungsinspektor erhob sich, trat an die Maschine, bereitete sich einen Cappuccino zu. Dann nahm er wieder Platz. Er berichtete von der Unterredung, die er eben mit Roman Tillitsch im Itzlinger Lokal geführt hatte.

»Hat sich aus deinen bisherigen Recherchen ergeben, was Hartling damit gemeint haben könnte, er erwarte bald einen Haufen Geld?«

Merana verneinte. »Keine Ahnung.«

»Sehr sonderbar.«

Das fand Merana auch. Er überlegte. Folker Hartling stand gestern auf der »Jedermann«-Bühne am Domplatz. Dann eilte er direkt zur Pokerrunde. Er spielte und verlor. 6.000 Euro, nicht wenig Geld. Aber er nahm es offenbar auf die leichte Schulter. Er machte sich auf den Heimweg. Kurz vor seinem Ziel wurde er in eine Falle gelockt. Er blickte zu Braunberger. »Vielleicht steht der Mord im Zusammenhang mit Hartlings offenbarer Spielleidenschaft.«

Der Abteilungsinspektor stellte die Tasse ab. »Also die Runde gestern kommt für den Anschlag wohl eher nicht in Frage. Die Jungs saßen noch gut eine Stunde beisammen. Und ich bin überzeugt, Roman sagte mir die Wahrheit.«

»Das meinte ich auch nicht. Vielleicht hatte er weitere Spielschulden bei ganz anderen Leuten.«

»Möglich. Aber jetzt stand ihm doch offenbar Geld ins Haus. Und das nicht wenig, wenn er die 6.000 Euro als Lappalie einstufte.«

»Vorausgesetzt, er sagte die Wahrheit und versuchte

nicht einfach nur, die Spieler zu beruhigen.« Es klopfte. Thomas Brunner trat herein. Er bemerkte die Cappuccinotasse neben Braunberger. Auch er deutete zum Apparat. »Darf ich?«

»Selbstverständlich.« Dass Carola ihm die Espressomaschine geschenkt hatte, erwies sich offenbar immer mehr als glänzende Idee. Das freute Merana. »Nimm bitte Platz, Thomas. Was darf ich dir servieren?«

»Ich hätte gerne einen doppelten Espresso.« Merana hantierte an der Maschine. Dann reichte er die vollgefüllte Tasse weiter. »Was hast du für uns?«

Der Chef der Tatortgruppe legte das Handy, das er bei sich führte, auf den Tisch. Merana nahm es in die Hand.

»Gehörte das unserem Toten?«

Brunner nickte. »Ja, wir haben ein wenig gebraucht, bis wir die Zugangsdaten knacken konnten. Es war nicht ganz einfach.« Merana reichte ihm das Telefon zurück. »Ich habe auch etwas gefunden, das ich euch unbedingt zeigen will. Diese Datei hat Folker Hartling sich vergangene Nacht um exakt 1.38 Uhr heruntergeladen. Das muss also kurz vor dem Unfall passiert sein.«

Der Abteilungsinspektor machte sich schnell eine Notiz. Damit war klar, dass der Schauspieler zu diesem Zeitpunkt noch gelebt haben musste.

»Was hat er sich heruntergeladen?«, fragte der Kommissar.

»Einen Zeitungsartikel.« Er wischte über das Display, hielt den beiden das Telefon hin. Merana zeigte sich etwas verwirrt, was er anhand der Überschrift ausmachte.

»Das ist ein Bericht über einen Unfall, der Ende April in der Schwarzstraße passierte. Wozu brauchte er den?«

Otmar Braunberger hatte bereits die ersten Zeilen überflogen. Plötzlich zuckte auch er. Er deutete mit dem Finger auf das Display. »Da schau, Martin. Es handelt sich dabei um einen Unfall, den ein gewisser Ignaz Jedle hatte.«
»Ignaz?«
»Ja, das fällt mir auch auf. Den Vornamen hat doch auch dieser Cyrano erwähnt, als wir vorgestern in Obertrum mit den Theaterleuten sprachen.«
»Und Ariana Stufner erklärte uns, dass dieser Ignaz bei einem Autounfall ums Leben kam. Und zwar genau vor vier Monaten.«
Die Miene des Abteilungsinspektors war von ähnlicher Ratlosigkeit geprägt wie jene des Kommissars.
»Was hat das zu bedeuten? Warum lud sich Folker Hartling vergangene Nacht ausgerechnet diesen Artikel auf sein Handy? Und wenige Minuten später war er tot. Sehr seltsam.«
Merana drehte sich zu Brunner. »Hat Hartling zu diesem Zeitpunkt sonst noch etwas hochgeladen, Thomas? Oder am Tag davor?«
»Wie gesagt, Martin. Wir haben dieses Mal etwas länger als üblich gebraucht, bis wir Zugang zum Handy fanden. Da gibt es noch viel auszuwerten. Wir sind erst am Anfang. Du erhältst dann verlässlich eine Aufstellung. Zwei Bewegungen auf dem Handy kann ich dir allerdings schon jetzt sagen. Auch wenn das wohl wenig zu bedeuten hat. Gestern Nachmittag um 15.49 Uhr besorgte er sich mittels Appstore ein offenbar neues Pokerspiel, das gerade auf den Markt kam. Und um exakt 11.23 Uhr lud er sich das hoch.«
Er wischte erneut über den kleinen Bildschirm, hielt ihnen das Smartphone entgegen. Er grinste dabei.

»Wow, der hat aber ein Riesenmaul!«, flachste der Abteilungsinspektor und wies auf den Löwen, der auf dem Display zu sehen war.

»Das hat mit seinem Sternzeichen zu tun«, erklärte Merana. »Er war Löwe.«

»Na mir gefällt der brüllende Herr der Wildnis weitaus besser als das, was er davor als Hintergrundbild verwendete.« Brunner tippte auf den Screen. Eine Grafik wurde sichtbar. Sie zeigte vier Asse. »Schlecht gezeichnet. Da habe ich schon bessere Grafiken gesehen.«

»Ja, offenbar war er kein besonders guter Spieler, wie wir heute erfuhren. Aber es passt zu seinem Zockerfaible, dass er sich gestern Nachmittag diese neue Poker-App herunterlud.« Das schien auch für Merana plausibel.

»Aber warum den Zeitungsbericht über den Unfall?« Er überlegte, kratzte sich am Kopf. »Du hast sicher auch seine Anrufe gecheckt, Thomas. Hat er nach dem Hochladen des Artikels oder kurz davor mit jemandem telefoniert?«

»Nein, hat er nicht. Den letzten Anruf tätigte er gestern kurz nach 17 Uhr, also noch vor Beginn der ›Jedermann‹-Vorstellung.«

»Mit wem?«

»In der Anrufliste steht nur ›Mama‹. Dahinter steht eine Festnetznummer in Memmingen.«

»Das ist Hartlings Heimatort«, erklärte der Kommissar. Er hatte heute lange mit Jana Daimond darüber gesprochen, wie die Familie zu verständigen sei, was man ihr offiziell sagen dürfe.

»Danach sind keine Gespräche mehr aufgelistet«, fügte Brunner hinzu. »Es kamen auch keine Anrufe herein.«

Der Abteilungsinspektor schob die Kaffeetasse zur Seite und erhob sich. »Dann werde ich zunächst einmal die Pokerspur weiter verfolgen. Mal schauen, was sich dabei ergibt. Danach kümmere ich mich ein wenig um diesen Ignaz. Ich mache dir dann eine Zusammenstellung, Martin, was immer ich zu biografischen Daten und Informationen über seinen Bekanntenkreis finde.«

»Danke, Otmar. Und ich werde mich mit unserer Verkehrsinspektion in Verbindung setzen. Mich interessiert, was die über den Unfall wissen.«

Warum lud Folker Hartling kurz vor seinem Tod sich ausgerechnet die Seite über diesen Unfall hoch? Isolde Laudess hatte mit diesem Ignaz, dem Unfallopfer, in Verbindung gestanden. Zumindest hatte Yannick Müllner, der aufbrausende Cyrano, das ins Spiel gebracht. Und jetzt waren alle tot. Der Autofahrer, der Schauspieler und die Schauspielerin. Wo gab es hier einen roten Faden?

4

Kontrollinspektorin Dunja Sperl hatte trotz ihrer Jugend schon eine beachtliche Karriere hinter sich. Vor Kurzem war sie zur stellvertretenden Kommandantin der Verkehrsinspektion ernannt worden.

»Guten Abend, Herr Kommissar«, sagte sie, als sie kurz nach 19 Uhr in Meranas Büro eintraf. Ihre Dienststelle war nicht weit von der Bundespolizeidirektion entfernt. Sie hatte sofort eingewilligt herzukommen, nachdem er sie am Telefon erreicht hatte. Sie tippte auf ihr Tablet, nachdem sie Platz genommen hatte. »Ich lasse Ihnen gleich den gesamten Akt per Mail zukommen. Wie ich schon am Telefon sagte, kann ich mich gut an den Unfall erinnern. Ich hatte damals Dienst und war auch persönlich am Unfallort. Das Bild, das sich uns bot, war grauenhaft. Der junge Kerl hatte keine Chance. Er hatte das andere Auto knapp vor dem Musikum überholt. Beide waren mit höllischem Tempo unterwegs gewesen. Jedle schaffte es allerdings nicht mehr, sich auf der Fahrbahn zu halten und knallte auf der linken Seite gegen die Mauer der Bahnunterführung. Das andere Fahrzeug kam gerade noch vorbei. Soweit uns bekannt ist, hat der andere Fahrer dabei nicht einmal angehalten, sondern ist weitergerast. Wir wissen das deshalb so genau, weil es einen Zeugen gibt, einen nächtlichen Spaziergänger.«

Das überraschte Merana.

»Davon stand nichts im Zeitungsartikel.«

Sie nickte. »Ja, davon stand nichts in den Zeitungen. Der Spaziergänger war mit den Nerven völlig fertig. Wir haben ihn komplett vor der Presse abgeschirmt, auch seine Daten wurden nicht weitergegeben. Ignaz Jedle fuhr einen alten Ford Mustang, Farbe blau. Das steht alles in den Unterlagen. Dort finden Sie auch Namen und Adresse des Zeugen, falls sie die brauchen. Welches Fahrzeug der andere Raser gelenkt hatte, wissen wir leider nicht. Der Zeuge konnte sich nur an die Farbe erinnern, die war offenbar gelb.«

»Ein illegales Straßenrennen?« Merana öffnete den Ordner, den ihm die Kontrollinspektorin übermittelt hatte.

»Wir gehen davon aus, aber haben keine konkreten Anhaltspunkte dazu. Angeblich gab es zwei Tage davor ein ähnliches Straßenrennen in Wien. Allerdings sollen daran sechs Fahrzeuge beteiligt gewesen sein. Ob sich davon eine Verbindung zu diesem Unfall in Salzburg herstellen lässt, wissen wir nicht. Das ist auch nicht unsere Aufgabe. Aber ich habe damals mit einem Kollegen telefoniert, der für das Cybercrime-Kompetenzzentrum in Wien arbeitet. Den kenne ich von einer Kursteilnahme. Der Kollege meinte, angeblich gab es zu dem Rennen in Wien eine versteckte Aktion im Web. Man konnte offenbar auf den Ausgang des Bewerbers wetten. Falls so eine verborgene Seite je existierte, war sie längst verschwunden. Genaueres wusste er allerdings auch nicht darüber.«

Merana klickte auf eines der Fotos, die sich im übermittelten Ordner befanden. Dunja Sperl hatte recht. Der Anblick war wirklich grauenvoll.

»Ich danke Ihnen, Frau Kollegin.« Sie erhob sich.

»Gerne, Herr Kommissar. Wenn Sie von unserer Seite

noch etwas dazu brauchen, melden Sie sich einfach.« Dann verließ sie das Büro.

Er schloss den Ordner mit den Unfallbildern. Dafür öffnete er das offizielle Führerscheinfoto, das sich ebenfalls im Akt befand. Ein braunhaariger junger Mann blickte ihn an, etwas schüchtern vielleicht, aber nicht unfreundlich. An der Oberlippe war ein dunkler Anflug von Bart zu erkennen. Ignaz Jedle, 23 Jahre alt, geboren in Salzburg. Als Adresse war eine Hausnummer in der Franz-Wallack-Straße angegeben. Das lag nicht weit von hier entfernt, wie Merana bemerkte. In unmittelbarer Nähe zur Salzach. Er ließ das Bild auf sich wirken. Warum hatte sich Folker Hartling, kurz bevor der Anschlag auf ihn verübt worden war, ausgerechnet einen Zeitungsartikel hochgeladen, der vom Unfall berichtete, den der junge Mann mit dem scheuen Blick vor vier Monaten auf tragische Weise erlitten hatte? Und derselbe junge Mann hatte auch eine Beziehung zu Isolde Laudess. Zumindest hatte das Cyrano behauptet. Und die Schauspielerin war jetzt ebenfalls tot. Er holte sich einen anderen Ordner auf den Bildschirm, suchte nach den Kontaktdaten zu Yannick Müllner. Er fand eine Handynummer. Er griff nach seinem Telefon, gab die Nummer ein. Augenblicklich meldete sich die Mobilbox. »Hallihallo. Hier spricht Yannick …« Merana schloss die Funktion, blickte zur Uhr. 20.10. Die Truppe des Straßentheaters bereitete sich wohl schon längst auf den nächsten Auftritt vor. Er öffnete die Website auf dem Computer. Nein, heute war offenbar frei. Das Straßentheater hatte an diesem Tag keinen Auftritt, morgen auch nicht. Er tippte erneut auf die Nummer am Handy. Sogleich meldete sich wieder die Stimme der Mobilbox. Vielleicht konnte Ariana ihm helfen, überlegte er. Er wählte die Nummer der Schauspielerin. Sie meldete sich sofort.

»Ariana Stufner, guten Abend.« Er brachte sein Anliegen vor.

»Tut mir leid, Herr Kommissar. Sie können derzeit Cyrano nicht am Handy erreichen.«

»Wissen Sie, wo er sich befindet?«

Sie zögerte. Dann sagte sie leise: »Im Kloster.« Die Antwort überraschte ihn.

»Im Kloster? In welchem?«

»Das weiß ich leider auch nicht, Herr Kommissar. Mehr wollte Yannick dazu nicht sagen. Aber ich kann mir gut vorstellen, dass dort keine Handys erlaubt sind.«

Er überlegte. »Haben Sie eine Idee, was er dort im Kloster macht? Warum er überhaupt eines aufsucht? Hat das mit dem Theater zu tun?«

Sie zögerte, dann drückte sie ein wenig herum. Ihre Antwort kam nur langsam.

»So recht weiß ich das auch nicht, Herr Kommissar. Wie soll ich sagen ... Cyrano hat sich in letzter Zeit, na ja, er benimmt sich schon länger etwas eigenartig. Irgendetwas bedrückt ihn. Ich glaube, es hat mit dem Tod seines Kumpels Ignaz zu tun.«

Ihre Stimme hatte einen befremdlichen Klang angenommen.

»Gut, dass Sie das zufällig ansprechen, Ariana. Genau darüber wollte ich nämlich mit Herrn Müllner reden. Über Ignaz. Aber vielleicht können auch Sie mir helfen. Herr Müllner machte vorgestern die Bemerkung, dass es eine Sauerei wäre, wie Isolde Laudess mit Ignaz umsprang. Was meinte er damit genau? Können Sie mir weiterhelfen?«

Wieder legte sie eine Pause ein, druckste ein wenig herum.

»Also, Herr Kommissar, das müssen Sie Cyrano schon selber fragen.« Die Unterredung war ihr offensichtlich peinlich. Doch er wollte nicht lockerlassen.

»Aber er hat doch mit Ihnen sicher schon öfter darüber gesprochen, Ariana.«

»Ja, er hat eine gewisse Andeutung gemacht. Dieser Ignaz sei sehr vernarrt in Isolde gewesen. Und sie hätte ihm auch immer wieder mal Avancen gemacht. Dabei hatte sie Ignaz aber klar zu verstehen gegeben, er hätte bei ihr nur eine Chance, wenn er genug Kohle besäße, um sie so richtig zu verwöhnen. Und das sei einer der Hauptgründe gewesen, sagt zumindest Cyrano, warum Ignaz auf die verrückte Idee verfiel, sich an irgend so einem blöden Rennen zu beteiligen. Dabei sei eine Menge Geld im Spiel gewesen, das man dabei verdienen könne. Aber wie gesagt, Herr Kommissar, ich reime jetzt nur zusammen, was Cyrano ... also was Yannick so ab und zu daherfaselte. Bitte fragen Sie ihn selbst.«

»Wissen Sie, wann er aus dem Kloster zurückkommt?«

»Vielleicht morgen. Sicher übermorgen, denn da haben wir den nächsten Auftritt.«

Er bedankte sich für ihre Hilfe und legte auf. Wieder betrachtete er das Gesicht des jungen Mannes, der ihm scheu vom Bildschirm her entgegenlächelte. Was ist, wenn das stimmt, was Yannick Müllner behauptete, wog er ab. Isolde macht dem verliebten Ignaz klar, er hätte nur dann eine Chance bei ihr, wenn er genug Kohle scheffelte, um sie entsprechend zu verwöhnen. Ignaz lässt sich auf das waghalsige Autorennen ein und baut dabei den verheerenden Unfall. Dann könnte man Isolde doch eine gewisse Mitschuld unterstellen. Oder gar die Hauptschuld. Er spann den Gedanken weiter. Der junge Mann konnte sich nicht mehr rächen, das war klar. Aber was wäre mit jemandem, der ihm sehr nahe stand. Cyrano? War er deshalb zurzeit im Kloster? Aus Reue? Merana erhob sich, wanderte ein paar Schritte auf und ab. Und was hatte Folker Hartling damit zu tun? Warum hatte er sich den Artikel über den Unfall hochgeladen? Er spürte, wie sein Magen knurrte. Er hatte seit dem dünnen Mozzarella-Sandwich in der Kaigasse nichts mehr gegessen. Er würde sich etwas aus der Kantine holen. Eine große Portion Schinken mit Käse, Tomaten und Oliven. Falls die noch vorrätig waren. Oder wenigstens einen Salat. Er machte sich auf den Weg. Es wurde weder Schinkenplatte noch Salat. Die Chefin der Kantine war kurz vor dem Zusperren. Sie machte ihm zwei Spiegeleier. Er bedankte sich, nahm den Teller mit der Eierportion mit, dazu einen Kornspitz. Als er ins Büro zurückkehrte, war er nicht mehr allein. Otmar Braunberger wartete auf ihn. Der Abteilungsinspektor wirkte unruhig.

»Hallo, Otmar, darf ich dir eines der Spiegeleier anbieten und einen halben Kornspitz?«

Braunberger wehrte mit der Hand ab. »Danke, Martin, nicht nötig. Ich habe vorhin ein paar Kekse zu mir genommen.«

»Du hast etwas Neues für mich. Ich sehe es dir an. Lass hören.« Er nahm hinter dem Schreibtisch Platz.

»Die mögliche Spur ins Pokermilieu habe ich inzwischen an zwei Kollegen weitergeleitet«, begann Braunberger. »Die beiden haben auch ganz gute Verbindungen in die Zockerszene. Ich habe mich danach ein wenig mit der Biografie von Ignaz Jedle beschäftigt.« Sollte er Otmar vom Gespräch mit der Kollegin aus der Verkehrsinspektion erzählen? Dafür war später auch noch Zeit, entschied er. Er hörte lieber zu, was sein Kollege zu sagen hatte.

»Stell dir vor, worauf ich gestoßen bin, Martin.« Er zog ein Blatt aus der Mappe, reichte die ausgedruckte Seite weiter. »Schau auf die Eintragungen zur Mutter.«

Merana überflog die ersten Zeilen. Marie Jedle, las er da. 58 Jahre, Adresse: Nonntaler Hauptstraße 32f. Erlernter Beruf: Verkäuferin. Derzeitiger Arbeitgeber: Salzburger Festspiele.

»Die Frau arbeitet bei den Salzburger Festspielen?«

»Ja, sie ist Garderobenfrau im Foyer des Festspielhauses.« Der etwas übergewichtige Körper des Abteilungsinspektors straffte sich. Er beugte sich weit nach vorn.

»Und jetzt, Martin, kommt es. Gestern Abend hat mich Bianca Perl angerufen. Sie sei sich nicht sicher, meinte sie, aber sie habe vermutlich die Frau wiedererkannt, die sie zusammen mit Isolde Laudess auf dem Grünmarkt beobachtet hatte. Die Frau arbeitet in der Publikumsgarderobe im Großen Festspielhaus. Leider konnte sie mit der Frau in der Vorstellungspause nicht mehr persönlich reden, weil die schon früher heimgegangen war. Der Vorname sei jedenfalls Marie. Das habe sie von einer der Kolleginnen erfahren. Ich wollte mich eigentlich heute am Vormittag darum kümmern. Aber dann …«

»… ist uns bedauerlicherweise schon in aller Herrgottsfrüh gemeldet worden, dass wir einen zweiten Toten haben.«

Merana schob den Teller von sich. Das zweite Spiegelei würde wohl kalt werden. Aber er musste jetzt nachdenken. Nun hatten sie noch eine Verbindung zwischen Isolde Laudess und dem toten Ignaz. Und die lief über die Mutter. Mit der hatte Isolde Laudess offenbar Streit, falls Bianca Perl mit ihrer Beobachtung richtiglag. Das würden sie schon noch überprüfen. Aber was, um alles in der Welt, hatte das alles mit Folker Hartling zu tun? Warum interessierte der sich für den Unfall und holte sich einen Zeitungsbericht dazu aus dem Internet? Merana hielt dem anderen ein Stück des Kornspitzgebäcks hin. Braunberger nahm es, schob es sich in den Mund.

»Wer fährt ins Festspielhaus, Otmar?«

»Du. Ich mache mich auf in die Nonntaler Hauptstraße. Es könnte ja sein, dass Marie Jedle dort und nicht an ihrem Arbeitsplatz ist. Dann verlieren wir wenigstens keine Zeit. Irgendwo werden wir die Dame schon erwischen.«

»Hat die Frau ein Handy? Können wir versuchen, sie zu erreichen?«

»Soviel ich gesehen habe, gibt es in den amtlichen Unterlagen keinen Hinweis auf ein Handy. Sie hat nur einen Festnetzanschluss. Den habe ich schon versucht, da hebt keiner ab.«

Merana griff zur Gabel. Er würde das zweite Ei noch essen. Auch wenn es inzwischen garantiert kalt war. Für die paar Minuten blieb ihm schon noch Zeit, ehe er zum Festspielhaus aufbrach.

5

»Nein, Herr Kommissar, die Marie ist heute nicht zum Dienst gekommen.« Die etwa 50-jährige Frau hinter dem Garderobentresen im Abschnittsbereich 1 bis 99 war ihm als Petunia Krall vorgestellt worden. Sie war eine der Stellvertreterinnen der Garderobenleiterin. Sie kümmerte sich bisweilen um die Einteilung, wie er erfahren hatte. »Die Marie hat mich heute früh angerufen. Das war so gegen acht. Sie müsse für ein paar Tage weg. Ob das machbar sei. Wissen Sie, die Marie ist so eine verlässliche Kraft. Ich wollte ihr den Wunsch gerne erfüllen und habe ihr freigegeben.«

»Sagte Frau Jedle, warum sie freihaben wollte?«

»Nein, ich habe sie auch nicht danach gefragt. Wäre das wichtig, Herr Kommissar?«

»Entschuldigen Sie mich bitte einen Augenblick.« Er stellte sich etwas abseits, rief den Abteilungsinspektor an.

»Nein, Martin, in der Wohnung ist sie auch nicht. Ich habe schon zwei der Nachbarn befragt. Die meinten, sie sei garantiert im Festspielhaus. Aber da ist sie ja auch nicht, wie ich von dir höre. Ich bleib hier, werde mich weiter umhören.«

»Danke, Otmar.« Er steckte das Telefon ein, kehrte zurück zur stellvertretenden Leiterin.

»Frau Krall, besitzt Marie Jedle ein Handy?«

»Nein, für dieses Zeug hat sie nichts übrig, wie sie oft betonte. Haben Sie schon versucht, sie zu Hause zu erreichen?«

»Ja, ein Kollege ist vor der Wohnung. Aber daheim ist sie nicht. Könnte sie sonst wo in der Stadt sein? Freunde, Verwandte?«

»Nicht, dass ich wüsste. In letzter Zeit hat sich die Marie immer mehr zurückgezogen, seit das mit dem Ignaz passiert ist. Ihr Sohn starb nämlich vor ein paar Monaten bei einem Autounfall. Schreckliches Schicksal.«

»Ja, der Unfall ist uns bekannt.« Sie war ein wenig überrascht.

»Ah, das ist Ihnen bekannt. Ja, bei der Polizei weiß man natürlich alles. Aber ich sage Ihnen, Herr Kommissar. Abgenommen hat sie, die Marie, seit diesem furchtbaren Unglück. Viel gegessen hat sie auch davor nicht.« In ihrem kastanienbraunen Haar zeigten sich schon deutlich graue Streifen. Es fiel ihm auf, weil die Garderobenfrau immer wieder an den Haarspitzen zupfte. Er ließ sich Zeit bis zur nächsten Frage.

»Sagt Ihnen der Name Isolde Laudess etwas?«

Sie ließ abrupt die Haarspitzen aus. Ihr Gesichtsausdruck änderte sich. Eine Spur von Wachsamkeit war plötzlich in ihren Augen zu erkennen.

»Möglich. Das ist doch die Schauspielerin aus dem ›Jedermann‹-Ensemble, die kürzlich zu Schaden kam.«

»Hat Frau Jedle Ihnen gegenüber einmal diesen Namen erwähnt?« Ja, hatte sie. Das konnte er an den Augen der Frau ablesen. Aber sie presste die Lippen aufeinander. Der angespannte Ausdruck in den Augen wurde stärker.

»Frau Krall, ich wäre Ihnen sehr dankbar, wenn Sie meine Frage beantworten. Und zwar ohne Vorbehalte.« Ihre Finger huschten wieder zu den Haarspitzen.

»Also sehen Sie, Herr Kommissar. Ich will keinesfalls

etwas Falsches ... und die Marie war nach dem Unfall sehr durcheinander. Aber einmal, glaube ich, hat sie schon gemeint, dass diese Schlampe ...« Sie fuhr sich rasch mit der Hand an den Mund. »Also nein, Herr Kommissar, Schlampe hat sie wohl nicht gesagt ... das ist mir jetzt einfach so ... also die Marie meinte halt, dass diese Isolde auch Schuld habe an dem Unfall ihres Sohnes, weil sie immer so auf Geld stand ... Aber vielleicht habe ich die Marie nicht ganz richtig verstanden. Und als sie mich einmal einlud zu sich in die Wohnung, da hat sie garantiert nichts davon gesagt. Auch nicht während des Rituals ...«

»Ritual? Was meinen Sie?« Sie ließ wieder die Haare los, schaute ihm direkt ins Gesicht.

»Also den Ausdruck hat die Marie so nicht verwendet, Herr Kommissar. Das habe nur ich für mich ... so bezeichnet. Die Marie hat nämlich in ihrer Wohnung so eine kleine Anrichte. Aus hellem Holz, vielleicht Fichte oder Linde. Sehr hübsch jedenfalls. Und auf dieser ganz schmalen Kredenz, da steht ein Bild drauf. Das zeigt den Ignaz, den verstorbenen Sohn. Da hat sie Trauerflor am Rahmen angebracht. Einmal war ich bei ihr zu Hause. Und habe ihr zugesehen. Sie zündet immer eine Kerze an, direkt neben dem Bild. Manchmal stellt sie auch eine kleine Vase auf mit einer Blume. Dann setzt sie sich in den großen Ohrensessel. Da bin ich meinem Sohn ganz nah, hat sie mir gesagt. Sie sitzt oft die ganze Nacht da, wie sie mir erzählte. Sie schläft nicht. Sie wacht. Wissen Sie, Herr Kommissar, ich mag sie wirklich gerne, die Marie. Und das mit ihrem Sohn tut mir furchtbar leid. Vielleicht fährt sie für ein paar Tage weg, um endlich einmal auf andere Gedanken zu kommen. Das dachte ich, als sie mich heute anrief. Deshalb habe ich ihr auch ohne zu zögern freigegeben. Wir anderen kriegen das schon hin. Und wenn sie wieder zurückkommt, wird es ihr vielleicht ein wenig besser gehen. Das hoffe ich sehr.« Die Wachsamkeit war aus dem Blick der Garderobenfrau verschwunden. Der Ausdruck von Sorge und Mitgefühl war wieder spürbar. Er reichte ihr die Hand zum Abschied.

»Ich danke Ihnen, Frau Krall, dass sie einiges über ihre Kollegin erzählt haben und dass Sie mir gegenüber sehr offen waren. Dann wollen wir hoffen, dass Frau Jedle bald zurück ist.«

»Ich habe ihr eine Nachricht an der Tür hinterlassen, sie möge sich bei uns melden. Und auch zwei aus der Nachbarschaft wurden von mir informiert, die im selben Haus wohnen.« Sie hatten sich vor zehn Minuten in Meranas Büro getroffen. Der Abteilungsinspektor hatte ihnen zwei Cola aus dem Getränkeautomaten organisiert.

»Laut Angaben ihrer Kollegin hat Marie Jedle heute früh um acht von zu Hause aus angerufen, um sich freizunehmen«, bemerkte der Kommissar. »Hat sie einer aus der Nachbarschaft im Laufe des Tages noch gesehen?«

»Soviel mir bisher bekannt ist, war das eher nicht der Fall. Mit Ausnahme eines pensionierten Elektrikers vielleicht, der schräg gegenüber wohnt. Der Mann meinte, er habe Frau Jedle wohl kurz nach zehn Uhr das Haus verlassen sehen. Er habe den Müllbeutel in der Tonne auf der Straße entsorgt. Er sei sich aber nicht ganz sicher, ob sie es tatsächlich war. Die Frau, die er sah, hatte es offenbar sehr eilig. Und sie habe auch eine große Tasche dabei gehabt.«

»In welcher Richtung war die Frau unterwegs?«

»Nicht in Richtung Kirche, sondern zur entgegengesetzten Seite.«

»Hat Frau Jedle ein Auto?«

»Nein, es ist keines auf ihren Namen gemeldet.«

»Dann frag bitte gleich morgen früh bei den zuständigen Stellen nach. Möglicherweise nahm sie ein öffentliches Verkehrsmittel, den O-Bus etwa. Vielleicht kann sich ein Fahrer an sie erinnern.«

»Wird gemacht. Ich klopfe auch die Taxi-Gesellschaften ab.«

Merana stand auf, trat an den großen Stadtplan heran, der in seinem Büro hing.

Die Wohnung von Frau Jedle lag im älteren Teil der Nonntaler Hauptstraße im Haus mit der Nummer 32f. Von da waren es selbst im gemächlichen Tempo kaum 15 Minuten bis zur Nonnbergstiege. Der Tatort in der Almgasse lag noch näher, gleich die nächste Abzweigung rechts, und dann noch etwa 300 bis 400 Meter.

»Ja, Martin, wir werden der Sache nachgehen.« Braunberger hatte sich neben ihn gestellt. Er klopfte mit dem Finger auf den Stadtplan. »Wir werden wie immer keinen Hinweis außer Acht lassen, und erscheint er uns auch noch so vage. Wir werden in alle Richtungen ermitteln, jeder sich bietenden möglichen Spur nachgehen.«

»Selbstverständlich, Otmar. So haben wir es immer getan. So werden wir es auch bei diesen beiden Fällen halten.«

Der Abteilungsinspektor kratzte sich am Kopf.

»Es sind noch so viele Fragen zu klären, Martin. Wir haben es noch nicht einmal geschafft, alle Schauspieler aus dem ›Jedermann‹-Ensemble zu kontaktieren. Und dann bleibt noch der Gedanke, der mich derzeit am meisten beschäftigt. Auch wenn sich für uns noch nicht einmal ein Ansatz für ein mögliches Gesamtbild abzeichnet, stelle ich mir dennoch die Frage: Wie könnte der Tod von Folker Hartling in das alles hineinpassen?«

Das fragte Merana sich auch. Und das fragte er sich zwei Stunden später immer noch, als er gegen Mitternacht zu Hause ankam. Eine ganze Reihe an Fragen schwirrte durch seinen Kopf wie eine Schar nervöser Hornissen. Wo um alles in der Welt steckte Frau Jedle? Warum hatte sie sich freigenommen? Wie passte die Ermordung von Folker Hartling zum Tod von Isolde Laudess? Und warum hatte dieser Cyrano sich ins Kloster zurückgezogen, wenn auch nur für ein, zwei Tage? Tat er das aus einer Laune heraus, oder gab es einen bestimmten Grund dafür? Auch er hatte sich ihrem Blick entzogen, so wie Frau Jedle. Und er war auch telefonisch nicht erreichbar. Er hatte sein Handy abgegeben. Vermutlich an der Klosterpforte. Und wo war das Handy von Isolde Laudess geblieben? Wo? Das war längst noch nicht alles, was durch seinen Schädel schwirrte. Da huschte auch so etwas wie ein Gedankenfetzen durch sein Hirn. Schwer auszumachen. So sehr er sich auch bemühte, er konnte ihn nicht festmachen. Aber immer wieder ertappte er sich bei dem Gefühl, er habe etwas übersehen. Er habe irgendetwas einfach so hingenommen, völlig falsch eingeordnet. Was konnte das sein?

VIERTER TAG

1

Was habe ich übersehen? Diese Frage war lange durch seinen Kopf gewirbelt wie ein aus der Verankerung geplatztes Karussell, bis es ihm endlich gegen drei Uhr morgens gelungen war, in einen kurzen traumlosen Schlaf abzutauchen. Und dieselbe Frage blitzte auch als erster Gedanke auf, als er drei Stunden später jäh daraus erwachte. Sein Oberkörper schnellte hoch. Habe ich denn tatsächlich etwas übersehen? Oder kommt es mir nur so vor? Er drosch beide Handballen gegen die Stirn. Doch das half auch nichts. Nicht einmal die geringste Spur einer möglichen Antwort dämmerte auf. Also ließ er das Schlagen gegen die Stirn bleiben und stieg rasch aus dem Bett. Wenige Minuten später hetzte er bereits über den ersten Feldweg. Aber anders als vor drei Tagen fühlte er sich dieses Mal beim Laufen nicht recht wohl. Keine Freude kam auf. Da war auch kein quietschvergnügt japsender Hund, der ihn an Wendy erinnerte und der wenigstens ein Stück weit neben ihm hertrollte. Es lag auch ganz sicher nicht daran, dass ein paar harmlose, aber tief hängende Wolken ihm den Blick auf den mächtigen Grat des Untersberges trübten. Es war etwas ganz anderes, das ihn in Bann hielt. Habe ich etwas übersehen oder bilde ich mir das nur ein? Die Frage lief mit, trommelte bei jedem Schritt durch seinen Kopf. Kurz vor der Aigner Kirche stoppte er ab. Merana, das mit dem Laufen bringt heute nichts, ermahnte er sich selbst.

Er machte auf der Stelle kehrt, eilte zurück. Er stellte sich unter die Dusche. Dann fuhr er ins Büro. Als Erstes besorgte er sich ein reichhaltiges Frühstück aus der Kantine. Dann checkte er, ob inzwischen Nachrichten von Kollegen aus dem Ermittlungsteam eingetroffen waren. Das Ergebnis war dürftig. Drei Rückmeldungen fand er im Posteingang. Und auch die enthielten nichts wesentlich Neues. Es waren Bestätigungen für bereits bekannte Fakten, die sie aus anderen Befragungen schon ermittelt hatten. Wesentlich interessanter erwies sich eine Mitteilung von Thomas Brunner.

»Aufgrund einer erweiterten Spurenauswertung ist es uns gelungen, neue Erkenntnisse zum Typus jenes Seils zu gewinnen, das beim Anschlag gegen Folker Hartling verwendet wurde. Wir können das dafür eingesetzte Drahtseil auf drei Modelle eingrenzen.« Angehängt war eine Auflistung der technischen Daten und der Fabrikationsbezeichnungen der drei in Frage kommenden Modelle. Na, wenigstens etwas, dachte Merana. Es war wie immer eine mühsame Millimeterarbeit, der sie sich gegenüber sahen, so wie bei fast allen Fällen. Aber sie kamen weiter. Jeder auch noch so kleine Schritt war wichtig. Er öffnete alle Ordner mit den Ermittlungsdaten. Er wollte erneut die beiden Fälle durcharbeiten, jede Einzelheit prüfen. Vielleicht kam er dadurch einer Antwort auf seine Vermutung näher, er habe etwas übersehen. Eine gute Stunde später hatte er knapp die Hälfte überprüft. Aber er hatte bisher keinen Fehler entdeckt. Das Handy schlug an. »Kerner«, las er auf dem Display. Er nahm an.

»Guten Morgen, Martin. Ich hatte eben den Landeshauptmann in der Leitung.« Die Stimme des Polizeipräsidenten hörte sich ein wenig nach Bellen an. »Ich hoffe, wir haben bald vorzeigbare Ermittlungsergebnisse. Die Festspiele werden nervös. Man überlegt ernsthaft, die nächste ›Jedermann‹-Aufführung abzusagen. Normalerweise holt der Tod den Gastgeber, den reichen Lebemann, und nicht die Mitglieder aus der Tischgesellschaft. Wie weit seid ihr mit dem ersten Mord? Habt ihr wenigstens zu Isolde Laudess irgendeinen zielführenden Hinweis?«

»Nein, Günther. Du kennst die aktuelle Faktenlage.«

»Herrgott, Martin!« Die Stimme des Hofrats schwoll an. »Immerhin handelt es sich bei der Toten um die Schwester der Buhlschaft. Da muss aber bald etwas Brauchbares kommen, mein Lieber. Ist wenigstens die Leiche schon freigegeben? Kann sich Senta Laudess um das Begräbnis kümmern?«

»Ich werde bei der Staatsanwaltschaft nachfragen.«

»Mach denen Druck, Martin.«

»Macht der Landeshauptmann dir Druck, Günther?«

Merana war gespannt auf die Reaktion. Er erwartete eine Antwort in knurrendem Tonfall. Stattdessen hörte er ein Kichern.

»Lass das ruhig meine Sorge sein, Herr Kommissariatsleiter. Damit kommt dein Präsident schon klar. Es wäre schön, wenn du bis zum Abend irgendetwas Neues für mich hättest.« Ja, das wäre für ihn selbst auch schön. Gleich darauf führte er schon das nächste Gespräch. Staatsanwältin Gudrun Taubner rief an.

»Guten Morgen, Martin. Danke für deinen Bericht.«

Merana hatte ihr spät am Abend den aktualisierten Ermittlungsstand per Mail übermittelt.

»Habt ihr diese Garderobenfrau inzwischen erreicht? Oder hat sich Marie Jedle von selbst gemeldet?«

»Leider nein, Gudrun. Wir wissen immer noch nicht, wo Frau Jedle derzeit ist.«

»Das ist bedauerlich. Hoffentlich meldet sie sich bald. Natürlich können wir sie bei der vorliegenden Indizienlage nicht zur Fahndung ausschreiben.«

»Selbstverständlich nicht, davor würde ich ohnehin abraten. Die Hinweise auf irgendeinen möglichen Zusammenhang zu den Fällen sind mehr als vage.«

»Das sehe ich derzeit auch so. Bitte halte mich auf dem Laufenden.«

»Ich hatte vorhin ein Gespräch mit unserem Chef. Kann die Leiche von Isolde Laudess von Seiten der Staatsanwaltschaft freigegeben werden?«

»Ich denke schon. Lass mich kurz Rücksprache mit der Gerichtsmedizin halten. Dann melde ich mich.« Sie legte auf. Fünf Minuten später rief sie zurück.

»Alles in Ordnung, Martin. Wir geben den Leichnam frei. Verständigst du Senta Laudess oder soll ich anrufen?«

»Danke, Gudrun. Ich übernehme das.«

Sein Blick fiel aus dem Fenster. Der leichte Dunstschleier, der bei seiner Ankunft vor zwei Stunden über der Stadt gelegen hatte, hatte sich endgültig verzogen. Auch der Untersberg war wolkenfrei und strahlte in gewohnter Pracht. Jetzt wäre es gut zu laufen. Sollte er die Laufausrüstung aus dem Büroschrank holen und einen kurzen Abstecher nach Hellbrunn machen? Vielleicht bekam er auf diese Weise den Kopf frei, um sich auf Wesentliches zu konzentrieren? Er verspürte tatsächlich Lust dazu. Doch vorher wollte er Senta Laudess anrufen.

Sie meldete sich bereits nach dem dritten Freizeichen. Er übermittelte ihr die Entscheidung der Staatsanwaltschaft. »Vielen Dank, Herr Kommissar. Dann werde ich mich gleich um die Formalitäten kümmern. Ich hoffe, dass wir Isoldes Begräbnisfeier recht bald abhalten können.« Ihre Stimme klang gut. Sie machte einen sehr gefassten Eindruck auf ihn.

»Gott sei Dank bin ich heute mit keinen anderen Verpflichtungen belegt. Da kann ich mich gleich daran machen. Auch der Abend ist frei. Ich kann also zu Hause bleiben. Das trifft sich gut. Dann finde ich hoffentlich die entsprechende Ruhe, um passende Formulierungen für die Todesanzeige vorzubereiten. Auch über den Nachruf kann ich mir Gedanken machen. Ich werde wohl eine Trauerrede halten müssen. Ich werde mich dafür mit Jana Daimond in Verbindung setzen. Die Festspiele planen sicher auch etwas Angemessenes für die Verabschiedung. Wie ist das mit dem Leichnam von Folker, Herr Kommissar? Wird der auch freigegeben?«

»Leider nein, Frau Laudess. Den benötigt die Gerichtsmedizin noch für Untersuchungen.«

»Oh.« Er hörte, wie sie stark einatmete. »Das ist schade. Den Festspielen wäre es sicher lieber, wenn es nur eine Begräbnisfeierlichkeit gibt anstatt zwei. Wegen der Presse. Dann wäre man mit diesem traurigen Ereignis nur einmal in den Medien präsent.«

»Soviel ich weiß, kommen die Eltern von Herrn Hartling heute, spätestens morgen nach Salzburg. Sie werden wohl den Leichnam ihres Sohnes in dessen Heimatort Memmingen überstellen lassen. Zumindest hat das Frau Daimond mir gegenüber so anklingen lassen.«

»Verstehe. Dann werde ich alles Weitere mit Jana Daimond besprechen. Vielen Dank, Herr Kommissar, dass Sie mich verständigt haben.«

Er legte das Handy zur Seite. Wieder wanderten seine Augen zum Fenster. Der vom Sonnenlicht bestrahlte Untersberg verströmte nahezu magische Wirkung. Er gab sich einen Ruck. Er hatte stets eine eigene Laufausrüstung im Büro. Wenige Minuten später verließ er das Amtsgebäude, nahm im Laufschritt den Frohnburgweg, der ihn rasch zur Hellbrunner Allee führte. Merana hatte es sich zur Angewohnheit gemacht, bei anstrengender Büroarbeit immer wieder mal den Vorteil auszunützen, dass Schloss und Park von Hellbrunn nicht allzu weit von der Bundespolizeidirektion entfernt lagen. Auch heute schaffte er es bei entsprechend zügigem Tempo in gut 20 Minuten nach Hellbrunn. Leicht ausgepumpt traf er am Ehrenhof ein. Er genoss zusammen mit vielen Besuchern den herrlichen Anblick der malerischen Schlossfassade. Normalerweise zog er noch eine weite Runde durch die verschwenderisch angelegte, reich verzierte Gartenanlage des Wasserparterres mit den Teichen und den daran anschließenden riesigen Park. Darauf verzichtete er heute. Er umkreiste nur den größten der Teiche, erfreute sich kurz an den eleganten Bewegungen der großen Störe, die darin ihre Bahnen zogen. Dann machte er sich auf den Rückweg. Er fühlte sich zwar ein wenig ausgelaugt, als er in der Bundespolizeidirektion eintraf und sich im Fitnessbereich im Keller unter die Dusche stellte. Aber zugleich empfand er, der Kopf wäre nun um einiges leichter und bestens gerüstet für neue Anforderungen. Bald darauf tauchte Otmar Braunberger in Meranas Büro auf.

»Leider waren meine Nachforschungen bei der O-Bus-Gesellschaft und bei den Taxiunternehmen nicht von Erfolg beschieden. Nirgends war jemand zu finden, der mir Auskunft zu Marie Jedle oder einer Person, die ihr zumindest ähnlich sah, geben konnte. Was natürlich nicht heißt, dass sie nicht doch den O-Bus benutzt hat. Ein Taxi wohl eher nicht. Da hätte sich der Fahrer eher erinnert.«

»Hast du dich nochmals in Frau Jedles Nachbarschaft umgehört?«

»Ja, habe ich. Und ich habe auch die Kollegen von der Streife beauftragt, in regelmäßigen Abständen von ein bis zwei Stunden zu kontrollieren, ob Frau Jedle inzwischen zu Hause anzutreffen ist. Den Bericht zur Nachbarschaftsbefragung stelle ich gleich in die Ermittlungsordner. Nur so viel in Stichworten: Ignaz Jedle ist in der elterlichen Wohnung aufgewachsen. Der Vater ist vor sechs Jahren verstorben. Vor 14 Monaten ist Ignaz ausgezogen und in eine Mietwohnung in der Franz-Wallack-Straße übergesiedelt. Aber auch nach seinem Auszug wurde er noch regelmäßig in der Nonntaler Hauptstraße gesehen. Er besuchte oft seine Mutter. Ein- oder zweimal soll er sich mit Isolde Laudess getroffen haben. Davon weiß jedenfalls eine offenbar gut informierte Nachbarin zu berichten.«

»Die Schauspielerin und Ignaz Jedle kannten sich wohl schon seit ihrer Kindheit. Immerhin sind sie in derselben Straße aufgewachsen.«

»Das mit derselben Straße stimmt, dennoch hat sich mir der Eindruck vermittelt, sie kannten sich noch nicht so lange. Die beiden Wohnungen liegen ziemlich weit auseinander. Außerdem besuchten sie völlig andere Schulen. Ignaz Jedle war in öffentlichen Schulen unterwegs, während Frau Laudess dafür sorgte, dass ihre Töchter in Privatschulen aufgenommen wurden. Wenn man einer weiteren Nachbarin Glauben schenken darf, dann lernten Ignaz und Isolde einander erst vor drei Jahren bei einem Straßenfest kennen. Das mit Isoldes Hang zu teils problematischen Flirtereien dürfte in jedem Fall stimmen. Dafür bekam ich dezente und auch ganz offen entgegengeknallte Hinweise.«

»Auch zum Flirt mit Ignaz Jedle?«

»Ja, auch dafür. Und auch der uns schon bekannte Vorwurf wurde einmal geäußert.

Und das in einer sehr verächtlichen Art und Weise. Es wäre eine Sauerei von der Tingel-Tangel-Schauspielerin gewesen, sagte man mir wortwörtlich, dass sie sich vom armen Ignaz nur aushalten lassen wollte, falls der überhaupt je zu genug Geld käme.« Der Abteilungsinspektor erhob sich vom Stuhl. »Du bekommst gleich die detaillierte Zusammenfassung per Mail.« Er verließ das Büro.

Merana lehnte sich zurück, versuchte, das eben Gehörte ins Gesamtbild einzuordnen.

Angenommen, es stimmte: Ignaz Jedle nahm am illegalen Straßenrennen teil, weil er damit viel Geld zu gewinnen hoffte. Geld, das er brauchte, um bei der von ihm angebeteten Isolde überhaupt eine Chance zu haben. Der Versuch endete für ihn tödlich. Was hatte das alles mit Folker Hartling zu tun? Warum lud der sich einen Zeitungsbericht über ebendiesen Unfall hoch? Und das knapp, bevor er selbst Ziel eines tödlichen Anschlages wurde. Wieder fiel sein Blick nach draußen, traf auf den sonnenumfluteten Untersberg. Der alte Sagenberg war voll von Geheimnissen, über Generationen weitererzählt und aufgeschrieben. Doch leider lagen auch dort nicht die Antworten auf seine dringendsten Fragen verborgen, wie Merana schmerzlich bewusst wurde.

2

Gegen 14 Uhr meldete sich die Vermittlung.
»Herr Kommissar, ich habe jemanden in der Leitung, der behauptet, dass Sie ihn unbedingt zu sprechen wünschen.«
»Haben Sie auch einen Namen?«
»Ja, Moment, bitte. Es ist ein Herr Yannick Müllner.«
Cyrano? Endlich. Gott sei Dank hatte er gestern bei Ariana sein Anliegen mit Nachdruck deponiert.
»Ja bitte, stellen Sie durch.«
»Wird gemacht, Herr Kommissar.« Für einen Augenblick war es still, dann hörte er die ihm inzwischen vertraute Stimme.

»Guten Tag, hier spricht Yannick Müllner.« Merana bestätigte, dass ihm sehr daran gelegen war, ein Gespräch zu führen. Er hätte ein paar Fragen. Am besten nicht am Telefon, sondern in der direkten Begegnung.

»Wo sind Sie im Augenblick, Herr Müllner?« Eine Pause entstand. Der andere schwieg. »Herr Müllner, Sie müssen nicht bei mir im Präsidium erscheinen. Ich komme gerne zu Ihnen. Am besten gleich. Also, wo sind Sie?«

Er sagte es ihm. Merana war überrascht. Auf dem Friedhof? Egal, er würde sich sofort auf den Weg machen.

»Herr Müllner, bleiben Sie bitte, wo Sie sind. Ich bin in einer Viertelstunde bei Ihnen.«

Der Kommunalfriedhof war die größte Gräberstätte der Stadt. Er lag im Südwesten, am Rand von Gneis. Geprägt wurde das Friedhofsbild vor allem durch die vielen Bäumen, die zum Teil ein hohes Alter aufwiesen. Viele Stadtbewohner nützten den Friedhof als Naherholungsgebiet für Spaziergänge. Merana stellte den Wagen am Parkplatz nahe dem Haupteingang ab. Yannik Müllner hatte ihm genau beschrieben, in welchem Abschnitt er zu finden wäre. Der Platz lag am Rand des Areals, unweit eines kleinen Seitenausgangs.

»Guten Tag, Herr Müllner, danke, dass Sie auf mich gewartet haben.« Er stand neben einem Grab mit einem kleinen hölzernen Kreuz. Der Begräbnisstätte war anzumerken, dass sie erst vor Kurzem angelegt worden war. »Ignaz Jedle«, war auf dem Kreuz zu lesen. Daneben waren zwei Jahreszahlen vermerkt.

»Grüß Gott, Herr Kommissar.« Er streckte ihm die Hand entgegen. Die Finger fühlten sich kalt an. Auf dem

Grab daneben war ein schräger dunkelgrauer Stein angebracht. Darauf ruhte ein kleiner schlafender Engel.

»Ariana erzählte mir gestern, Sie besuchten ein Kloster. Wie war es?«

Müllner blickte ihn leicht verunsichert an, wusste offenbar nicht, was er darauf antworten sollte.

»Es war … alles in allem sehr beruhigend.« Er senkte die Augen.

Merana wartete. Er wollte ihm Zeit lassen. Auch von hier aus war der Untersberg gut auszumachen, gleichfalls die beiden hohen Gebirgsketten im Süden. Nur auf die Festung war Merana der Blick verstellt. Die Bäume waren zu nahe und zu hoch. Die Stimmung ringsum erinnerte tatsächlich mehr an einen erholsamen Park als an eine letzte Ruhestätte.

»Sind Sie oft hier, am Grab von Ignaz?«

Er nickte. Dann hob er den Kopf. Seine Augen waren feucht. Er tastete in die Jackentasche, zog ein Papiertaschentuch hervor.

»Der Tod von Ignaz geht Ihnen offenbar sehr nahe, Herr Müllner. Sie waren gestern im Kloster. Hat das auch damit zu tun?«

Wieder nickte er. Dann brach es aus ihm raus. Tränen schossen aus seinen Augen. Er riss die Hände zum Gesicht. Gleichzeitig drang aus einem Mund klagendes Heulen. Sein ganzer Körper wurde durchgeschüttelt, als litte er unter einem Fieberanfall.

»Ich fühle mich so schuldig.« Merana wartete, erwiderte nichts. Dann trat er einen Schritt auf ihn zu. Er öffnete die Arme, legte sie um den völlig aufgelöst bebenden jungen Mann und drückte ihn an sich. Er verschwendete keinen Gedanken daran, gegen welche dienstlichen Vorschriften er in diesem Augenblick verstieß. Ein ermittelnder Polizist umarmte einen möglichen Verdächtigen, das durfte wohl nicht sein. Es war ihm egal. Er tat es einfach.

»Ich mache Ihnen einen Vorschlag, Herr Müllner. In der Nähe vom Haupteingang gibt es ein kleines Café. Lassen Sie uns dort etwas trinken. Und dann erzählen Sie mir in Ruhe, was Sie so schwer bedrückt.«

Das Heulen war in Wimmern übergegangen. Merana fühlte, wie der junge Schauspieler nickte. Er wartete eine Weile. Als er das Gefühl hatte, Yannick Müllner gewinne allmählich an Fassung zurück, gab er ihn frei. Dann umkurvten beide den schlafenden Engel auf dem schräg gestellten Stein und hielten auf den Ausgang zu.

Das Café war nicht sehr groß. Vor dem Lokal standen drei Tische im Freien. Sie waren alle unbesetzt. Merana und der junge Mann nahmen Platz, bestellten zwei Getränke. Der Kellner brachte das Gewünschte. Yannick Müllner leerte seine Cola in gierigen Schlucken bis zur Hälfte. Der Kommissar nippte an seinem Espresso.

Merana wartete. Auch von hier aus war der mächtige Sagenberg im Westen gut auszumachen. Die Zacken an den Nordrändern schimmerten rötlich. Müllner hatte das Glas nicht ausgelassen. Erneut führte er es hoch, trank den Rest der Cola. Dann lehnte er sich im weißen Plastikstuhl zurück. Merana blickte ihn ruhig an.

»Möchten Sie mir erzählen, warum Sie sich schuldig fühlen, Herr Müllner?«

Der andere nickte. Aber er schaute Merana nicht an. Seine Augen waren auf den Tisch gerichtet.

»Ich fühle mich deswegen so schuldig, Herr Kommissar, weil ich Ignaz nicht davon abgehalten habe, an diesem verfluchten Rennen teilzunehmen. Viel schlimmer noch. Ich habe sogar im Internet mitgespielt und auf seinen Sieg gewettet.«

Es gab also doch eine Aktion im Internet, wie die Kollegin von der Verkehrsinspektion angedeutet hatte, dachte Merana.

»Glauben Sie tatsächlich, Sie hätten Ignaz davon abhalten können?«

Der Schauspieler zuckte mit den Schultern. »Ich habe es ja versucht, wollte es ihm ausreden. Offenbar habe ich mich nicht ernsthaft genug bemüht, es auch wirklich zu erreichen.« Er legte die Unterarme auf die Tischplatte. Dann schilderte er Merana, wie es war, zu Hause am Bildschirm zu sitzen und aufgeregt mitzufiebern. Seine Stimme klang jetzt klarer. Auch zitterte er kaum mehr. Nur einmal wurde das Beben stärker. Er berichtete, wie plötzlich der blaue Punkt auf der Anzeige verschwunden war. Und dann hatte er den Schriftzug gesehen: race interrupted. Er ließ den Kopf sinken. Seine Schultern begannen zu zucken. Merana wartete. Dann stellte er die nächste Frage.

»Herr Müllner, halten Sie nach wie vor daran fest, dass Isolde Laudess für den Tod von Ignaz verantwortlich war, weil sie ihn dazu anstachelte, genug Geld herbeizuschaffen, um sie zu verwöhnen?«

Sein Körper straffte sich. Er riss den Kopf nach oben. Um ein Haar hätte er mit der Hand das leere Colaglas vom Tisch gefegt. »Das war sicher ein wichtiger Grund für Ignaz. Daran besteht kein Zweifel.« Er schaute den

Kommissar direkt an. »Aber es war ganz gewiss nicht der einzige. Da ging es wohl auch um den besonderen Kick, sich bei einem außergewöhnlichen Rennen zu matchen, dabei Geld zu gewinnen. So war es bei mir auch. Aber ich musste nur ein paar Ziffern eintippen und eine Seite aufrufen. Und dabei saß ich zu Hause im Wohnzimmer. Ignaz musste sich ins Auto setzen und den Boliden über die Straße jagen.« Seine Stimme brach. Die letzten Worte wurden von einem leisen Wimmern begleitet. »Ich schäme mich dafür in Grund und Boden. Aber davon hat Ignaz jetzt auch nichts mehr.« Er griff in die Tasche, holte ein neues Papiertuch hervor. Wieder wartete Merana.

»Was haben Sie empfunden, als Sie von Isoldes Tod erfuhren?«

Er stieß ein kurzes Heulen aus, schnäuzte sich ein weiteres Mal. Dann blickte er ihn an.

»Das wollen Sie gar nicht hören, Herr Kommissar. Es ist so schon schlimm genug.

Aber angetan habe ich ihr nichts.« Er steckte das Taschentuch ein, umklammerte mit beiden Händen das leere Glas. »Es reicht schon, dass ich mich mitschuldig fühle für den Verlust eines anderen Lebens. Ich habe Ignaz nicht davon abgehalten, ins Auto zu steigen. Dieser Vorwurf wird immer bei mir bleiben, bis ans Ende meiner Tage.«

Eine halbe Stunde später war Merana bereits auf dem Rückweg in Richtung Präsidium. Er dachte an die eben erlebte Begegnung. Er rief sich Passagen des Gesprächs in Erinnerung, spürte den dabei empfundenen Eindrücken nach.

Hatte Yannick Müllner ihm eben tatsächlich sein Innerstes offenbart oder hatte der Schauspieler eine Show abgezogen? Hatte er doch Isolde Laudess ganz allein für schuldig am Tod von Ignaz gehalten und ihr deshalb etwas angetan? Er konnte sich das nicht vorstellen. Er verließ sich lieber darauf, was er bei der Begegnung am Grab und später vor dem Lokal empfunden hatte. Da war tiefer Schmerz gewesen. Da hatte ihm ein junger, äußerst empfindsamer junger Mann gegenüber gesessen, der tief an dem verzweifelten Gefühl litt, mitschuldig zu sein an dem Verlust seines Freundes. Gleichzeitig schleppte sich wieder der Gedanke durch seinen Kopf, den er schon kannte. Was habe ich übersehen? Da war sie wieder, die Frage, die ihn seit gestern Abend quälte. Vergiss es, Merana, wies er sich selbst zurecht. Wahrscheinlich hast du gar nichts übersehen und bildest dir das nur ein. Konzentriere dich lieber auf Wesentliches. Zum Beispiel auf die Frage, was Folker Hartling mit der ganzen Sache zu tun hatte. Warum interessierte auch er sich für diesen Unfall? Seine Hände schlossen sich fester um das Lenkrad. Es schien ihm auch angebracht, sich besser auf den dichter werdenden Verkehr zu konzentrieren.

Zurück im Büro checkte er als Erstes, ob neue Meldungen der ermittelnden Kollegen eingetroffen waren. Er fand nichts. Auch zum möglichen Aufenthalt der Garderobenmitarbeiterin lag keine einzige Information vor. Wo hielt sich Marie Jedle auf? Warum war sie ausgerechnet gestern aus ihrer Wohnung verschwunden und seitdem nicht mehr auffindbar? So sehr er sich bemühte, es fiel ihm keine Erklärung ein, die ihm auch nur halbwegs plausibel erschien. Also machte er sich wieder daran, die

Ordner mit den bisherigen Ermittlungsdaten zu durchpflügen.

»Hallo, Merana, ich habe etwas für dich.« Jutta Plochs Stimme am Telefon klang etwas lauter als gewöhnlich. Wie immer redete sie nicht lange um den Brei herum, kam direkt auf den Punkt. »Ich habe mich über Folker Hartling schlaugemacht, ganz so, wie du es wünschtest. In zehn Minuten treffe ich den jungen lettischen Dirigenten, der am Sonntag die Mozart-Matinee dirigiert. Um 18 Uhr gibt mir der bulgarische Chordirigent im Festspielhaus ein Interview zu ›La Clemeza di Tito‹. Dazwischen habe ich exakt 25 Minuten Zeit für dich. Sagen wir 17 Uhr, im Café UNI:VERSUM?«

»Danke, Jutta. Ich bin pünktlich da.«

»Dann bis später, mein Lieber.« Sie legte auf. Er blickte auf die Uhr. Es blieben ihm genau 55 Minuten. Er griff nach dem Autoschlüssel. Er würde jetzt schon in die Stadt fahren. Dann konnte er noch eine gute halbe Stunde über die Plätze und durch die Gassen streifen. Das würde ihm guttun.

Genau drei Minuten vor 17 Uhr tauchte er im Café UNI:VERSUM auf. Die Journalistin war schon da. Dieses Mal saß sie nicht im Freien, sondern im Innern des Lokals.

»Hallo, Commissario. Wie kommst du voran?« Er nahm Platz.

»Danke, Jutta. Schleppend, muss ich gestehen. Kennst du Yannick Müllner, den Schauspieler des Salzburger Straßentheaters?«

»Du meinst Cyrano, der dort auch die Laute spielt?«

Wie hatte er nur annehmen können, der Journalistin sei auch nur ein Detail der Salzburger Kulturszene nicht bekannt. Natürlich kannte sie Müllner, wusste sogar dessen Scherznamen.

Er erzählte ihr kurz von der Begegnung, die er hatte, ohne näher auf Details einzugehen.

»Und jetzt, geschätzte Jutta, bist du an der Reihe. Uns bleibt, wie du erwähntest, nicht viel Zeit. Also, was hast du für mich zu Folker Hartling?«

Sie gab der Kellnerin ein Zeichen, bestellte sich einen Fruchtsaft.

»Ich gehe davon aus, dass du weißt, wo Hartling einen Tag vor seinem Tod war.«

»Ja, das haben wir ermittelt. Er war in Wien. Er traf dort einen Regisseur und hatte danach eine Aufnahme für ein Hörspiel.«

»Sehr gut, Commissario. Aber weißt du auch, dass Hartling ursprünglich für diese Rolle im Hörspiel gar nicht vorgesehen war, sondern jemand anderer?«

»Wer?«

»Hadwin Melos.« Der Name ließ Merana aufhorchen. Hadwin Melos war doch auch im »K+K« dabei gewesen.

»Das ist ein Schauspieler aus der ›Jedermann‹-Tischgesellschaft.«

»Sehr richtig, Merana.«

»Gibt es einen Grund, warum schlussendlich Hartling und nicht Melos die Rolle bekam?«

»Den gibt es sicher. Aber um den rauszufinden, muss ich mich noch intensiver umhören. Doch meine kleinen zwitschernden Vöglein haben mir etwas weiteres Interessantes zugetragen.«

»Haben diese Vöglein auch Namen?«

»Dieses eine schon. Es heißt Tabea Hilling. Tabea ist die zweite Regieassistentin in der ›Jedermann‹-Produktion. Bei den Proben hat es immer wieder geknistert, habe ich erfahren.«

»Geknistert, meinst du Spannungen?«

»Nenn es, wie es dir behagt, Commissario. Jedenfalls hat Hadwin Melos sich immer wieder sehr bemüht, bei Bianca Perl zu punkten. Das ist auch einigen anderen aus der Truppe aufgefallen. Aber Bianca hatte offenbar wenig Interesse an einem Flirt mit Herrn Melos. Dafür zeigte sie eindeutig Sympathie für einen anderen Kollegen. Nämlich für Folker Hartling.«

»Verstehe. Und der bekommt dann auch anstelle des Konkurrenten das gar nicht so schlecht bezahlte Hörspielengagement. Das wird Herrn Melos doch gewurmt haben.«

»Du sagst es, Commissario. Ich liefere dir nur die Zwitscherbotschaften. Die richtigen Schlüsse daraus musst du alleine ziehen.« Sie blieben eine knappe Viertelstunde sitzen. Dann musste die Journalistin zu ihrem Termin. Merana verließ mit ihr das Lokal. Er beschloss, noch nicht ins Präsidium zurückzukehren. Er wollte erst noch durch die Innenstadt streifen, seinen Gedanken freien Lauf lassen.

Der Abstecher nach Hellbrunn hatte ihm gutgetan. Das spürte er jetzt noch. Er fühlte sich um einiges frischer als noch vor Stunden. Sein Kopf war unbeschwert genug, dass er darin dem Gedankenkarussell freien Lauf lassen konnte. Er marschierte los. Er schlug keine bestimmte Richtung ein, ließ sich einfach treiben. Ab und zu ertappte er sich dabei, dass er angehalten hatte und in Schaufenster starrte. Auch vor dem einen oder anderen Veranstaltungsplakat fand er sich wieder, ohne recht den Sinn dessen zu erfassen, was er sah. Immer wieder setzte er sich in Bewegung, um nur wenige Meter danach erneut anzuhalten. Das Gedankenkarussell nahm Schwung auf, das spürte er. Durch das Gespräch mit Jutta Ploch war ein neuer Stein im großen Puzzle aufgetaucht. Er trug den Namen Hadwin Melos. An welche Stelle war dieser Stein zu platzieren, fragte er sich. Es hat geknistert, hatte die Journalistin es ausgedrückt. Was bedeutete das tatsächlich? Wie sehr mochte es Melos gestört haben, dass er offenbar bei seiner Kollegin Bianca nicht so recht zum Zug kam, weil die ihre Sympathie einem anderen zuwandte. Folker Hartling. Und warum war dieser bei der Rollenbesetzung der Hörspielproduktion bevorzugt worden? Und dennoch war Hadwin Melos der Einladung zur kleinen Geburtstagsfeier im »K+K« gefolgt. Warum? Wegen Bianca Perl?

Eine Passage aus einem der Gespräche mit Senta Laudess fiel ihm ein. Es war Melos gewesen, hatte sie berichtet, der bei dieser Feier nach kurzer Zeit zum frühen Aufbruch gedrängt hatte. Der andere Kollege, Nick Zoller, hatte wohl oder übel folgen müssen, da Melos der Fahrer war. Danach hatten sie zu viert im »K+K« weitergefeiert. Folker Hartling, Bianca Perl, Senta Laudess und Isolde. Zu Isoldes Charakter hatte er in den letzten Tagen einiges vernommen, darunter viel Widersprüchliches. Sie sei nett und hilfsbereit gewesen, hatte es in der Nachbarschaft geheißen. Sie verstand sich gut mit Kindern, lud bisweilen zu Kaffee und Kuchen ein. Isolde Laudess war ein tief im Inneren völlig verunsicherter Mensch, hatte Ariana

Stufner ihm gegenüber gemeint. Wie ein verängstigtes kleines Kind, das endlich angenommen werden wollte. Aber Ariana hatte auch keinen Zweifel daran gelassen, dass Isolde wirklich alles getan hätte, um das zu erreichen, wonach sie sich so sehnte, um endlich Erfolg und Anerkennung zu bekommen. Und wo war ihr Handy? Wieder hatte er gestoppt. Ihm fiel auf, dass er offensichtlich seit Minuten in die Auslage einer Buchhandlung starrte. Neben einer Reihe von unterschiedlichen Salzburg-Führern hing da ein Plakat, das ein Chorkonzert für den kommenden Samstag im Innenhof des Salzburg Museums ankündigte. Warum ist Isoldes Handy bisher nirgends aufgetaucht? Er löste den Blick vom Chorplakat und setzte sich in Bewegung. Und was war mit dem Anschlag auf Folker Hartling? War es reiner Zufall, dass beide, Isolde und Folker, zur selben Tischgesellschaft der »Jedermann«-Aufführung gehörten, oder spielte es doch eine Rolle? Und wenn es einen Zusammenhang gab, worin bestand diese Verbindung? Bei der Leiche des Schauspielers hatten sie, im Gegensatz zur ersten Toten, ein Handy gefunden. Das hatte sich sogar als Glücksfall für die Ermittler erwiesen. Nur so konnten sie herausfinden, dass der Schauspieler kurz vor seinem Tod sich die Internetseite mit dem Zeitungsartikel hochgeladen hatte. Was war mit diesem Unfall? Und warum war die Mutter des Unfallopfers plötzlich von der Bildfläche verschwunden? Hatte Marie Jedle irgendetwas mit den beiden Morden zu tun?

War irgendwo das Aufschimmern eines roten Fadens zu erkennen, der wenigstens den Ansatz einer Erklärung dafür lieferte, wie all das zusammenhing?

Wieder war er gedankenverloren vor einem großen Schaufenster stehen geblieben. Es gehörte offenbar zu einem neu eröffneten Reisebüro, das er noch gar nicht kannte. Man bewarb mit Sonderangeboten, Billigflügen und vielen Hochglanzbildern einige besonders attraktive Reiseziele. Er schaute auf die Anzeigen. Plötzlich taumelte er. Ihm wurde schwindlig. Er fühlte sich, als habe sich in seinem Kopf eine lange verborgen gehaltene Leuchtrakete endlich aus ihrer Verankerung gelöst. Mein Gott, war denn das möglich? Ja, so musste es sein. Jetzt war ihm auf einmal sternenklar, was er die ganze Zeit übersehen hatte. Eine unscheinbare Kleinigkeit, gewiss. Auf den ersten Blick erwies sich das als völlig nebensächlich, aber wenn man es richtig einordnete, war es von eminenter Bedeutung. Er spürte, wie seine Knie zu zittern begannen. Warum hatte er das nicht gleich entsprechend beachtet? Die Puzzlesteine in seinem Kopf purzelten aus ihrem wilden Reigen, nahmen eine andere, völlig neue Ordnung an. Er konnte zwar immer noch nicht das endgültige Motiv und die alles erklärende Grundstruktur dahinter erkennen. Aber ihm war schneidend bewusst, dass er recht hatte mit seiner Entdeckung. Er nestelte in der Tasche seiner Jacke, fischte das Handy heraus. Der Abteilungsinspektor meldete sich sofort.

»Otmar, ich befinde mich in der Innenstadt. Ich bin in einer Viertelstunde im Präsidium. Ich brauche euch, Thomas und dich, in meinem Büro.«

»Alles klar, Martin. Wir werden da sein.«

Er hetzte zurück zu seinem Wagen und fuhr los. Das Gespräch mit Damian Traubler fiel ihm ein, das er in

Obertrum geführt hatte. Sie hatten sich anlässlich der Overtourismus-Debatte darüber unterhalten, welche Strategien die am Tourismus Beteiligten manchmal an den Tag legten. Besonders eine Passage in dem Zusammenhang hatte Merana im Ohr. Auf den ersten Blick scheint alles klar, vernünftig, einleuchtend, hatte der junge Mann ausgeführt. Doch die Wahrheit steckt ganz woanders. Das Eigeninteresse wird geschickt verborgen. Ja, dachte Merana, dem ist nichts hinzuzufügen, so war es wohl nicht nur im weiten Feld des Tourismus.

»Mein Gott, dann machen wir uns an die Arbeit!« Merana war kurz vor 19.30 Uhr in der Bundespolizeidirektion eingetroffen. Die beiden hatten ihn schon erwartet. Er erklärte ihnen, was ihn die ganze Zeit über beschäftigt hatte, was ihm offenbar nicht sofort aufgefallen war. Sie hörten ihm zu. Ihnen war klar, dass Merana mit seiner Vermutung richtiglag. Genauso war ihnen bewusst, dass es vor allem darum ging, die Ärmel hochzukrempeln und sich augenblicklich an die Arbeit zu machen. Es galt dringend, ein paar Dinge zu überprüfen, einiges an offenen Ungereimtheiten abzuklären, damit sie wirklich sicher sein konnten. Und das möglichst schnell. Vielleicht ließ sich das eine oder andere stichhaltige Detail herbeischaffen, das mit dazu beitrug, Meranas These zu stützen, die Anschuldigung sogar zu beweisen.

»Ich alarmiere die zur Verfügung stehenden Kollegen«, bemerkte der Abteilungsinspektor. In Windeseile besprachen sie, wer sich worum kümmern sollte.

»Also dann«, ließ der Chef der Tatortgruppe sich vernehmen und sprang auf. »Wir wollen keine Zeit verlieren. Ich mache mich sofort auf zur Nonnbergstiege. Vielleicht haben wir Glück.«

Sie knieten sich hinein. Das komplette Ermittlungsteam zeigte größten Einsatz. Sie telefonierten, trafen Personen, führten Gespräche, recherchierten, fragten da und dort nochmals nach, ackerten sich durch. Und tatsächlich. Merana hatte es fast nicht für möglich gehalten. Nach nicht einmal drei Stunden hatten sie fast alles beisammen. Genug jedenfalls dafür, was in der kurzen Zeit zu bewerkstelligen war. Otmar Braunberger begleitete den Kommissar in die Tiefgarage. Dort angekommen, blieb er kurz stehen, blickte Merana an. »Etwas ist mir nicht ganz klar geworden, Martin. Du hast vorhin gar nicht erwähnt, wie du doch noch auf diese Lösung gekommen bist. Wie hast du denn das fehlende Puzzleteil entdeckt?«

Meranas kurzes Lachen hörte sich ein wenig blechern an. »Du wirst es nicht glauben, Otmar. Ich bin nach dem Treffen mit Jutta etwas in der Stadt herumgeirrt, bin eher planlos durch die Gassen gestreift. Plötzlich stand ich rein zufällig vor einem Reisebüro.«

Der Abteilungsinspektor schaute ihn kurz verwirrt an. Dann änderte sich sein Gesichtsausdruck. Er verstand, lachte ebenfalls.

»Und die haben auch Afrikareisen angeboten?«

»Ja.«

»Und da hast du auf einem der Bilder einen Löwen gesehen?«

»Nicht nur einen, mein Freund. Es war ein ganzes Rudel.«

Otmar öffnete ihm die Wagentür. »Dann, Herr Kommissar, alles Gute. Ich warte auf deinen Anruf. Wir sind bereit.«

Merana setzte sich ins Auto. Er startete und machte sich auf den Weg. Die Uhr zeigte eine halbe Stunde vor Mitternacht.

Er stieg langsam die Treppe hinauf. Er hatte nicht angerufen. Er wollte es einfach probieren. Er legte den Finger an den Knopf der Klingel, drückte drauf. Er vernahm ein Geräusch aus dem Inneren der Wohnung. Sie war offenbar zu Hause, wie er es erwartet hatte. Die Eingangstür wurde geöffnet.

»Guten Abend, Herr Kommissar. Zu so später Stunde? Kommen Sie herein.« Sie drehte sich um, ließ die Tür halb geöffnet. Ihm war nicht klar, ob sein Besuch sie überraschte. Sie hatte sich jedenfalls nichts anmerken lassen. Sie war barfuß unterwegs, wie er bemerkte, trug eine elegante helle Hose und darüber einen leichten dunklen Pulli. Er folgte ihr. Sie saß bereits im Salon, wies ihm den Platz zu.

»Guten Abend, Frau Laudess.« Er setzte sich ihr gegenüber. Dieses Mal gönnte er sich keinen Blick auf den nächtlichen Kapuzinerberg. Er ließ sie nicht aus den Augen. »Wie ist es Ihnen heute ergangen? Fanden Sie Zeit für die anstehenden wichtigen Aufgaben? Haben Sie Ihre Trauerrede schon fertig?«

Der Blick, mit dem sie ihn musterte, war ungetrübt, wirkte nahezu entspannt. Noch immer war er sich nicht im Klaren, ob Senta Laudess diese Ruhe nur spielte oder ob sein überraschendes Auftauchen sie doch auch verunsicherte.

»Sehr aufmerksam von Ihnen, dass Sie nachfragen. Ich bin noch nicht ganz fertig. Aber ich habe das Wesentliche in groben Zügen festgelegt und auch in Worte gefasst.« Er ließ sie weiterhin nicht aus den Augen. Sein Blick ruhte auf ihrem Gesicht.

»Ich bin sehr gespannt, Frau Laudess, was die Trauergäste dabei zu hören bekommen.« Zum ersten Mal zuckte ihr Mundwinkel, wie er bemerkte. Aber noch war nicht die geringste Spur von Unsicherheit in ihrem Gesicht abzulesen. Es hatte fast den Anschein, als müsste sie sich sogar den Anflug eines Lächelns verkneifen.

»Sind Sie deswegen gekommen, um sich mit mir über meine Trauerrede zu unterhalten?« Sie blickte ihn direkt an. Er wartete. Die Ruhe, die sie auszustrahlen schien, wirkte fast eine Spur unheimlich. Er beugte sich ein wenig nach vorn und fixierte ihre Augen.

»Nein, ich bin aus einem anderen Grund gekommen. Frau Laudess, ich verhafte Sie wegen zweifachen Mordes an Ihrer Schwester Isolde und an Ihrem Schauspielerkollegen Folker Hartling.« Er wartete gespannt, den Blick fest auf ihre Augen gerichtet. Alles, was sie an Reaktion zeigte, war ein kaum wahrnehmbares Nicken. Sonst nichts. Ihr unbeweglich beherrschter Gesichtsausdruck hatte sich nicht verändert. Was will sie damit bezwecken, fragte er sich. Kein Zweifel, hier saß ihm eine großartige Schauspielerin gegenüber, gefeiert auf allen namhaften Bühnen, die man in der Szene kannte. Sie hatte jede Regung ihres Körpers absolut unter Kontrolle. Wollte sie ihm mittels perfekter Haltung vorspielen, dass sie sich trotz seiner eindeutigen Erklärung, sie in Haft zu nehmen, ihm gegenüber überlegen fühlte?

Wollte sie ihn gar verunsichern? Ihm vermitteln, dass sie seine Anschuldigung lächerlich fand, dass er sich irrte? Bezweckte sie das?

»Lieber Herr Kommissar Merana.« Ihre Stimme klang immer noch souverän. Sie hob ein auf dem Tisch bereitgestelltes Glas hoch. Darin befand sich offenbar Rotwein. Sie nahm einen Schluck. Dann stellte sie das Glas zurück. Das alles in vollkommener Ruhe.

»Ich schlage vor, dass wir uns zunächst auf folgende Vorgehensweise einigen. Wir verzichten darauf, dass ich Ihnen eine der Situation angemessene dramatische Szene vorspiele. Ich will mich gar nicht dazu herablassen, Ihnen dabei unmissverständlich klarzumachen, welch außergewöhnliche Eliteschar an hervorragenden Anwälten mir in Sekundenschnelle zur Verfügung steht, wenn ich es nur will. Anwälte, die es gewohnt sind, jede wie auch immer geartete vorgetragene Beschuldigung in der Luft zu zerfetzen. Lassen wir das vorerst beiseite. Sie werden gewiss Ihre Gründe haben, Herr Kommissar, mich zu mitternächtlicher Stunde aufzusuchen, um mir eine derart absurde Anklage entgegenzuhalten. Ferner nehme ich an, diese Gründe haben Sie nicht einfach aus der Luft gegriffen, sondern sich gewiss etwas dabei überlegt. Dazu möchte ich gerne mehr erfahren. Also legen Sie los, Herr Kommissar.«

Jetzt hatte sich der Klang ihrer Stimme doch ein wenig verändert. Ein leichtes Vibrieren vermeinte er auszumachen. Setzte ihr nun doch zu, dass er sie des zweifachen Mordes beschuldigte? Oder gehörte der veränderte Klang in der Stimme zu ihrer Vorstellung von perfektem Spiel? Hatte ihre Stimme nicht auch dieses vibrierende Timbre angenommen, als sie auf der Bühne ihrem Jedermann gegenüber verkündete »Ich hör keinen Laut«? Und dabei hatte sie süffisant gelächelt. Denn die Wahrheit war ja eine andere gewesen. Sie hatte den Laut gehört. Sie hatte gewusst, worum es wirklich ging. Er griff in die Tasche, zog langsam das mitgebrachte Handy hervor. Er legte es auf den Tisch und wartete. Sie war wirklich eine großartige Schauspielerin. Das musste er neidlos anerkennen. Es gelang ihr weiterhin, sich perfekt zu beherrschen. Natürlich hatte sie längst erkannt, um welches Handy es sich handelte. Aber ihr Mienenspiel verriet rein nichts. Sie schaffte es sogar, eine Nuance von blasierter Langeweile auszustrahlen. Er nahm das Telefon hoch, aktivierte es. Er hielt ihr das Display hin. Er wartete. Regieanweisung eins: Bild erkennen. Regieanweisung zwei: überraschte Reaktion zeigen. So würde es wohl im Rollenskript vermerkt stehen. Und tatsächlich, genau so reagierte sie. Die rechte Augenbraue zuckte nach oben, ihr Gesicht vermittelte leichtes Erstaunsein.

»Ach, das ist gewiss das Handy von Folker Hartling, das Sie mitgebracht haben. Wie hübsch. Da ist ja auch der attraktive Löwe zu sehen. Ein großartiges Zeichen für sein Sternbild.«

Er ließ sie noch immer nicht aus den Augen, hielt ihr weiterhin das Handy entgegen. »Sehr richtig, Frau Laudess, gut erkannt. Es handelt sich tatsächlich um Herrn Hartlings Smartphone mit dem brüllenden Löwen als Hintergrundbild. Dass es sich dabei zugleich um einen Verweis auf das Sternbild des Toten handelt, darauf haben Sie mich gebracht. Sie erinnern sich?« Sie nickte, fasste sich in betont eleganter Bewegung kurz an ihr langes kupferrotes Haar.

»Ja, ich erinnere mich gut daran. Sie waren damals so freundlich, mich in meiner Wohnung aufzusuchen. Wir sprachen darüber, dass Bianca ihrem Kollegen Folker bei der Geburtstagsfeier einen hübschen Löwenanhänger mit Band überreichte.«

Sie wählte tatsächlich dasselbe Lächeln, das sie auch damals aufgesetzt hatte, als sie ihm die kleine Episode geschildert hatte. Sie hatte sie ihm bestens ausgeschmückt, mit vielen Details bereichert. Folker bei der Geburtstagsfeier im »K+K«, der sich wie ein kleines Kind über den Löwenanhänger freute. Folker, der mit dem Anhänger sogar durchs Lokal flanierte. Folker, der offenbar unbändig stolz auf sein Sternzeichen war. Einem Menschen, der einem so sympathisch ist, wie Senta Laudess es geschildert hatte, dessen Verhalten nur Freude auslöste, dem konnte man doch nichts Böses wollen. Und dennoch hatte sie es getan. Sie hatte ihm aufgelauert und ihm mit dem Messer die Kehle aufgeschlitzt. Aber sie hatte im Schwung ihrer von großer Begeisterung geprägten Schilderung der Feierszenen einen Fehler gemacht. Sie, die große Regisseurin, hatte eine kleine Spur zu dick aufgetragen. Das Ermittlungsteam hatte alle in den letzten Stunden exakt überprüft. Otmar und den Kollegen war es gelungen, bei Schauspielern und Mitwirkenden nachzufragen. Und das Ergebnis war eindeutig. Senta Laudess hatte am Tag vor Folkers Tod keinen Kontakt zu ihm gehabt. Sie hatten sich nur auf der Bühne bei der »Jedermann«-Aufführung gesehen. Sie hatten bei den Transporten, die sie vom Festspielhaus zum Domplatz und später zurückbrachten, sogar in unterschiedlichen Kleinbussen gesessen. Folker hatte auch nicht sein Handy dabei gehabt. Es lag verschlossen in seinem Garderobenschrank. Und gleich nach der Vorstellung war Folker mit dem Rad weggefahren. Er wollte ja schnellstens zu seiner Pokerpartie. Und Thomas Brunners Leute hatten den Zeitpunkt des Hochladens exakt überprüft. Hartling hatte sich das Konterfei des brüllenden Löwen tatsächlich erst am Nachmittag desselben Tages als Hintergrundbild aufs Handy geholt. Woher konnte Senta Laudess also wissen, dass es dieses Bild auf dem Handy gab? Ab dem Zeitpunkt des Hochladens war sie nicht mehr in der Nähe von Folker Hartling gewesen, um einen Blick auf das Handy zu werfen. Aber sie wusste davon. Sie hatte es Merana gegenüber eindeutig erwähnt. Doch das war nach Folker Hartlings Tod gewesen. Woher wusste sie es also?

Sie waren im Ermittlungsteam alles Schritt für Schritt durchgegangen, hatten jedes Detail überprüft. Es bestand kein Zweifel. Dass das Bild auf dem Handy war, konnte die Buhlschaft der Salzburger Festspiele nur wissen, wenn sie es war, die den Anschlag ausführte. Sie hatte das Seil gespannt. Sie hatte ihn zu Sturz gebracht und ihn getötet. Danach hatte sie sich das Handy genommen und zufällig das Löwenbild bemerkt. Eine kleine Nebensächlichkeit, nicht von Bedeutung, wie es schien. Aber das Bild als ausschmückendes Detail in die überschwängliche Beschreibung von Folkers Begeisterung für sein Sternzeichen mit einzubauen, war dann ein gravierender Fehler gewesen. Und Merana hatte lange gebraucht, bis ihm dieser Fehler bewusst wurde.

»Ja, Herr Kommissar, ich finde das Bild wirklich sehr gelungen. Aber wollen Sie die Hand nicht wieder ablegen? Ihr Arm scheint mir schon schwer zu werden.«

Er ließ sich darauf ein, legte das Handy tatsächlich ab. Aber er positionierte es so, dass sie immer noch das Bild mit dem Löwen sehen konnte. Dann sagte er es ihr. Er erklärte ihr unmissverständlich, wie sie darauf gekommen waren. Der bedeutenden Schauspielerin und mittlerweile erfolgreichen Regisseurin war ein kleiner Fehler unterlaufen.

»Sie können den Löwen auf dem Handy erst gesehen haben, als Folker Hartling schon tot war.«

Zum ersten Mal schien der Panzer ihrer zur Schau gestellten überlegenen Haltung Risse zu bekommen. Es war nur für einen Moment. Unruhe flackerte in ihren Augen auf. Doch im nächsten Moment hatte sie sich wieder unter Kontrolle. Dennoch wirkte das Lächeln, hinter dem sie ihre Gefühle verbarg, etwas bemüht. Sie griff zum Weinglas, nahm einen Schluck. Das Glas behielt sie in der Hand.

»Lieber Herr Kommissar Merana. Ich bin fast versucht, mir auszumalen, wie mein guter Freund Henning, also ich meine Henning Kupfer, begnadeter Staranwalt in Berlin, das ohnehin wackelige Gebäude Ihrer Argumente im Handumdrehen auseinandernimmt. Ich stelle mir gerade vor, wie er Ihre Zeugen durch den Fleischwolf dreht, Ihre scheinbaren Expertisen mit unerschütterlichen Gegendarstellungen bis ins Bodenlose zerfetzt.« Sie beugte sich vor. Sie stellte das Glas ab, richtete beim Zurückbeugen ihren Oberkörper auf. »Nein, das will ich mir gar nicht vorstellen. Aber glauben Sie mir, Herr Kommissar, das alles würde genau so passieren. Mein Freund Henning ist wirklich überragend in seiner Arbeit. Aber ebenso bin ich davon überzeugt, dass auch Ihnen das klar ist. Also was haben wir? Ein lächerliches Foto auf einem Handy, von dessen Existenz ich ganz sicher schon vorher irgendetwas mitbekommen habe. Vielleicht hat Folker mir davon bei der kleinen Geburtstagsfeier erzählt. Vielleicht habe auch ich ihm im vertrauten Geturtel bei dieser Feier geraten, sich genau dieses Bild herunterzuladen. Herr Kommissar, das kann doch nicht alles sein, was Sie vorzuweisen haben. Um diesen lächerlichen Verdacht im Handumdrehen zu entkräften, braucht der gute Henning nicht einmal selbst vor Gericht zu erscheinen. Da genügt es, wenn er seine dritte Assistentengehilfin schickt.« Sie fasste mit der Hand nach unten, gab dem Handy einen Stups, sodass es vor Merana zu liegen kam. Der schob es in betont langsamer Bewegung zurück.

»Ich kann Ihrer lebhaft vorgetragenen Schilderung durchaus folgen, Frau Laudess. Dennoch bin ich nicht ganz Ihrer Ansicht. Ich glaube durchaus, dass das, was wir vorbringen, vor Gericht genügen wird. Aber mein Ermittlungsteam ist es gewohnt, weitaus mehr Fakten herbeizuschaffen, als es auf den ersten Blick nötig erscheint. Deshalb haben wir in den vergangenen Stunden zusätzlich ein paar Fleißaufgaben erledigt.«

Er griff in die Tasche, legte ihr einen USB-Stick auf den Tisch. Jetzt vermeinte er doch, einen Hauch von Wachsamkeit in ihrem Blick auszumachen.

»Der Name Heinz Birgler sagt Ihnen vermutlich nichts. Er ist zwar kein Staranwalt aus Berlin, aber dennoch sehr gewissenhaft. Das war der inzwischen pensionierte Mitarbeiter einer Salzburger Dachdeckerfirma während seiner aktiven Zeit im Job. Herr Birgler wohnt in der Nonnbergstiege, gleich am Beginn des Aufgangs. Vor drei Jahren stiegen dreiste Diebe bei ihm ein und klauten einiges aus der Wohnung. Daraufhin ließ er sich eine besondere Art von Sicherheitssystem einbauen. Dazu gehört eine kaum auszumachende Minikamera an einem der Außenfenster, die einen Teil der Stiege erfasst. Leider ist Herr Birgler erst heute am frühen Abend aus seinem wohlverdienten Urlaub aus Spanien zurückgekommen. Deshalb konnten unsere Spezialisten erst vor wenigen Stunden die Aufnahmen einsehen. Herrn Birglers Kamera ist permanent aktiviert, natürlich auch dann, wenn er nicht zu Hause ist. Die Kamera macht pro Minute drei Fotos. Wir haben uns die Bilder für jenen Zeitraum angesehen, in dem Ihre Schwester Isolde ums Leben kam. Drei Fotos pro Minute, das ist nicht viel. Aber manchmal braucht man eben Glück. Es existiert leider keine Aufnahme, die zeigt, wie Ihre Schwester die Treppe nach oben stieg, ob alleine oder in Begleitung. Aber wir haben ein Bild, das zeigt, wie im besagten Zeitraum jemand die Treppe herabkommt. Die Person ist sehr deutlich zu erkennen. Es handelt sich dabei nicht um Ihre Schwester, Frau Laudess, sondern um Sie. Uns gegenüber behaupteten Sie allerdings, sich von Ihrer Schwester bereits unten in der Kaigasse verabschiedet zu haben. Deutlich zu erkennen ist auch, dass diese Person, also Sie, einen sonderbar anmutenden Gegenstand in der Tasche trägt. Ein Teil davon ragt sogar heraus. Inzwischen werden Sie dieses Objekt gewiss entsorgt haben. Ich bin mir nicht sicher, ob Sie sich die

Skulptur je genauer anschauen, mit der Sie Ihrer Schwester auf den Kopf schlugen. Wozu auch. Aber ich kann Ihnen sagen, sie gehört zu einer Märchenfigurensammlung und zeigt den Rübezahl.«

Er langte in die Sakkotasche. Dann legte er ihr das Foto der Statue vor, das sie von der Besitzerin bekommen hatten.

»Und ich bin auch sicher, das alles wird Ihrem lieben Henning nun gar nicht gut gefallen. Also wird er nicht seine Assistenzgehilfin schicken, sondern lieber höchstpersönlich bei Gericht erscheinen.«

Sie brach ein. Es geschah so unmittelbar, dass es ihn verblüffte, obwohl er schon lange damit gerechnet hatte. Er bemerkte es zuerst an ihrem Gesicht, dann an ihrem Körper. Die überlegen zur Schau gestellte Miene zerbarst. Von einer Sekunde auf die nächste wurde sie schreckensbleich. Jegliche Farbe wich aus ihrem Antlitz. Ihre Schultern zuckten. Ihre Hände krallten sich in die Oberschenkel. Sie bohrte die langen Fingernägel durch den weichen Stoff der Hose bis tief in die Haut. Es dauerte nicht lange, zehn, vielleicht 15 Sekunden. Dann entspannten sich die verkrampften Hände ein wenig, aber die Nägel blieben, wo sie waren. Langsam ließ sie den Kopf sinken. Deutlich war ihr schwerer Atem zu hören. Dann begann sie zu sprechen. Der energisch engagierte Klang war verflogen. Sie flüsterte. Er musste sich anstrengen zu verstehen, was sie sagte.

»Er hat mich gesehen in jener Nacht. Sie waren bald nach uns aufgebrochen, Bianca und er. Biancas Heimweg führte in die andere Richtung. Folker hatte sein Fahrrad auf dem Mozartplatz abgestellt. Es hatte einen Platten, wie er bemerkte. Also musste er das Rad schieben. Er wählte den Weg durch die Kaigasse. Ich habe ihn nicht gesehen. Aber er hat mich bemerkt, wie ich die Nonnbergstiege herunterkam. Als er nach den Hörspielaufnahmen am späten Abend aus Wien zurückkam, rief er mich an. Ich habe ihn dann in meiner Wohnung empfangen.« Noch immer hielt sie den Kopf tief gesenkt, blickte ihn nicht an.

»Er hat Sie erpresst?«

Offenbar nickte sie. Er schloss es aus der Bewegung ihrer Haare. Merana fiel das Gespräch ein, das Otmar mit seinem Informanten geführt hatte. Folker Hartling hatte gegenüber seinen Pokerpartnern erklärt, dass die eben in den Sand gesetzten 6.000 Euro für ihn eine Lappalie wären. Denn ihm stünde bald sehr viel Geld ins Haus. Er musste sich seiner Sache sehr sicher gewesen sein. Er blickte auf den rötlich glitzernden Vorhang ihrer Haare. Sie wippte langsam mit dem Kopf. Er wartete. Nach einer Weile sprach sie weiter. Das Kopfwippen behielt sie bei. Ihre Stimme bekam allmählich mehr Klang. »Er wusste, dass ich gegenüber der Polizei angegeben hatte, ich hätte mich von Isolde schon vor der Nonnbergstiege getrennt. Er zählte einfach eins und eins zusammen und riskierte es. Seine Forderungen waren schamlos.« Das Kopfwippen stoppte abrupt ab. Die kupferrote Pracht des Haarvorhangs wanderte nach oben. Ihre Augen wurden sichtbar. Sie blickte ihn an.

»Mir war eines sofort klar. Wie viel ich Folker Hartling auch immer für sein Schweigen gab, es würde nicht bei dem einen Erpressungsversuch bleiben. Folker war spielsüchtig. Die nächste Forderung würde schon bald kommen und dann die übernächste. An dem Abend hatte ich nicht viel Bargeld bei mir. Ich gab ihm 300 Euro. Die brauchte er als Einstieg für die nächste Pokerrunde. Wir einigten uns auf eine erste Rate von 100.000 Euro. Wie er dazu kam, würden wir noch besprechen.«

Ihre Augen waren immer noch auf ihn gerichtet. Jeglicher Glanz war aus ihnen verschwunden.

»Aber dazu kam es nicht mehr.« Auch Merana schlug einen ruhigen Tonfall an, leise, aber bestimmt. »Denn Sie beschlossen, sich umgehend aus der erpresserischen Umklammerung zu befreien und den Zeugen zu beseitigen.«

Sie blickte ihn direkt an.

»Ich wusste, wo Folker wohnte. Und dass er stets mit dem Fahrrad unterwegs war. Ich hatte mir am frühen Nachmittag die Stelle in der Almgasse genau angeschaut. Mir ist die Gegend aus meiner Kindheit vertraut. Immerhin bin ich dort aufgewachsen.«

Merana wartete. Aber sie setzte nichts hinzu.

»Und dann haben Sie sich auf die Lauer gelegt und auf den passenden Moment gewartet.«

Er dachte an den hochgeladenen Zeitungsartikel. Natürlich waren sie bei ihren Ermittlungen davon ausgegangen, Folker habe den Bericht selbst auf sein Handy geladen. Da sie den Todeszeitpunkt selbst bei eingehender Analyse der Gerichtsmedizin keineswegs auf die Minute genau festlegen konnten, war es folglich nicht feststellbar, ob die Internetbewegung am Handy kurz vor oder kurz nach dem Mord passiert war. Das Hochladen der Seite geschah erst nach Hartlings Tod. Das war mittlerweile klar.

»Warum ausgerechnet dieser Unfallbericht, Frau Laudess?«

Ein schwaches Lächeln huschte über ihre Lippen, verschwand gleich wieder.

»Auf diese Idee haben Sie mich gebracht, Herr Kommissar.«

»Ich?« Er war überrascht. Was meinte sie damit?

»Erinnern Sie sich an unser Gespräch im Schüttkasten? Sie erzählten mir von diesem Cyrano und dessen Anschuldigung, Isolde sei mitverantwortlich für den Tod von Ignaz Jedle, der bei einem Autounfall umgekommen war.« Ja, ihm fiel die Passage aus dem Gespräch ein. Er glaubte zu verstehen.

»Sie luden also den Unfallbericht hoch. Damit wollten Sie den Verdacht für die Ermordung von Folker Hartling auf jemand anderen lenken. Auf jemanden im Umkreis von Ignaz Jedle?«

Sie schüttelte den Kopf. Wieder huschte die Andeutung von Lächeln über ihr Gesicht.

»Nein, Herr Kommissar. Es ging mir nicht darum, dass die Polizei vielleicht jemand anderen ergreifen könnte. Alles, was ich wollte, war ein zusätzliches Szenario erschaffen. Nennen wir es eine groß angelegte Ablenkung. Damit die ermittelnden Kriminalisten noch mit etwas anderem beschäftigt waren, das ihre Aufmerksamkeit in Bann zog.«

Und das war ihr durchaus gelungen, wie Merana zugeben musste. Er dachte an die Bühnenpräsentation im Schüttkasten. Wie hatte Jutta Ploch es ausgedrückt, als sie über die Inszenierung von »Maria Stuart« sprach? Im Vordergrund scheint alles so zu laufen, wie man es zu kennen glaubt, hatte sie gemeint. Aber im Hintergrund entwickle sich offenbar eine ganz andere Geschichte, an die man nie denken würde.

Und es fiel ihm auch ein, was Senta Laudess dieser Anmerkung hinzugefügt hatte. Den Figuren, die in die Handlung verstrickt waren, würde das aber gar nicht auffallen. Merana schaute auf sein Gegenüber. Das Mienenspiel wirkte verloren. Weder konzentrierte Anspannung noch ein Lächeln war zu erkennen. Das Gesicht war einfach nur leer. Ja, die große Regisseurin war müde. Offenbar fehlte es ihr an Schwung, an Kraft, an Energie.

»War Ihnen das mit Ignaz schon vorher bekannt?«

Sie nickte schwach. »Ja, so einigermaßen.«

»Von Ihrer Schwester? Hat Isolde es Ihnen erzählt?« Sie wandte ihm schnell den Kopf zu. Offenbar war doch noch nicht sämtliche Energie verflogen. Es blitzte sogar in ihren Augen.

»Ja, das hat sie. Sie hat geprahlt und mich dabei angebrüllt. Ihr reiche es bis obenhin, dass immer alle glaubten, sie könnten mit ihr aufführen, was sie wollten. Auch dieser Ignaz habe sich eingebildet, er könne bei ihr landen, wenn er nur einen Haufen Kohle herbeischaffe. Und was hatte er jetzt davon? Er war tot. Und auch über ein paar andere Liebhaber hat sie sich geifernd ausgelassen. Das passte zu ihr. Sie war ein durch und durch erbärmlicher Charakter.« Das Blitzen in den Augen blieb. Aber sie drehte den Kopf zur Seite. Aber sie hat auch alte Nachbarinnen zu Kaffee und Kuchen eingeladen, ihnen Freude bereitet. Wieder wurde Merana bewusst, wie viele Widersprüchlichkeiten im Charakter dieser jungen Frau gesteckt haben mussten.

»Warum haben Sie sich dafür eingesetzt, dass Ihre Schwester die Rolle in der ›Jedermann‹-Tischgesellschaft bekam? Sie haben es zwar bei unserer ersten Begegnung heruntergespielt, aber ich glaube, Sie haben sich in Wahrheit sehr stark dafür engagiert, oder?«

Sie hielt immer noch den Kopf zur Seite, blickte ihn nicht an. Wieder kam ihre Stimme flüsternd, zischte böse.

»Sie hatte nicht nur einen durch und durch hinterhältigen Charakter, sie war auch eine miese Schauspielerin. Grottenschlecht. Jeder Auftritt von ihr war erbärmlich.«

»Und dennoch hat die große Senta Laudess sich vehement dafür eingesetzt, dass diese miserable Darstellerin eine Rolle im Rahmen der Salzburger Festspiele bekam.

Ganz sicher nicht aus Schwesterliebe. Warum also dann?«

Hatte sie die eben gestellte Frage nicht verstanden? Sie zeigte keinerlei Reaktion. Ihr Blick war irgendwo auf den Boden gerichtet. Er wartete. Sollte er die Frage wiederholen? Da bewegte sie sich. Langsam drehte sie ihm den Kopf zu, schaute ihn lange an.

»Warum sind Sie alleine gekommen, Herr Kommissar? Warum haben Sie nicht gleich Ihre Beamten mitgebracht, die mich umgehend abführen?«

Er wusste nicht recht, was er darauf antworten sollte.

»Vielleicht wollte ich einfach mit Ihnen reden, mir anhören, was Sie zu sagen haben.«

Sie schien nachzudenken, nickte langsam mit dem Kopf, blickte ihn dabei unverwandt an.

»Ich nehme an, Ihre Leute werden bald kommen, um mich mitzunehmen. Doch damit wird es nicht getan sein. Sie werden auch meine Wohnung durchsuchen.«

»Ja, das ist das übliche Prozedere.«

Sie hatte während seiner Antwort nicht aufgehört zu nicken. Doch jetzt stellte sie es ein.

»Sie verstehen viel von Ihrem Beruf, Herr Kommissar, sonst wären Sie nicht so hartnäckig drangeblieben. Sie achten auch auf scheinbare Nebensächlichkeiten, haben ein Gespür für Außergewöhnliches. Ich bin davon überzeugt, Sie wären auch ein guter Theatermann.«

Was sollte das? Worauf wollte sie hinaus? Er wartete, blickte sie an. Ein sanfter Ruck ging durch ihren Körper.

»Ich biete Ihnen einen Deal an, Herr Kommissar. Wir vergessen meinen guten Henning und auch jede andere Armada an ausgefuchsten Rechtsanwälten. Wenn wir fertig sind, bekommen Sie von mir ein Geständnis für beide Morde. Ohne Wenn und Aber. Dazu stehe ich. Also keine vor Gericht zerfetzten Expertisen, keine durch den Fleischwolf gedrehten Zeugen. Einfach so.«

Was immer bei Gericht passierte, würde ihn und seine Leute nicht mehr allzu sehr betreffen. Das war ausschließlich Sache der Staatsanwaltschaft. Sie waren nur Ermittler. Er wollte sich dennoch anhören, was sie zu sagen hatte.

»Deal bedeutet, dass beide Seiten sich auf etwas einzulassen haben. Was wäre mein Part?« Anstelle einer Antwort erhob sie sich, bewegte sich zur gegenüberliegenden Wand. Dort hing ein Ölgemälde, das ihm schon bei seinen ersten Besuchen aufgefallen war. Es zeigte eine wunderbare Stadtansicht von Salzburg. Sie nahm das Bild ab. Dahinter kam eine Metalltür zum Vorschein. Sie tippte einige Male auf die Tastatur. Die Safetür sprang auf, sie griff hinein. Sie kehrte zu ihm zurück. In der Hand hielt sie ein Handy. Das legte sie vor ihn auf den Tisch. Er schaute auf das Telefon und glaubte zu verstehen.

»Ist das das Handy Ihrer Schwester?«

Sie nickte.

»Sie haben es ihr abgenommen, nachdem Isolde durch Ihren Schlag in die Tiefe gestürzt war?« Erneut nickte sie, dieses Mal langsamer. Es wirkte fast etwas traurig.

»Sie hat mir damit gedroht. Und das nicht zum ersten Mal. Das war auch der Grund, warum ich Isolde auf dem Heimweg über die Nonnbergstiege begleitete. Ich wollte auf sie einreden. Es genügte ihr offensichtlich nicht mehr, dass sie immerhin im Rahmen der Salzburger Festspiele eine Rolle im berühmten ›Jedermann‹-Ensemble bekommen hatte. Und das ausschließlich durch meine Hilfe. Schon dazu hatte sie mich genötigt. Aber wie sie mir unmissverständlich klarmachte, sollte es nicht dabei bleiben. Sie wollte mehr, viel mehr. Ich sollte mich ab sofort intensiv für ihre Karriere einsetzen, ihr große Rollen verschaffen, sie in die richtigen Theaterkreise und Promizirkel einführen. Sie wollte nicht kapieren, dass sie dafür eine viel zu schlechte Künstlerin war. Null Talent. Null Ausstrahlung. Und es bestand bei ihr auch kein Funke an Einsicht, dass Schauspielerei in erster Linie bedeutet, hart an sich zu arbeiten. Sie wollte Erfolg, für den ich zu sorgen hätte. Egal, wie.«

Das Letzte hatte sie fast geschrien, so heftig waren die gezischten Worte aus ihrem Mund gebrochen.

»Was ist auf dem Handy?« Merana wies auf das Smartphone. Sie folgte mit den Augen, worauf er deutete.

»Eine Filmaufnahme.« Sie bemühte sich, ihre Stimme zu beherrschen. Sie zischte nicht mehr, sprach in ruhigerem Ton. »Die Szene ist ziemlich verwackelt, teilweise ein wenig unscharf. Aber das Dargestellte ist in allen Details gut zu erkennen.«

»Und diese Aufnahme hat Ihre Halbschwester gemacht?« Sie hob wieder den Kopf. Ihr Gesicht wirkte unendlich müde.

»Ja. Isolde war damals zehn, ich 16. Das war ein Jahr, bevor ich von zu Hause auszog. Isolde hatte zum Geburtstag eine kleine Digitalkamera geschenkt bekommen. Wir waren damals auf dem Land, verbrachten mit unserer Mutter eine Woche Urlaub auf einem Bauernhof. Es war in einer Scheune. Sie war voll mit duftendem Heu. Daran erinnere ich mich heute noch. Ich hatte keine Ahnung, dass meine Schwester in der Nähe war, uns beobachtete, uns sogar filmte. Ich schäme mich noch heute dafür, was damals passierte. Wie gesagt, ich war 16. Aber das ist keine Entschuldigung dafür. Er war elf, der Bub der Bauersleute. Wir waren nackt. Im Grunde war es vor allem Spaß. Er durfte an mir rummachen. Er war für sein Alter hervorragend entwickelt, sein erigierter Penis ist in der Aufnahme gut zu sehen. Ich beugte mich über ihn und ich ...« Sie brach ab. Als wäre die Szene eben auf dem Handy sichtbar, griff sie danach, drehte es um, mit dem Display nach unten.

»Wie gesagt, es ist lange her. Ich hatte es schon fast vergessen. Doch dann tauchte Isolde plötzlich vor einigen Wochen bei mir auf. Sie verlangte, ich solle augenblicklich dafür sorgen, dass sie die frei gewordene Rolle bei der ›Jedermann‹-Inszenierung der Festspiele bekäme. Andernfalls hätte sie keine Skrupel, diese Aufnahme an die Presse weiterzugeben. Ganz sicher hätte das das augenblickliche Ende meiner Karriere bedeutet. Das wusste sie. Also habe ich nachgegeben und dafür gesorgt, dass sie die Rolle in der Tischgesellschaft bekam.«

Ihre zuvor laute Stimme hatte sich wieder zu einem Flüstern verwandelt. Sie hatte ihn während des zuletzt Gesagten wenig angesehen, doch jetzt blickte sie ihm direkt ins Gesicht.

»Sie hatte die Aufnahme all die Jahre über aufbewahrt. Sie hatte die Szene sogar auf ihr Handy überspielt, um sie einsetzen zu können, wann immer sie sich davon einen Vorteil erwartete. Vor wenigen Tagen hat sie mir erneut damit gedroht. Verstehen Sie, Herr Kommissar? Ich war damals 16, und ich habe einen Riesenfehler gemacht. Da gibt es nichts zu beschönigen. Ich schäme mich bis zum heutigen Tag dafür. Danach ist auch nie wieder etwas Derartiges passiert. Doch wen würde das schon interessieren? Die sensationsgierige Öffentlichkeit, aufgestachelt durch eine auflagengeile Presse, ganz sicher nicht. Senta Laudess vergreift sich mit 16 an einem Minderjährigen. An wem vergreift sie sich heute? Vielleicht wäre das sogar eine der harmloseren Schlagzeilen gewesen, wenn das jemand zu Gesicht bekommen hätte.« Sie beugte sich hinunter, drehte das Handy wieder um. Sie schob es vor ihn hin.

Nein, es gab nichts zu beschönigen. Das war für Merana klar. Weder für den Vorfall damals, geschweige für den Doppelmord jetzt. Und wenn der Staatsanwalt dieses Video vorführte, würden es alle sehen. Die Karriere der Schauspielerin war mit dem heutigen Tag zu Ende, so viel stand unverrückbar fest. Sobald sie diese Wohnung verlassen hatten und er sie mitnahm, war es aus. Endgültig. Die große Senta Laudess würde auf keiner Bühne mehr stehen, keine Hauptrolle mehr spielen, nie mehr auf der Leinwand oder im Theater ein Publikum begeistern. Weder als Buhlschaft, noch als Maria Stuart noch in sonst irgendeiner Rolle. Ihr nächster Auftritt wird vor Gericht stattfinden. Sie wird ein Geständnis ablegen. Sie wird sich schuldig bekennen. Sie wird das Urteil und die Strafe hinnehmen, ohne zu zögern. Egal, wie hoch diese ausfällt. Sie wird nicht dagegen berufen und auch jeden daran hindern, der vorhat, Einspruch zu erheben. Davon war Merana überzeugt. Ja, sie war eine Mörderin. Ihre Tat war ein Verbrechen, das die entsprechende Strafe verdiente. Das stand außer Frage. Die Presse wird sie zerreißen. Das war ihm auch klar. Je prominenter, desto aufwühlender. Man wird sie gehörig durch den Dreck ziehen, wohl auch der Lächerlichkeit preisgeben. Eimerweise wird man moralisch triefende Schmutzkübelbelehrungen aus bestem Gewissen über sie gießen. Immerhin hat sie die eigene Schwester umgebracht. Damit wird sie leben müssen. Auch das war ihm bewusst. War das Strafe genug? Er wusste es nicht. Er wusste so vieles nicht. Auch das war ihm klar. Aber eines wusste er, er war kein Richter. Er wollte auch nie einer sein. Er beugte sich nach vorn, langte nach dem Handy, steckte es ein.

»Ich nehme Sie jetzt mit, Frau Laudess, bringe Sie ins Präsidium. Dort wird man Ihr Geständnis schriftlich festhalten, das Sie danach unterschreiben. Wenn wir von hier weg sind, werden meine Kollegen die Wohnung durchsuchen. Alles, was hier zu finden ist, kann für Ihren Prozess vor Gericht verwendet werden.«

Er erhob sich, wartete. Sie stand auf, trat zur Wand. Dann schloss sie den Safe, hängte das Bild zurück.

»Ich hole mir nur eine Jacke.« Er nickte. Sie drehte sich an der Tür um.

»Es ist zwar nicht mehr von Belang, Herr Kommissar. Aber ich will es trotzdem sagen. Zumindest Ihnen gegenüber. Ich wollte meine Schwester nicht töten, ganz sicher nicht. Aber sie streckte mir voller Hohn das Handy mit der alten Aufnahme entgegen. Sie geiferte, sie könne mit einem einzigen Klick meine Laufbahn ruinieren, wenn ich nicht genau befolgte, was sie wünschte. Sie jubelte, es liege an ihr, die große Senta Laudess, ihre heißgeliebte Schwester, mit einem Schlag zu vernichten. Da wollte ich ihr nur wehtun. Ich wollte, dass sie ihre hechelnde Klappe hält, ihr einfach wehtun. Ich griff nach dem ersten, das mir in die Finger kam, und schlug zu.« Sie war fast am Wegdrehen, da wandte sie sich an ihn. »Und glauben Sie mir eines, Herr Kommissar. Ich habe schon Mörderinnen auf der Bühne gespielt. Und ich habe versucht, mich in jede Einzelne hineinzufühlen. Aber jetzt bin ich tatsächlich eine und weiß nun, wie es sich anfühlt. Und glauben Sie mir, es ist schrecklich. Ich weiß gar nicht, wie lange ich das durchgehalten hätte. Ich bin froh, dass Sie gekommen sind. Ich bin froh, dass es vorbei ist.«

Sie wandte sich um, verließ den Salon. Bald darauf kehrte sie wieder. Sie hatte eine helle Jacke umgehängt, trug eine kleine Reisetasche.

»Wir können gehen, Herr Kommissar.« Er ging vor, verließ mit ihr die Wohnung. Er hatte das Auto auf dem Kajetanerplatz abgestellt. Er würde Otmar vom Wagen aus anrufen, alles Notwendige in die Wege leiten. Sie hatten fast das Ende der Kaigasse erreicht, da blieb sie stehen. Sie blickte ihn an.

»Wissen Sie, was der Jedermannfluch ist, Herr Kommissar?«

»Nein.« Er hatte den Ausdruck noch nie gehört.

»Das ist so eine Art Running Gag unter uns Schauspielern bei dieser Produktion. Das gab es schon bei früheren ›Jedermann‹-Inszenierungen auf dem Domplatz, also lange vor meiner Zeit. Wenn Pannen passieren, bei der Probe oder Aufführung, wenn falsche Stichworte präsentiert werden, jemand in die verkehrte Richtung abtritt, oder was auch immer, dann heißt es: Da können wir im Grunde gar nichts dafür, dass das passiert ist. Das ist nur der Jedermannfluch. Der ist schuld.«

Sie wandte langsam den Kopf, blickte zurück in die Gasse, dorthin, wo die Nonnbergstiege begann. Sie wandte sich um, blickte ihn lange an. »Isolde, das war mein Jedermannfluch.« Ihre Stimme war nur mehr ein Flüstern.

EPILOG

Der Kaffee war ihm viel zu dünn. Er war Stärkeres gewohnt. Aber die dazu gereichten Kekse fand er köstlich. »Nochmals vielen Dank, Herr Kommissar, dass Sie sich extra herbemühten. Somit ist mir nicht nur Ihre Stimme am Telefon vertraut, da lerne ich Sie auch persönlich kennen.« Sie langte in die große Dose, legte ihm mit der kleinen Tortenschaufel weitere Gebäckstücke vor. Marie Jedles Hand zitterte dabei ein wenig. Ihre hellen Augen blickten ihn freundlich an.

»Meine Kollegin Petunia Krall hat mir erzählt, dass Sie und Ihr Kollege in den letzten Tagen öfter nach mir fragten.« Sie steckte die Schaufel zurück in den Behälter.

»Es ist jedenfalls schön, dass Sie wieder da sind, Frau Jedle. Ich habe zwar erfahren, dass Sie gestern Abend heimkamen, aber mir ist nicht bekannt, wo Sie waren.«

Ihre milden Augen begannen zu strahlen.

»Ich war in Bayreuth, Herr Kommissar.«

In Bayreuth? Hörte er recht? Die Nonntaler Hauptstraße musste zumindest in ihrem älteren Abschnitt ein gutes Biotop für Wagnerfans sein. Zuerst Frau Laudess, die Mutter von Senta und Isolde. Und nun auch Marie Jedle? Ein Grinsen überkam ihn. War Richard Wagner jemals in Salzburg gewesen? Soviel ihm bekannt war, nicht. Aber er wusste über dessen Biografie auch nur unzureichend Bescheid. Wolfgang Amadeus Mozart war jedenfalls nie in Bayreuth aufgekreuzt, das hielt er für ausgeschlossen. Vielleicht würde er in der Nonntaler Hauptstraße weitere besondere Wagnerverehrer antreffen.

»Ich habe mir einen großen Herzenswunsch erfüllt und mir ›Parsifal‹ angesehen.« Ganz leicht wurden ihre Augen feucht. Sie blickte zur kleinen Anrichte auf das eingerahmte Bild. Heute hatte sie eine Margerite neben ihrem Sohn platziert, wie Merana auffiel.

»Ihre Kollegin Krall erzählte mir, Sie hätten erst am Morgen angerufen, als sie weg wollten. Der Entschluss, ein paar Tage freizubekommen, um wegzufahren, schien sehr plötzlich gekommen zu sein.«

Sie nickte. »Ja, das hat mit dem Nicholas zu tun.«

»Nicholas?«

»Nicholas Bethel, das ist unser Pfarrer von der Kirche Sankt Erhard. Ich bin eigentlich keine große Kirchenrennerin, Herr Kommissar. Aber den Nicholas, den mag ich. Der ist ganz anders als die üblichen Kirchenbrüder, die man sonst so kennt. Mit dem kann man gut reden. Der ist sehr verständnisvoll, kann gut zuhören. Er macht seit einiger Zeit ein besonderes Angebot für alle, die das nutzen wollen. Er nennt es ›Frischluft für die Seele‹. Das gibt es ein bis zwei Mal im Monat. Und zwar immer um Mitternacht, so für eine Stunde. Das ist eine gute Zeit, sagt Nicholas. Da fängt der neue Tag erst an, da ist er noch jung und unverbraucht. Ideal für Frischluftzufuhr. Dann wartet er in der Kirche auf alle, die kommen wollen. Es beginnt mit Musik. Aber dabei spielt er nicht auf der großen Orgel, das wäre für diese besondere Stunde viel zu laut, viel zu wuchtig. Nein, er spielt feine Melodien auf einem kleinen Pianino. Und dann können die,

die gekommen sind, einfach drauflos reden. Sofern sie das wollen. Über ihre Sorgen, ihre Ängste. Was sie derzeit bedrückt, aber auch, was ihnen Freude bereitet. Frischluft für die Seele eben. Diese besonderen Begegnungen haben mir seit dem schrecklichen Unfall meines Sohnes viel Kraft und Trost gegeben. Meist sind wir mehr, aber dieses Mal waren wir nur zu dritt. Der Volkmar aus der Fürstenallee, der vor zwei Monaten seine Frau verlor, der Nicholas und eben ich. Das war am Abend, bevor ich am nächsten Tag anrief und gleich wegfuhr.«

Das war derselbe Abend, an dem Folker Hartling starb, fiel Merana ein. Sie nahm einen Schluck Kaffee, dann redete sie weiter.

»Ich habe darüber geredet, dass ich einfach nicht wusste, was ich tun soll. Wissen Sie, Herr Kommissar, man kommt nicht so leicht an eine Karte in Bayreuth. Das ist viel schwerer als bei den Salzburger Festspielen. Ich probiere es schon seit vier Jahren. Aber immerhin kommt man dadurch auf eine Vormerkliste. Und heuer im Jänner war es so weit. Plötzlich erhielt ich ein Schreiben, dass ich für diesen Sommer eine ›Parsifal‹-Karte haben könnte. Die habe ich natürlich sofort genommen. Aber dann ist der schreckliche Unfall von Ignaz passiert. Und was glauben Sie, hat der Nicholas an diesem Abend gesagt? Hat der Ignaz Sie gemocht?, hat er gefragt. Natürlich hat er mich gemocht, habe ich geantwortet. Und woran haben Sie das besonders gemerkt? Na, er hat mir oft Blumen gebracht, habe ich ihm geantwortet. Vor allem, seit er ausgezogen war und mich dennoch oft besuchte. Und die Blumen waren sicher nicht billig, da waren wunderschöne Sträuße dabei. Das freut eine Mutter doch, wenn sie vom eigenen Sohn Blumen bekommt. Da war ich jedes Mal entzückt. Und das hat wieder ihn gefreut. Er wollte einfach, dass es mir gut geht. Ja, das glaube ich auch, Marie, hat der Nicholas gemeint, dass Ihrem Ignaz sehr daran gelegen war, dass es Ihnen gut geht. Und ich bin fest davon überzeugt, das ist es ihm auch jetzt immer noch. Und dann fragte er mich. Und wenn Sie Musik von Richard Wagner hören, geht es Ihnen dann gut? Ja, habe ich gesagt, natürlich geht es mir dann gut. Ja, Marie, hat er gesagt und dabei gelacht: Dann gute Reise und eine schöne Aufführung in Bayreuth! Da bin ich sofort heim und habe am nächsten Morgen die Petunia angerufen. Am Vormittag bin ich mit dem O-Bus zum Bahnhof gefahren und habe den ersten Zug genommen. Um 16 Uhr war ich in Bayreuth. Der ›Parsifal‹ war am nächsten Abend. Aber ich bin zwei Tage länger geblieben, auch wenn das Zimmer sehr teuer war. Aber es hat mir so gut gefallen.« Ihre Augen strahlten, als würde sie nochmals alles erleben. Beschwingt langte sie nach der Tortenschaufel, angelte für Merana und sich selbst Gebäck hervor. Er bedankte sich, kostete das nächste Stück. Es war wirklich hervorragend. Er überlegte lange. Dann fragte er sie doch.

»Ich weiß, dass Sie vor Kurzem auf dem Grünmarkt Streit mit Isolde Laudess hatten. Ich nehme an, da ging es um den Unfall Ihres Sohnes.«

Das Leuchten in ihren Augen verschwand. Aber sie behielt ihre freundliche Miene bei.

»Ja, wir sind uns zufällig begegnet. Ich gebe zu, ich war wütend auf sie. Das habe ich ihr klipp und klar gesagt. Sie hat meinen Ignaz nur an der Nase herumgeführt. Aber schuld an diesem furchtbaren Unfall war er schon selbst, Herr Kommissar. Er hat sich von mir auch nicht dreinreden lassen. Er hat mir nicht geglaubt, dass er bei diesem durchtriebenen Frauenzimmer keine Chance hat.«

Sie wandte den Kopf zur Seite, blickte auf das gerahmte Bild. Ihre Stimme wurde leiser. »Aber ich frage mich oft, ob ich ihn nicht davon abhalten hätte können, an diesem schrecklichen Rennen teilzunehmen. Aber ich hatte nichts davon gewusst. Trotzdem fühle ich mich bisweilen schuldig.«

Merana legte seine Hand auf ihre. Sie ließ es geschehen.

»Was sagt denn der Seelen-Frischluft-Pfarrer dazu, Frau Jedle?«

»Der Nicholas?« Wieder tauchte in ihren Augen ein Leuchten auf. »Der sagt: Jeder ist ganz allein für sein Tun verantwortlich.«

Er löste seine Hand von ihrer, erhob sich von seinem Platz.

»Das finde ich eine sehr gute Antwort, Frau Jedle. Ich muss sagen, euer Pfarrer gefällt mir.« Sie strahlte ihn an.

»Dann schauen Sie doch einmal vorbei, Herr Kommissar. Der nächste ›Frischluft für die Seele‹-Termin ist in zwei Wochen. Ich lasse Ihnen gerne eine Einladung zukommen.«

Er lachte. Wer weiß, vielleicht würde er tatsächlich kommen.

*

Eine Taube schreckte auf, zuckte mit den Flügeln. Sie stieß sich vom Sockel ab, auf dem die Marmorfigur des Heiligen Rupert ruhte. Dann stob sie davon in Richtung Kapitelplatz. In der Ferne war ein Auto zu hören. Vielleicht ein Taxi, das in Richtung Kaigasse abbog. Sonst war es ruhig auf dem Domplatz. Es war drei Uhr morgens. Die Ruhe tat ihm gut. Merana war vor einer Stunde über die Absperrung geklettert, hatte sich in eine der vorderen Reihen der Publikumstribüne gesetzt. Sein Blick ruhte auf der leeren Bühne. Eine Vorstellung hatten die Festspiele abgesagt. Die nächste würde übermorgen stattfinden. Alles würde wie gewohnt über die Bühne gehen. Mit einer neuen Buhlschaft. Und natürlich werden die beiden toten Schauspieler aus der Tischgesellschaft ersetzt. Das Publikum würde kurz vor Beginn sich von den Plätzen erheben und eine Gedenkminute abhalten. Dann würde die Darbietung einsetzen, so wie immer. Der Spielansager würde auf der Bühne erscheinen.

Jetzt habet allsamt Achtung, Leut!
Und hört, was wir vorstellen heut!
Ist als ein geistlich Spiel bewandt,
Vorladung Jedermanns ist es zubenannt.
Darin euch wird gewiesen werden,
wie unsere Tag und Werk auf Erden
vergänglich sind und hinfällig gar.

Damit war das Spiel eröffnet. Neue Vorstellung, nächste Runde, gewohntes Bild, gefälliges Treiben. Wie oft hatte er das schon erlebt, hier auf diesem Platz, vor der unsagbar beeindruckenden Fassade des Doms? Er wusste es nicht genau. Oft jedenfalls. Und er würde wohl wiederkommen. Vermutlich. Aber selbst jetzt, da er auf die leere Bühne schaute und sich noch gar keine Figur gezeigt hatte, die das Spiel vorantrieb, konnte er die Toten nicht vergessen. Zwei Mal hatte er jetzt schon rund um das »Jedermann«-Spiel, rund um das Aushängeschild der Salzburger Festspiele, ermitteln müssen. Er hatte sich der Toten angenommen. Nicht der Toten aus dem Spiel, sondern jener aus dem richtigen Leben. Er hatte sich um sie gesorgt, versucht, diejenigen ausfindig zu machen, die ihnen das angetan hatten, dass sie aus dem Leben scheiden mussten.

Wie unsere Tag und Werk auf Erden
vergänglich sind und hinfällig gar.

Das war eben er. Sich den Toten zu widmen, das war seine Pflicht. Er schaute sich um, ließ seine Augen über die Weite des Domplatzes wandern, bis sie wieder auf die Bühne trafen, vor der majestätischen Würde des Doms. Wann immer er wieder teilnehmen würde, um das Spiel auf der Bühne mitzuverfolgen. Es würde anders sein. Nicht so wie gewohnt, niemals mehr einfach unberührt. Er würde immer auch die Toten sehen. Seine Toten. Um die er sich gekümmert hatte. Es würde nie mehr so sein wie früher.

Das war wohl sein Jedermannfluch.

ENDE

Martin Merana ermittelt:

1. Fall: Jedermanntod
ISBN 978-3-8392-1089-5

2. Fall: Wasserspiele
ISBN 978-3-8392-1200-4

3. Fall: Zauberflötenrache
ISBN 978-3-8392-1302-5

4. Fall: Drachenjungfrau
ISBN 978-3-8392-1587-6

5. Fall: Mozartkugelkomplott
ISBN 978-3-8392-1773-3

6. Fall: Todesfontäne
ISBN 978-3-8392-2345-1

7. Fall: Marionettenverschwörung
ISBN 978-3-8392-2458-8

7. Fall: Jedermannfluch
ISBN 978-3-8392-2722-0

Glühwein, Mord und Gloria
ISBN 978-3-8392-1950-8

Blutkraut, Wermut, Teufelskralle
ISBN 978-3-8392-2099-3

Das Stille Nacht Geheimnis
ISBN 978-3-8392-2339-0

Englein, Mord und Christbaumkugel
ISBN 978-3-8392-2711-4

Weitere Titel von Manfred Baumann:

Maroni, Mord und Hallelujah
ISBN 978-3-8392-1588-3

Salbei, Dill und Totengrün
ISBN 978-3-8392-1927-0

WWW.GMEINER-VERLAG.DE
Wir machen's spannend